ars vivendi®

KILLEN McNEILL

AM STROM

ROMAN

ARS VIVENDI

Originalausgabe

1. Auflage April 2015

www.arsvivendi.com

Lektorat: Dr. Felicitas Igel
Umschlaggestaltung: Philipp Starke, Hamburg
unter Verwendung eines Fotos von © plainpicture/neuebildanstalt
Druck: CPI Ebner & Spiegel, Ulm
Gedruckt auf holzfreiem Werkdruckpapier der Papierfabrik Schleipen.
Das eingesetzte Material stammt aus ökologisch und sozial
verantwortungsvoller Forstwirtschaft.
Printed in Germany

ISBN 978-3-86913-500-7

Am Strom

Vorspann: Kasbärbel 2013

»Mensch, Jelly, pass auf den Franz Josef Strauß auf«, sagt Erwin. »Du bist ja schon in seinem Nasenloch drin.«

»Uups. Habe ich gar nicht gesehen.« Die Spitze des weißblauen Schirms, an dessen Klettverschluss ich herumfummele, wackelt tatsächlich gefährlich nah vor einem Franz-Josef-Strauß-Bierkrug. Dieser steht in einem Regal gleich rechts beim Ladeneingang als Teil einer weiß-blauen Devotionalienorgie: ein Rudel Plüschlöwen, eine Phalanx Espressotassen, eine Pyramide Würfel, ein Nadelkissen mit Fähnchen. Daneben liegt ein Stapel *Bayernkuriere*.

»Was willst du denn überhaupt mit dem Ding?«, fragt Erwin.

»Es regnet draußen, oder hast du das nicht gemerkt?«

Irgendwo in den niederen Regionen des Ladens rauscht eine Klospülung.

»Ja und?«, fragt Erwin. »Ich laufe nicht mit dir, wenn du so was trägst. Höchstens zwanzig Meter voraus oder hinterher.«

»Alles klar. Lieber pitschnass als tiefschwarz.« Ich lege den Schirm wieder ins Regal und hole stattdessen einen *Bayernkurier* heraus. »Wenigstens den nehme ich mit. Man weiß ja nie.«

»Wegen mir«, sagt Erwin. »Solange du mir nicht daraus vorliest.«

Ich trete einen Schritt zurück. »Da war früher der Holzofen, weißt du noch?«

»Genau. Und im Winter haben wir es nie warm gekriegt.« Erwin nimmt den Bierkrug aus dem Regal, fährt mit dem Daumen über die Knollennase, wippt ihn am Stiernacken hin und her. »Wahnsinn. Stell dir vor. In unserem Laden.«

In der Tür hinter dem Tresen erscheint eine stattliche, blond gesträhnte Dame mit Brille, die sich die Hände trocken schüttelt, mit einer Bewegung, als wollte sie unliebsame Umstehende verscheuchen. Sie erstarrt mit erstauntem Blick, die Handflächen nach außen verdreht. »Grüß Gott«, sagt sie.

»Grüß Gott.«

»Grüß Gott.«

»Kann ich Ihnen helfen?«

»Wir schauen uns nur etwas um«, sage ich.

»Weil das früher unser Laden war«, ergänzt Erwin.

»Bitte, gerne.« Sie kommt plötzlich wieder in Bewegung, setzt sich flink hinter den Tresen und beschäftigt sich mit einem PC.

»Schau her, Erwin, wer da hängt.« Ich deute auf das Plakat, das vor der Dame prangt, dort, wo früher auch unsere Plakate hingen, an der Glasfront des Tresens. Vor meinem Zeigefinger grinst Horst Seehofer sein wölfisches Grinsen, hinter ihm ein weiß-blauer Himmel.

»Wahnsinn«, sagt Erwin noch mal.

Die Dame schaut hoch. »Wen haben Sie denn in einem CSU-Büro erwartet? Sigmar Gabriel?«

»Es ist bloß so, dass der Seehofer uns früher nicht über die Türschwelle gekommen wäre«, sage ich.

»War der für oder gegen den Kanal?«, fragt mich Erwin.

»Wahrscheinlich beides.«

»Na, na, na«, sagt die Dame und schüttelt den Kopf.

Ich mache die Tür noch einmal auf und wieder zu. »Aber die Klingel ist noch die alte.«

»Die Klingel haben wir vom Vorgänger übernommen«, sagt die Frau. Sie hat eine Telefonstimme, tief, sympathisch, und spricht Hochdeutsch ohne eine Spur des Niederbayerischen. Sie ist auch eine Telefonschönheit; mit einem kleinen, lächelnden Mund zwischen zwei dicken Backen, die sich zu einem Doppelkinn ausbreiten, das auf einem roten Schal gemütlich wabbelt. Sie ist aber gut geschminkt, hat welliges Haar und funkelnde Augen hinter einer auffallend großen, schwarzen Brille.

»Und der hat sie von uns übernommen«, sagt Erwin.

»Und wir haben sie von der Kasbärbel übernommen. Haben Sie von der Kasbärbel schon gehört?«, frage ich.

Sie schüttelt den Kopf, das Doppelkinn folgt den Backen kurz zeitversetzt.

»Sie hat hier einen Milchladen gehabt«, erzählt Erwin. »Die Hoetzls Barbara. Hatte eine Riesenwarze an der Nase. Als wir den Laden übernommen haben, war die Milchpumpe noch da. Da, wo Sie sitzen, hinter dem Tresen.«

Die Dame hebt wieder beide Hände in einer bedauernden, aber verzeihenden, fast papstähnlichen Geste.

»Wir haben versucht, sie zur Bierpumpe umzurüsten«, erkläre ich. »War natürlich eine Pleite. Das heißt, technisch hat's funktioniert, aber das Bier hat komisch geschmeckt.«

Sie schaut von einem zum anderen, wie bei einem Tennisspiel. »Kann ich mir vorstellen.« Sie lacht plötzlich auf. Wir scheinen eine angenehme Abwechslung an ihrem Nachmittag darzustellen.

Erwin zeigt auf das Plakat. »Wissen Sie, wer zu unserer Zeit dort hing?«

»Kaiser Wilhelm vielleicht?«, fragt die Dame und zwinkert einmal mit den Augen.

Erwin lacht und bedroht sie mit dem Zeigefinger. »Frech«, sagt er. »Aber ganz kalt. Da hing Che Guevara!« Er reckt die geballte rechte Hand.

Sie nickt. »Habe ich schon mal gehört.«

»Und Jimi Hendrix«, sage ich. »Mit einer Riesenafrofrisur.«

»Stimmt«, sagt Erwin. »Hatte ich ganz vergessen. Und Bonnie und Clyde, weißt du noch?«

»Klar. Mit Einschusslöchern. Und noch irgendwas mit Afrofrisuren. Außer dem Jimi Hendrix, meine ich.«

»*Hair*, natürlich. Und Frank Zappa.«

»Genau. Nackert auf dem Klo.«

Erwin hält die rechte Faust immer noch hoch. »¡Lo importante es la revolución, lo importante es la causa revolucionaria, las ideas revolucionarias, los objetivos revolucionarios, los sentimientos revolucionarios, las virtudes revolucionarias!« Er lässt die Stimme zum Schluss dramatisch anschwellen; Spanisch kann er noch richtig gut, mit rollendem ›r‹ und perfekt artikuliertem ›th‹.

»Das war aber nicht Frank Zappa«, sage ich.

»Es war auch nicht Che«, sagt Erwin. »Das war Castro höchstselbst. Bei der Trauerrede zu Ches Tod.«

Die Dame wirkt gar nicht erschrocken. »Die waren aber alle nicht in der CSU«, sagt sie mit tadelnder Stimme.

»Wir auch nicht«, sage ich.

»Wollten Sie vielleicht heute beitreten?«

Jetzt lachen wir alle drei.

»Waren Sie 1968 schon auf der Welt?«, fragt Erwin.

Sie schüttelt bedauernd den Kopf, so, als wäre es ihr bewusst, ein ganz tolles Konzert verpasst zu haben.

»Wir hatten damals den Laden gemietet«, sagt Erwin.

»Für die *Linke Schülerfront*«, füge ich hinzu.

Die Dame formt ein ›o‹ mit ihrem Mund und hebt ihre Augenbrauen. Sie spielt ein unschuldiges Mädchen, das sich gleich einen unanständigen Witz von bösen Buben anhören muss. Hinter ihr hängt ein riesiges Luftbild von Kelheim mit dem Donaudurchbruch und Kloster Weltenburg. Darunter steht »Donaudurchbruch – ein starkes Stück Bayern«.

»Schah-Besuch, Benno Ohnesorg, Rudi Dutschke«, sagt Erwin.

»Ho, Ho, Ho Chi Minh!«, sage ich. »Notstandsgesetze.«

Sie nickt ganz langsam und verständnisvoll, als wollte sie beruhigend auf uns einwirken, bevor wir ganz ausflippen.

»Wir waren vier, die immer abwechselnd auf Ihrem Platz da hinter dem Tresen saßen«, sagt Erwin.

»Und?«, fragt die Dame. »Haben Sie die Welt verändert?«

Erwin schüttelt den Kopf. »Alle gescheitert. Zwei von uns waren ein Paar, haben geheiratet und sich aus der Politik verabschiedet, sind ganz spießig geworden, mit Eigenheim, Kindern und allem. Nach fünfunddreißig Ehejahren haben sie sich getrennt.«

»Er meint Else und mich«, sage ich. »Einer ist durchs Abitur gesaust …«

Erwin lacht. »Absichtlich.«

»… durchs Abitur gesaust, hat die Schule geschmissen, lebt seitdem mehr schlecht als recht von Gelegenheitsjobs.«

»Das bin ich«, sagt Erwin mit etwas Stolz.

»Und der vierte ist damals schon gestorben, 1968, auf der Donauinsel.« Ich laufe hinter die Theke und deute auf das Bild, auf die von Bäumen überwachsene Bucht schräg gegenüber dem Kloster. »Da.«

»Wahnsinn«, sagt die Dame.

»Und da fahren wir heute noch hin«, sagt Erwin. »Mit dem Boot.«

»Das erste Mal seit 1968.«

Mit unseren Rucksäcken stehen wir vor ihr wie zwei Jungs, die Lob bekommen wollen, vor der Lehrerin. Dabei sind wir beide Mitte sechzig, der Erwin ein Naturbursche in kurzer Hose, mit braunen Armen und Beinen knorrig wie alte Weinstöcke, ich glatzköpfig und aus der Form geraten.

»Wahnsinn«, wiederholt sie und macht große Augen.

»Wissen Sie, was sich, außer der Klingel, nicht verändert hat?«, fragt Erwin. »Nein, natürlich wissen Sie's nicht. Der Geruch.«

»Genau«, sage ich. »Von alter Milch.«

Die Dame schnuppert vorsichtig. »Ich rieche nichts«, sagt sie.

TEIL 1

1968

Kapitel 1: Zigaretten und alte Milch

»Also, wer fällt durchs Abitur?« Jens musterte uns einen nach dem anderen durch seine John-Lennon-Brille. Erwin, Else, mich.

»Wieso? Wird das hier jetzt ein Nachhilfeinstitut, oder was?«, fragte ich.

Wir hatten uns nach der Schule im Kasbärbel getroffen. Vorne die Theke, auf der unsere Ausgaben der *Linken Schülerfrontzeitung* gestapelt lagen. Wir saßen hinten, umhüllt von Schwaden unserer eigenen Roth-Händle. Erwin, Else und ich auf dem abgewetzten Sofa, Else in unserer Mitte, Jens gegenüber, zwischen uns und Jens ein abgeschlagener, kleiner runder Holztisch mit einem überquellenden Aschenbecher.

Jens setzte die Brille ab und fing an, sie am Saum seines Fidel-Castro-T-Shirts zu putzen. Das war seine Art, uns mitzuteilen, dass meine Frage unter seinem Niveau war, er sich erst mal sammeln musste, Zeit brauchte, um eine Antwort zu formulieren, die auch von jemandem wie mir verstanden werden konnte.

Egal. Elses rechte Hand ruhte derweil auf ihrem Oberschenkel. Ihre Finger waren etwas gespreizt, und der kleine berührte den Saum ihrer Jeans. Ich legte meine linke Hand ebenso auf meinen linken Oberschenkel. Nur ein paar Zentimeter trennten unsere kleinen Finger.

»Jemand von euch muss doch durchs Abitur fallen.« Jens redete nun zu seiner Brille hinunter, und seine näselnde Stimme drang durch einen Vorhang von langen, schwarzen Haaren. »In der zwölften Klasse ist niemand Mitglied bei der *Linken Schülerfront.* Wenn ihr nach dem Abitur alle von der Schule geht, ist es mit der Front vorbei. Jemand muss die Strukturen aufrechterhalten und nächstes Jahr neue Mitglieder anwerben.« Er hob die Brille hoch, schaute hindurch, schüttelte den Kopf, senkte ihn, der Vorhang fiel wieder zu, Jens hauchte die Brille an und putzte weiter. »Ich kann es nicht machen, ich muss nächstes Jahr an der Uni Regensburg Schriftführer beim KHSV machen.«

»Beim was?«, fragte ich.

Jens schüttelte wieder den Kopf, und seine Haare schwangen wie ein Tanzkleid. »KHSV. Der kommunistische Hochschulverband.«

»Wenn du noch einmal den Kopf schüttelst«, sagte ich, »kannst du die *Schülerfrontzeitung* selber verteilen. Ich habe deine Runde die letzten zwei Male übernommen, weil du dauernd in Regensburg bist.«

Jens schaute hoch, strich seine Haare nach beiden Seiten weg und zeigte uns sein bleiches Gesicht, das er frei von jeglichem Ausdruck gewischt hatte. Er schüttelte nicht den Kopf. Er schloss die Augen ganz langsam. Vielleicht hoffte er, woanders zu sein, wenn er sie wieder aufmachte. Andere Menschen vor sich zu haben. Er nahm einen Zug von seiner Zigarette und öffnete die Augen wieder.

»Wir sind's noch«, sagte ich. »Und überhaupt, kauf dir deine eigenen Lungenbrötchen.«

Kontakt. Ich spürte das warme, weiche Kissen der rechten Seitenfläche von Elses kleinem Finger auf meinem kleinen Finger. Wir berührten uns. Wer hatte den Finger bewegt? Ich, behauptete Else später immer. Sie, meine ich heute noch. Auf jeden Fall zog keiner von uns den Finger zurück.

»Was?«

»Lungenbrötchen. Kippen. Zi-ga-ret-ten. Dauernd gehen dir die Kippen aus, und du rauchst meine.«

Jens hatte sie auch gesehen, unsere Hände. Sein Blick flackerte kurz verunsichert von Else zu mir und wieder zurück. Er räusperte sich. »Also, wer?«

»Wenn's darum geht«, sagte ich, »hab ich meinen Teil schon getan. Ich bin letztes Jahr schon durchgefallen.«

Else kicherte. Ja! Dieses Kehlige, das ich liebte.

»Ich habe gar nicht gewusst, dass du dich für die Sache so engagierst, Jelly«, sagte Jens.

»Ja, da kannst du mal sehen. Und noch mal geht nicht. Da bin ich dann draußen.«

»Da kann er höchstens *Die Linken Arbeitslosen* gründen«, sagte Else. »Und was mich angeht, mir nimmt das eh keiner ab.«

Das stimmte. Else war viel zu gut in der Schule. Lauter Einser und Zweier. Sie konnte gar nicht anders.

»Also Erwin?«

Ich hatte fast vergessen, dass Erwin da war, dass er auf Elses anderer Seite saß. Er hatte bisher nichts gesagt. Das machte er oft. Er war ein kräftiger, untersetzter Kerl mit krausen blonden Haaren und einem offenen Gesichtsausdruck, die Augen hellblau und weit auseinander liegend. Diese Wettkämpfe zwischen Jungs in der Pubertät, bei denen verliert, wer zuerst zwinkert, hatte er immer gewonnen. Meistens trug er Holzfällerhemden. Erwin und ich kamen aus zwei verschiedenen Welten. Mein Vater hatte unten in Kelheim ein gut gehendes Elektrogeschäft, Elektro Jelinek, ehemals Holzapfel. Sein Vater war Landmaschinenmechaniker oben im Arbeiterviertel von Ihrlerstein, und Erwin hatte etwas von einem robusten, verlässlichen Bulldog an sich, einem Bulldog, der, einmal angeworfen, keine Macken hatte und keine besondere Pflege brauchte. Ich kannte Erwin seit der Grundschule, wir hatten in der vierten Klasse die gleichen guten Noten, zu mir hatte der Lehrer gesagt, ich soll aufs Gymnasium gehen, zu ihm, er soll in der Volksschule bleiben. »Was willst du denn auf dem Gymnasium?«, hatte der Lehrer zu ihm gesagt. »Bist ein Arbeiterkind.« Seine Mutter hat's ein Jahr später doch durchgesetzt.

»Ich mach's«, sagte er jetzt und nickte langsam. »Ich fall durch.«

»Mensch, Erwin, überleg's dir gut«, sagte Else. »Was sollen deine Eltern sagen?«

»Bei mir wundert sich keiner, wenn ich durchfalle. Ein Jahr macht nix aus. Für die Sache. Ich fang sofort damit an. Morgen, mit dem Kunz in Mathe. Ich freu mich schon.«

»Dann ist alles klar«, sagte Jens. »Ich habe zu tun. Ich muss gehen.« Er stand auf.

»Wir räumen hier noch auf«, sagte Else.

»Ich bin mit dem Spülen dran«, sagte Erwin und griff zum überquellenden Aschenbecher.

»Lass bleiben, Erwin«, sagte Else. »Jelly und ich machen das schon.«

»Ich hab eh nix zu tun.«

»Mensch, Erwin! Merkst du nichts? Du hast auch zu tun«, sagte Jens. »Du musst auch gehen.«

Erwin schaute ihn an, dann uns. »Ach so.«

Else und ich fingen an, die herumstehenden Tassen und Aschenbecher einzusammeln, während Jens und Erwin hastig ihre Parkas anzogen und sich auf den Weg machten. Die Glocke an der Ladentür bimmelte einmal. »Pfiat eich«, rief Erwin.

»Tschüss, ihr zwei. Macht nichts, was ich nicht machen würde«, sagte Jens. Bimmel.

Arschloch, dachte ich mir.

Auf einmal war eine Stille da, die nur vom Scheppern des Geschirrs unterbrochen wurde. Else stand an der Spüle, mit dem Rücken zu mir. »Jens hat früher immer gesagt, du wärst nicht mit der richtigen Überzeugung dabei«, sagte sie.

Ich umarmte sie von hinten, so, wie ich es seit Monaten machen wollte, und flüsterte ihrer linken Wange zu. »Jens hat recht. Ich bin nur wegen dir dabei, weißt du denn das nicht?«

Sie drehte sich um.

So fing es an mit Else und mir. Ich brauche nur im Tagebuch nachzuschlagen, das ich am selben Abend begann und bis zum Ende jenes Sommers führte, und alles ist wieder da, Geräusche, Gerüche, Gespräche.

Vor dieser Zeit war Else mit Jens zusammen gewesen. Als ich durchs Abitur flog und die dreizehnte Klasse wiederholte, landete ich in ihrer Klasse. Da waren die beiden schon seit zwei Jahren ein Paar. Unzertrennlich. In ganz Kelheim bekannt. Er war hier im Internat, aus reichem Hause in Wiesbaden, sein Vater besaß die Hassoldwerke, eine Auspufffabrik, die BMW, Mercedes und Audi belieferte. Jens hatte immer Geld. Die *Linke Schülerfront* hatte er aus seiner alten Schule in Frankfurt mitgebracht. Else war von Anfang an dabei. Vom ersten Tag an trug Jens einen langen, ausgefransten Lodenmantel und einen Tirolerhut mit Feder, selbst an den heißesten Tagen. Einmal, bei einer Anti-Vietnam-Demo, war er in ein Fass in der Form einer riesigen Coca-Cola-Dose geschlüpft. Das Fass hing an Schnüren von seinen Schultern, schwang rauf und runter, haute ihm immer wieder rumpelnd auf die Knie, während er lief, und der Schriftzug *Coca-Cola* war natürlich antiamerikanisch-antiimperialistisch durchgestrichen. Darunter trug er immer noch seinen Lodenmantel, obwohl ihn keiner sehen konnte. Es war ein relativ warmer Septembertag, und er schwitzte wie eine Sau. Typisch Jens. Konnte nicht einfach mit einem Plakat herumrennen wie jeder normale Mensch.

»Warum machst du das?«, fragte ich ihn.

»Aus dem gleichen Grund, aus dem du es machst. Vermutlich«, antwortete er keuchend aus seinem Fass.

»Ich laufe hier nicht in einem Fass herum, und ich trage auch keinen Lodenmantel.«

»Ach so. Der Lodenmantel ist eine Aussage.«

»Was sagt er aus?«

»Es ist Ironie, verstehste.«

Und wo kam auf einmal so was wie Else her?, frage ich mich heute noch. Aus der kuschenden, erzkatholischen, obrigkeitshörigen, rotgesichtigen, rothaarigen, dickleibigen Metzgereidynastie Schönamsgruber, die alle aussahen wie die eigenen Schweine und die jedem Pfarrer eine Extrawurst mitgaben. Wie konnte das sein? So eine schlaue, zierliche, furcht- und respektlose, gerechtigkeitssuchende, hübsche Person mit schwarzen, lockigen Haaren, die kein Blatt vor den Mund nahm. Unerklärlich. Eine Mutation, wie sie solche Zeiten hervorbringen. 1968 eben. Sie himmelte Jens an, das konnte jeder sehen.

Und dann betrog Jens Else Anfang Oktober auf der Klassenfahrt nach Straßburg mit Conny im Schullandheim, und zwar nicht nur einmal, sondern während der ganzen Fahrt. Mit Conny, die nicht in der *Front* war, auch nicht in der Jungen Union, die, in der Zeit, als alles politisch war, als einige in der *Roten Front* selbst die Schafkopfregeln ändern wollten (Unter sticht Ober), so politisch war wie eine Metzelsuppe, radikal nur, was die Kürze ihrer Minikleider betraf, und die einen Augenaufschlag wie aus der Stummfilmzeit hatte.

Wochenlang ging Else mit gesenktem Kopf und verheulten Augen in die Schule. Sie nahm ab. Aber sie verpasste kein Treffen der *Linken Schülerfront*, keine Vietnam-Demo, keine Plakatierungsaktion, keinen Redaktionsschluss der *Linken Schülerfrontzeitung*. Und langsam arbeitete ich mich an sie heran, anfangs mit einem Artikel über ein Thema, von dem ich wusste, dass es sie interessierte: die Schülermitverwaltung. Dann Schah-Besuch und Benno Ohnesorg. Vietnam. Das alles führte zu diesem Nachmittag im Kasbärbel, der auf dem Sofa endete, um uns herum der Geruch von Zigaretten und alter Milch. Danach waren Else und ich ein Paar. Zweiundvierzig Jahre lang.

Kapitel 2: Eine neue Dauerwelle

Am nächsten Tag, einem Dienstag, machte uns Erwin klar, wie er durchzufallen gedachte.

Erste Stunde: Mathe mit Kunz. Kunz war ein untersetzter, breitschultriger Kerl, der dauernd grinste, mit dicken roten Backen wie ein Bauer. Es dauerte nicht lange, bis man als Schüler merkte, dass sein Grinsen nichts Freundliches verhieß. Es war mehr ein festgefrorenes Lächeln, wie bei der Puppe eines Bauchredners. Was es ausdrückte, war, dass nichts und niemand um ihn herum ernst zu nehmen war. Nicht deine Person, nicht dein Respekt, nicht deine Angst, nichts an dir. Es hieß, er sei im Zweiten Weltkrieg in einem U-Boot abgesoffen und seitdem Sadist. Das Wort Psychopath kannten wir damals nicht, aber es wäre zutreffender gewesen. Ich glaube, es hat kein U-Boot und keinen Weltkrieg gebraucht, um aus Kunz einen Psychopathen zu machen. Ich glaube, er war schon vorher Psychopath. Ich glaube, er ist als Psychopath auf die Welt gekommen und hat seine Mutter im Wochenbett bereits so angegrinst. *Du glaubst wohl, du wirst mit mir Freude haben,* wird er sich gedacht haben. *Das ist lustig. Da lache ich drüber. Ha ha.*

Im Schulhaus hatte er es immer eilig und kam trotzdem jedes Mal zu spät zum Unterricht. Man musste vor Kunz auf der Hut sein, er nahm auf niemanden Rücksicht. Er schaute ständig nach unten, seine linke Hand strich immer wieder die langen, fettigen Haarsträhnen, die nach vorne fielen und seine Glatze freigaben, zurecht. Er lief wie gegen einen Sturm, streckte Kopf und Büchertasche so schwerkraftverachtend voraus, dass man meinte, er müsse vornüberfallen wenn plötzlich eine Windstille einsetzte. Dagegen hätte keiner etwas gehabt. Aber laut gelacht hätte auch keiner. Einmal bin ich als junger Schüler mit ihm zusammengestoßen, weil ich mich mit Freunden unterhielt und ihn nicht kommen sah. Es war, als würde ein mit Pflastersteinen beladener Gabelstapler auf einen auffahren. Danach lag ich schmerzverkrümmt auf dem Gang, und er drehte sich nicht einmal um.

Die Schulleitung ließ ihn normalerweise nur auf die jüngeren Jahrgänge los, für die älteren setzte sie Lehrer ein, die den Schülern tatsächlich etwas beibringen konnten. Nur in unserem letzten Schuljahr tat sich ein Engpass auf, und ich fand mich wieder in der Arena mit Kunz, den ich von den ersten Jahren auf dem Gymnasium noch zu gut kannte.

Mit uns älteren Schülern verband ihn ein eigenartiges Verhältnis. *Ihr kennt mich*, sagte uns sein Grinsen. *Ihr wisst, wozu ich fähig bin. Ich muss es nicht mehr zeigen. Oder?* Wozu er fähig war, das waren zielgenau geworfene Schlüsselbunde, die Schüler am Kopf trafen, Schellen, die Schüler von ihren Stühlen schleuderten, Büschel herausgerissener Haare, Zähne im Mund von Fünft- und Sechstklässlern, die vor Angst so klapperten, dass ihre Besitzer kein Wort mehr herausbrachten, und einmal waren es auch Zähne, die eine besonders heftige Schelle vom Kunz aus dem Mund meines Nachbarn herausbrach. Sie huschten über das graue Linoleum wie zwei kleine weiße Mäuse, unterwegs überholte die rechte die linke, und prallten gegen die Holzleiste unten an der Wand. Ich höre das Geräusch heute noch. Klack, klack. Und das stille Heulen meines Nachbarn. Dieses zitternde, rotzige Schluchzen. Wie er versuchte, sein Wimmern zu unterdrücken. Und ich sehe das Blut aus seinem Mund tropfen und auf sein Matheheft fallen. Pflatsch, pflatsch.

Kunz brüllte ihn an, und dabei grinste er immer noch: »Geh doch endlich auf den Abort, du Jammerlappen!«

An diesem Tag dachte ich an all das nicht, auch nicht an Erwins Vorhaben. Mir war selbst Kunz egal. Mein Kopf war voll von dem gestrigen Abend, von Else, von Elses Umarmungen, von ihrer Stimme, von ihren Küssen, von ihren Seufzern, von ihrer Wärme. Ich betrachtete sie von hinten. Ich konnte meine Augen gar nicht von ihr abwenden. Sie saß eine Reihe vor mir, schräg links. Ich sah gerade noch ihren Mundwinkel. Sie lächelte. Sie wusste, dass ich sie beobachtete. Und langsam fiel mir etwas auf. Ihre Haare. Ich hatte sie als leicht gewelltes Bündel in Erinnerung, das immer wieder sanft an meinen Händen abgeprallt war, als ich sie gestern auf der Couch gestreichelt hatte. Aber nun war aus dem gewellten Bündel ein krauses geworden. Wie war das möglich?

Irgendwann währenddessen muss Kunz in das Klassenzimmer gestürmt gekommen sein, muss seine Büchertasche auf das Pult geknallt haben, muss »Guten Morgen, meine Herren« gesagt haben, obwohl die Klasse zu einem Drittel aus Mädchen bestand, Mädchen ignorierte Kunz einfach, muss das *Kelheimer Tagesblatt* aus seiner Tasche geholt, die Sportseite aufgeschlagen und auf seinem Pult ausgebreitet haben. Dann wird er seinen grinsenden Blick über die Klasse haben schweifen lassen. Niemand wird Blickkontakt zu ihm aufgenommen haben, weil er in diesem Moment auf der Suche nach seinem Opfer war, das die Hausaufgabe an der Tafel würde vorrechnen müssen. Es wird absolut still gewesen sein.

Aber an diesem Vormittag sagte jemand von hinten: »Herr Kunz, nehmen Sie mich dran.« Das war das Erste, das ich, außer Else, von der Schulstunde überhaupt wahrnahm. Das hatte es noch nie gegeben, nicht mal von unseren besten Matheschülern. Das weckte mich aus meinen Träumereien. Ich drehte mich um, wie alle anderen auch.

Erwin saß da mit erhobener Hand.

»Was fällt Ihnen ein, Stadelbauer?« Kunz grinste. »Meinen Sie, wenn Sie einmal die Hausaufgabe gemacht haben, kommen Sie auch noch dran?«

»Das ist es ja, Herr Kunz. Ich hab sie eben nicht gemacht. Ich hab gemeint, jetzt hab ich die Hausaufgabe dreimal hintereinander gemacht, nix hat's genutzt, nie hat er mich aufgerufen, nicht mal angeschaut hat er sie, jetzt mach ich sie nicht und melde mich und schau, was passiert.«

Den Bruchteil einer Sekunde schien Kunz zu zögern, dann sagte er: »Können wir gleich haben. Kommen Sie raus.«

Ich war nicht gut in Mathe. Mathe war für mich wie eine Fremdsprache, die ich nicht verstand, so in etwa wie Latein. Ich kannte ein paar Floskeln, die mir weiterhalfen, aber ich hätte mich niemals richtig unterhalten können. Eine Fremdsprache, die sich einfach weiterentwickelte und veränderte, sobald man sich einbildete, etwas davon begriffen zu haben. Die Torpfosten hatten sich verschoben. Hatte ich unechte Brüche kapiert, kamen schon Flächenformeln. Blickte ich da halbwegs durch, waren wieder geltende Ziffern angesagt. Und bei Funktionen war ich sowieso ganz verloren. Gar keine Torpfosten mehr. Tor, Spielfeld, alles verwischt, Feindesland, in dem es galt, nicht aufzufallen, möglichst auf dem Bauch zu kriechen, damit man nicht angeschossen werden konnte. Und wenn Kunz einen an die Tafel holte, dann war man allen Geschützen ausgeliefert.

Jetzt stand aber Erwin an der Tafel, seitlich zur Klasse. Sein breites Kreuz in einem Holzfällerhemd, seine stämmigen O-Beine und sein strammes Gesäß in einer Jeans. Ich fühlte das, was ich immer fühlte, wenn ein anderer an der Tafel stand und nicht ich und man ziemlich sicher sein konnte, dass sein Auftritt die ganze Stunde ausfüllen würde, nämlich eine Riesenerleichterung. Ich hatte zwar die Hausaufgabe von Else abgeschrieben, hatte aber keinen blassen Schimmer, worum es darin ging.

Kunz saß an seinem Pult links vor der Tafel, auf dem Podest, auf dem die Tafel auch stand, er und Erwin wie auf einer

Bühne. Solange Kunz noch saß, war alles in Ordnung. Solange er von seinem Stuhl aus nur gehässige Bemerkungen von sich gab (»Ach, Jelinek, an Ihnen ist ein Maurer verloren gegangen«), konnte es dem armen Wurm an der Tafel egal sein. Gefährlich wurde es, wenn er aufstand. An das Gefühl kann ich mich heute noch erinnern: wenn man das Rascheln seiner Zeitung hörte, wie er sie zusammenfaltete, dann das Schaben seines Stuhles, als er ihn zurückschob, und dann seine Schritte, die sich von hinten näherten, bis er direkt hinter einem stand. Und man wartete auf seine Stimme. »Weiter, Jelinek.« Dann war es schlimm. Dann wartete man auf den Schlag auf den Hinterkopf, der die Stirn gegen die Tafel prallen ließ. Diese zwei aufeinanderfolgenden Laute: latsch, bumm.

Aber Erwin stand ganz anders da als die anderen Schüler, auffordernd schaute er zu Kunz, fast neugierig. »Also?«, sagte er dann. »Packen wir's, Herr Kunz!«

Kunz lehnte sich zurück, holte ein zusammengeknülltes Zigarettenpapier aus seiner Jackentasche hervor, strich es auf dem Pult glatt und las: »Gegeben ist die Funktion f: $x \rightarrow y = 2e^{2x-2}$ mit maximaler Definitionsmenge D.«

Erwin schrieb es an die Tafel.

»Geben Sie D an und bestimmen Sie das Verhalten von f an den Rändern von D.«

»Ja, das f, ja wie wird sich das f verhalten?«, sinnierte Erwin. Er legte die Arme übereinander und ging einen Schritt zurück. »Mmmmm. Da an den Rändern. Vielleicht fühlt sich das f ausgegrenzt. Das will bestimmt nicht so draußen sein. Da würd es mir auch nicht gefallen. Ich glaub, ich tu das f da hinein, da fühlt es sich nimmer so alleine.« Und er schritt wieder nach vorne und setzte das f vor 2e.

Ein Raunen ging durch die Klasse.

Kunz betrachtete ihn eine Weile. Dann faltete er seine Hände hinter dem Kopf. »Wollen Sie mich verarschen, Stadelbauer? Was ist überhaupt das e für eine Funktion?«

»Das e, das e, ja, das ist eine gute Frage, Herr Kunz. Das frage ich mich schon die ganze Zeit.«

Kunz machte eine abwertende Bewegung mit seiner Hand. »Ach, wissen Sie, Stadelbauer, das hat doch alles keinen Sinn. Das wäre die mündliche Note Sechs. Aber, sehen Sie, Stadelbauer, ich bin doch gar nicht so ... Machen Sie doch einen Kopfstand, dann kriegen Sie wenigstens eine Vier.«

Das kannten wir. Das war die letzte Stufe der Erniedrigung eines Schülers. Da machte Kunz Komplizen aus uns, die zuschauten. Wenn der Schüler dann da stand, mit hochrotem Kopf nach unten, wenn seine Schlüssel und sein Geld aus der Hosentasche fielen, wenn sein Hemd sich aus dem Hosenbund löste und seinen zitternden weißen Bauch freigab, sodass er aussah wie ein Schwein, das gleich geschlachtet wird, dann lachte die Klasse. Ich nahm mir vor, es nicht zu tun, aber ich wusste, andere würden es machen.

»Aha«, sagte aber Erwin. »Sind Sie wohl auch Sportlehrer, Herr Oberstudienrat? Machen Sie's doch bitte schön mal vor.«

Niemand lachte, aber ein Zischen ging durch das Klassenzimmer, das Geräusch von dreißig Schülern, die gleichzeitig einatmeten. Dann Totenstille. So hatte noch niemand mit Kunz gesprochen. Dann ging alles ganz rasch. Ein Scheppern, als Kunz' Stuhl nach hinten umfiel, weil er so überstürzt aufstand und auf Erwin losstürmte. Von seinem Pult zur Tafelmitte, vielleicht sechs Schritte, und so schnell, dass sein Oberkörper ganz nach vorne gebeugt war und seine Arme pumpten wie ein aufgezogenes Uhrenmännchen.

Erwin aber streckte seinen linken Arm aus, die Handfläche in Richtung Kunz geöffnet wie ein Polizist, der den Verkehr anhielt. Kunz musste, wenn er nicht in Erwins Hand laufen wollte, sofort stehen bleiben. Dabei flogen seine Haare nach vorne und hingen über sein Gesicht. Erwin sagte dann ganz ruhig, und dabei hielt er immer noch seinen Arm ausgestreckt: »Anbrüllen können S' mich, Herr Oberstudienrat, einen Deppen nennen, aber wenn Sie mich anfassen, schlage ich zurück. Merken Sie sich das.«

Kunz holte mit seiner rechten Hand aus, um Erwins Hand wegzufegen. Aber als er zuschlug, zog Erwin seine Hand blitzschnell zurück, und Kunz' Hand knallte mit einem laut vernehmbaren Knacks gegen die Tafel. Es klang wie damals bei uns im Garten, als wir beim Grillen saßen und ein Ast vom alten Apfelbaum abbrach und herunterfiel.

»Ahhhhh«, schrie Kunz, ging in die Knie und drehte sein schmerzverzerrtes Gesicht zur Klasse. Dann, leiser, »Oooooo«. Er hielt sein rechtes Handgelenk fest. Die Finger waren unnatürlich weit gespreizt, die ganze Hand war rot angelaufen und nach hinten gedreht. Unter der Haut am Gelenk schob sich eine runde Wölbung empor. Klarer Fall. Genauso wie das Foto im Erste-Hilfe-Kurs. Ein offener Bruch.

Kunz ging zur Tür, blieb davor stehen, offenbar, weil er seine Hand nicht loslassen wollte. »Macht mir hier keiner die Tür auf?«, schrie er.

Das war das letzte Mal, dass ich ihn brüllen hörte. Danach wollte keiner derjenige gewesen sein, der Kunz die Tür aufmachte, aber irgendjemand ist aufgestanden und hat es getan, ich bin mir fast sicher, es war Jens.

»Das ist eine mündliche Sechs«, sagte Kunz.

»Genau, Herr Oberstudienrat, das ist es«, sagte Erwin. »Aber keine Schelle und kein Kopfstand. Soll ich nun weiterrechnen, Herr Oberstudienrat?« Er bekam keine Antwort mehr. »Dann halt nicht«, sagte Erwin und legte die Kreide in die Ablage unter der Tafel.

Es ist so viel dazugedichtet worden seitdem, dass ich nicht mehr weiß, was genau danach passierte. In manchen Versionen gab es Applaus von der Klasse, in manchen sogar stehende Ovationen. Manche erzählen von einem regelrechten Boxkampf, bei dem Erwin Kunz k. o. schlug. Das stimmt alles nicht. Ich glaube, wir hatten alle Angst, dass Kunz wiederkommen würde und dass seine Rache furchtbar sein würde. Ich glaube, wir saßen alle einfach weiter im Klassenzimmer bis zum Gong. Ich glaube, erst dann war uns klar, dass Kunz nicht mehr zurückkommen würde, dass Erwin der Held der Stunde war. Wir alle standen auf und umringten Erwin an seinem Platz. Das weiß ich genau, weil ich hinter Erwin stand und Else vor ihm, also mir gegenüber, und ich sah, wie sie ihn mit großen Augen anschaute, und ich war das erste Mal in meinem Leben auf Erwin eifersüchtig.

»Du warst toll, Erwin«, sagte sie.

»Ach was«, sagte er. »Es muss einem auch mal was wurscht sein können.«

Ich weiß noch, wie ich nach etwas suchte, das ihre Aufmerksamkeit auf mich lenken würde. Ich weiß noch, dass ich die Seite wechselte, mich hinter Else stellte und meine Hand auf ihre Haare im Nacken legte.

»Was hast du denn mit deinen Haaren gemacht?«, fragte ich. »Das geht mir schon die ganze Zeit durch den Kopf.«

Sie drehte sich um. Sie strahlte mich an. »Die neue Dauerwelle«, sagte sie. »Wenn man sie wäscht und in der Luft trocknen lässt, schaut sie so aus.«

Kapitel 3: Die Donauinsel, Mai 1968

Das Schiffshorn ertönte. Dann das Rauschen und Schwappen von Wellen auf Metall. Das letzte Schiff von Kloster Weltenburg nach Kelheim legte in der Abenddämmerung ab. Das mahlende Geräusch der Schiffsschrauben wurde stärker, schrumm, schrumm, schrumm. Langsam schob sich das beleuchtete Schiff ins Bild, in diese Kulisse aus Kiesstrand, Lagerfeuer, schwarzem, sich windendem Tau der Donau und der Felswand gegenüber. Man schaute vom Ufer aus zu, blickte wie auf eine Bühne, die sich langsam bewegte. Es wurde ein Stück gegeben, in dem gerade nichts los war, die Schauspieler wanderten unentschlossen hin und her, warteten auf Anweisungen, ein paar winkten dem Publikum zu, und das Ganze driftete nach links ab, das Mahlen wurde leiser. Das Gefühl, das mich jetzt überkam, war mir vertraut. Es war wie früher. Wie beim ersten Mal auf der Insel. Die Erwachsenenwelt verlässt einen, und man kann sie nicht zurückholen. Man ist jetzt alleine auf der Insel, den ganzen Abend und die ganze Nacht. Kurz ist es einem bange vor diesem herausfordernden Ungewissen, vor dem anwachsenden Dunkel, bis sich die Augen und der Kopf daran gewöhnen.

Was nun? Der Abend und die Nacht warten, groß und voller Abenteuer.

Das erste Mal, als ich hier übernachtete, war ich zehn, das war vor neun Jahren. Damals haben Erwin und ich hier ein Zelt aufgeschlagen, oder vielmehr unsere Väter für uns. Mit zwei Kanus sind wir von Kloster Weltenburg hierhergekommen. Dann haben Erwins Vater und meiner ein Feuer gemacht und gegrillt. Sie schienen sich gut zu verstehen, mit der selbstverständlichen, stummen Kameraderie von Männern, die sich gelegentlich bei irgendwelchen Arbeiten gegenseitig geholfen haben. Zwei

Arbeiter eben, die ohne viele Worte zupackten. Erwins Vater sah aus wie Erwin, nur älter, und sein Blick war milder.

Es war ein Einweihungsritual in eine geheime Welt, eine Welt außerhalb der normalen mit ihren ganzen Gesetzen. Auf der Donauinsel hatten Generationen von Buben ihre Jugend verbracht. Sie ist keine richtige Insel, mehr ein Ufer, aber das Hinterland ist von steilen Felswänden abgeschirmt, sodass man hierher leichter mit dem Boot kommen oder, besser noch, schwimmen kann. Vom Kloster Weltenburg ist sie am leichtesten zu erreichen, und es geht flussabwärts. Da lässt man sich im Boot oder auf dem Rücken treiben. Es war klar, dass keine Eltern hier sein durften, dass die Buben unter sich blieben, dass man fernab von den Regeln der Erwachsenenwelt agierte. Es war ebenso klar, dass man irgendwann, so mit Mitte zwanzig, zu alt für die Donauinsel war und sie nicht mehr betreten durfte. Mein Vater hatte, im Gegensatz zu Erwins Vater, die Sommer seiner Kindheit und Jugend nicht hier verbracht, aber er wusste von der Tradition. So wie Väter ihren Kindern das Fahrradfahren und Schlittschuhlaufen beibringen, begleiten sie ihre Buben das erste Mal auf die Insel. Sie lassen sich mit ihren Söhnen von der Donauinsel nach Kelheim im Fluss treiben und hangeln sich an der Langen Wand wieder mit ihnen zur Donauinsel zurück. Dann schlagen sie das Zelt auf, machen ein Feuer und grillen. Wenn alle mit dem Essen fertig sind, gehen die Väter und lassen die Buben alleine.

Als wir gegessen hatten, richtete sich mein Vater dann vom Sitzen in die Hocke auf, federte, schaute sich um und fragte: »Bist du sicher, dass ich dich dalassen soll?« Da klang Sorge um mich mit, aber auch Neid, dass ich dableiben durfte und er nicht. Unsere Väter verließen uns in einem der Kanus. Später sahen wir die beiden auf dem letzten Schiff vorbeifahren. Sie standen am Heck und schauten zu uns herunter, sie winkten und verschwanden. Das war der erste von vielen Abschieden von meinem Vater.

Aber jetzt war es anders. Jetzt saß ich da unter einer Decke mit Else. Unsere Gesichter spiegelten die rote Glut des Lagerfeuers wider. Ein Feuer braucht man hier immer, tagsüber kann die Sonne herunterbrennen, wie sie mag, am Abend aber verlässt sie bald das Tal, es wird kalt hier zwischen den steilen Felswänden an der Donau, im Mai sowieso. Unseren Eltern hatten wir erzählt, dass alle von der Klasse hier übernachten, aber Else und ich waren alleine auf der Insel. Die anderen hatten noch gar nicht mitgekriegt, dass der Sommer sich schon angekündigt hatte, dass es schon warm genug war, um hier zu übernachten.

Ich hielt Else im Arm, unter der Decke. Rechts hinter uns, unter der Castellwand, hatten wir unser Zelt aufgeschlagen. Darin hatten wir die zwei gleichen Schlafsäcke, die wir im Kaufhof gekauft hatten, am Reißverschluss zu einem ganz großen verbunden.

Wir waren seit sechs Wochen zusammen.

»Mit wem warst du das erste Mal auf der Insel?«, fragte Else.

»Mit meinem Vater.«

»Ich meine, mit welchem Mädchen.«

»Du bist das erste Mädchen, mit dem ich auf der Donauinsel zusammen bin.«

»Echt?«

»Echt. Na ja, gut, du bist nicht das erste Mädchen, mit dem ich auf der Donauinsel zusammen war, aber du bist das erste Mädchen, mit dem ich auf die Insel gekommen bin.«

»Wie meinst du denn das?«

»Das erste Mädchen war schon da.«

»Das Mädchen war zuerst da, und dann hast du mit ihr geschlafen.« Sie stupste mich in die Seite.

»Genau. Es war Sommer, wir haben praktisch hier gewohnt.«

Sie kuschelte sich näher ran. »Wer war das?«

»Die Elli.«

»Die Elli? Vom Friseurladen?«

»Ja.«

»Die ist aber hübsch.«

»Und mit wem warst du das erste Mal hier?«

»Mit Jens.«

Mein Arm um sie erstarrte. Wie sie seinen Namen sagte. So – zärtlich. Ich wusste, wo sie ihr Zelt letzten Sommer aufgestellt hatten, das war genau am anderen Ende der Donauinsel, in der Nähe der Langen Wand. Ich wusste, wie sie eng umschlungen am Lagerfeuer saßen. Sie brauchte doch nur zu sagen, dass sie mich mehr liebte, als sie Jens jemals geliebt hat. Sie brauchte doch nur zu sagen, dass sie noch nie jemanden so geliebt hat, wie sie mich liebte, und es auch nie tun würde. So wie ich halt umgekehrt. Mehr wollte ich gar nicht. Aber sie sagte es nicht.

Ich spürte, sie hing dem Jens immer noch nach. Ich zog meinen Arm zurück und griff nach einer Zigarette.

»Warum bist du denn jetzt so still, Jelly?«

»Gell, du hängst dem Jens immer noch nach?«

»Ach, komm. Er war halt der Erste, mit dem ich zusammen war.« Sie legte ihren Arm um mich und drückte mich. »Komm, Jelly. Erzähl mir von deinem ersten Mal.«

Kapitel 4: Mehr iffeff net

Die Elli war damals das erste Mädchen überhaupt auf der Donauinsel, dann kamen erst die ganzen anderen, vorher war die Insel generationenlang eine reine Männer- oder Jungendomäne. Ein paar Jahre später war es selbstverständlich, dass Mädchen da waren, es ging schleichend, wie halt die ganze Emanzipation. Aber Elli war die Erste. Sie erschien eines Tages in Begleitung von Hansi Huber, dem Sohn vom Hausmeister des Gymnasiums, achtzehn, beim Bund, toller Körper, den er überall in der Badehose auf der Insel und in der Donau herumzeigte, er trainierte mit Hanteln. Elli war siebzehn und in der Friseurlehre. Sie hatte lange dunkle Haare und sah aus wie Romy Schneider, nur dass ihre Nase einmal gebrochen gewesen sein muss und an der Spitze einen leichten Linksknick hatte. Das rechte Auge schielte etwas nach innen, und sie sah überhaupt schlecht, war aber zu stolz, eine Brille zu tragen. Sie war aber nicht hässlich, nein, sie war hübsch, sie hatte herrlich weiße Zähne, die aus ihrem dunkelgebräunten Gesicht blitzten, eine richtig gute Figur und ein tolles, ansteckendes Lachen. Sie lief den ganzen Tag im Bikini herum, tiefbraun. Sie lächelte grundsätzlich freundlich, vielleicht, weil sie so schlecht sah. Hansi und sie waren die Ersten, die ihr Zelt nicht unten auf dem Kiesstrand direkt an der Donau aufschlugen, sondern weiter oben im Gestrüpp. Warum, wurde uns dann abends klar. Wir lauschten erstaunt ihren Schreien, und bald erklang vom Ufer ein Chor aus unserer Bubenreihe: »Hansi, komm, Hansi, komm, Hansi, ja! Hansi, komm, Hansi, komm, Hansi, schön!« Weil sie mit der Zunge anstieß, hieß das: »Hanffi, komm, Hanffi, komm, Hanffi, ffön!« Bis Hansi wutentbrannt bei uns unten am Ufer erschien und Schellen verteilte. Am nächsten Tag war dann das Zelt noch weiter oben.

Elli war nie mehr so laut, trotzdem riefen wir vierzehn-, fünfzehnjährigen Buben ihr immer nach: »Hanffi, komm, Hanffi, komm, Hanffi, ffön!« Sie ertrug es stets mit dem gleichen Lachen, als würde sie nicht nur schlecht sehen, sondern auch hören.

Und eines Tages wechselte ich einfach die Fronten, vielleicht, weil ich älter geworden war, und sagte zu den anderen »Lasst sie in Ruhe«, was sie komischerweise auch taten. Und eines weiteren Tages war Hansi am Wochenende nicht da, aber Elli, und ich lief wie zufällig an ihrem Zelt vorbei, wie wenn ich dort oben was suchte, und sie sagte »Wo gehst du denn hin? Da kommt nichts mehr«, und ich sagte »Ich suche einen ruhigen Ort, weg von den anderen Buben«, und sie sagte »Du bist doch der Nette von neulich, komm, setz dich her«; und sie fragte mich über die Schule aus und darüber, was ich machen wollte, Gott weiß, was ich ihr alles erzählte, aber ich hatte, ebenfalls rein zufällig, eine Flasche Bauerntrunk von Albrecht dabei, vino frizzantine gassificato mit einem Schraubverschluss, und wir tranken, und sie sagte »Du könntest mich überhaupt mal hinten am Rücken eincremen, dass ich keinen Sonnenbrand krieg, da komm ich nicht hin, ich hab da so ein Après Soleil *Appreff Ffoleill*, kennst des schon, is was ganz Neues, da musst schon das Teil hinten aufmachen und das Hoserl a bisserl runterziehen, ja da, mei, is des gut«, und nach einer Weile drehte sie sich um, und ich wusste nicht, was ich alles tun sollte, aber sie zeigte es mir, und es war für mich das erste Mal, und danach, als ich die Augen wieder öffnete und in ihre schaute, sah ich sie an, und eins ihrer Augen schaute mich wieder an, und das andere schaute zu ihrer Nase, und sie fragte »Na, wie war's?«, und ich sagte »Ganz okay«, und sie nickte und sagte »Erzähl's keinem. Aber mehr ist es nicht.«

Mehr iffeff net.

Kapitel 5: Einnorden

»Hast du das wirklich gesagt?«

»Was?«

»Ganz okay.«

»Ja, warum?«

»›Ganz okay‹ hast du gesagt.«

»Jaha.«

»Ich kenn doch die Elli. Die arbeitet in Kühnles Creativ-Salon. Die hat mir meine Dauerwelle gemacht. Die ist ganz nett. Mit der hast du es das erste Mal gemacht? Das war bestimmt ganz toll. Dein erstes Mal. Und dann noch so ein hübsches Mädchen.«

»Es war ja auch toll.« Für mich wenigstens.

»Und du sagst ›ganz okay‹.«

»Ich wollt halt nicht, dass sie merkt, dass es mein erstes Mal ist.«

»Das war fies. Und außerdem kann das mit dem Eincremen nicht stimmen. Der Art von Geschichten traue ich sowieso nicht. Das hört sich ja an wie so eine Bubenfantasie. So was macht die Elli nicht. Außerdem ist es nicht lustig, bloß wenn Leute lispeln.«

»Na gut, vielleicht war's nicht ganz so. Wir waren halt besoffen.«

Die Geschichte war gar nicht so verlaufen, Else hatte recht, Elli ist von dem Bauerntrunk betrunken geworden und hatte wegen dem Hansi geweint, und ich hatte sie getröstet, und dann … na ja, vielleicht hatte ich sie ausgenutzt. Und *Apreff Ffolleil* hatte sie nie gesagt. Aber es machte sich gut. Die Geschichte gehörte zu meinen sicheren Nummern. Andere lachten darüber. Meistens gleich bei »Hanffi, komm, Hanffi, komm, Hanffi, ffön!«, und wenn nicht hier, dann bei *Apreff Ffolleil*, allerspätestens aber an der *Mehr-iffeff-net*-Stelle. Und das hatte Elli wirklich gesagt. Else lachte nicht. Ich hätte ihr die Geschichte gar nicht erzählen sollen, oder anders, das merkte ich in dem Moment, aber es war zu spät. Else hat einen unbeirrbaren moralischen Kompass. Das ist mir damals, im dritten Monat unserer Beziehung, langsam klar geworden. Manche haben eine innere Uhr, wissen immer auf die Minute, wie spät es ist, andere haben das absolute Gehör, Else hatte diesen moralischen Kompass, der immer weiß, wo Norden ist. Sie war nicht der magnetische Norden selbst, aber sie wusste immer, wo er war. Ich habe mich an ihren Kompass gehalten, meistens wenigstens, ich habe ihn mir gelegentlich ausgeliehen, ich habe mich immer wieder an ihm eingenordet, wenn mir die Richtung nicht klar war, solange wir zusammen waren. Genauso wie unsere Kinder, später. Thomas, unser Ältester, als er mit fünfzehn in diese Mobbing-Geschichte an der Schule verwickelt war, vielleicht sogar der Anführer war, und die Schulpsychologin mit ihrem No-Blame-Approach gekommen ist. »Was, alle sollen gleichermaßen schuld sein?«, fragte Else. »Auch der arme Friedrich soll daran schuld sein, dass ihr ihn wie Dreck behandelt? So einen Quatsch habe ich noch nie gehört. Du bist schuld, und das weißt du auch. Weißt du, Thomas, du siehst gut aus, du bist intelligent, witzig, gut in Sport. Aber das ist alles nicht dein Verdienst. Und du hast auch fiese Züge. Wenn du auf Leute herabschaust, die nicht deine Begabungen haben, ist das ein fieser Zug. Aber du musst ihm nicht nachgeben. Du kannst ihm widerstehen. Es ist deine Wahl. Immer. Und du brauchst dir nicht einzubilden, dass du ungeschoren davonkommst, wenn du ihm nachgibst. Du nimmst Schaden daran. Wenn du nicht darauf verzichten kannst, etwas niederzumachen, nur weil du meinst, es ist kleiner als du, wirst du nie erkennen, wenn etwas größer ist als du. Du wirst nie Freude an etwas Größerem haben können, du wirst nie etwas Größerem dienen können. Weißt du, was das aus dir macht? Einen Kleingeist.« Sie schüttelte den Kopf. »Ich habe einen Kleingeist als Sohn.«

Das reichte.

»Ich hab's begriffen, Mama«, sagte Thomas.

Und ich hatte es auch begriffen.

Oder Jessi, Jessica, unsere Tochter, zwei Jahre jünger als Thomas, dunkel, hübsch wie die Mutter: Ein paar Jahre später, als sie achtzehn war, Thomas war damals schon auf der Uni, hat sie allen möglichen Männern den Kopf verdreht, und nicht nur Männern in ihrem Alter. Ich erinnere mich an ein denkwürdiges Mittagessen auf unserer Terrasse an einem Sonntag im Sommer. Wir saßen vor unserem Haus, das ich in den Achtzigerjahren gebaut habe in unserem Dorf bei Forchheim, wo wir nach dem Riesenskandal in Castell mühsam wieder Fuß gefasst hatten.

»Was ist das für eine Geschichte mit dem Apotheker?«, fing Else ganz unvermittelt an.

Wir schauten uns alle an. Das heißt, Thomas und ich schauten uns an. Jessi stocherte in ihren mediterranen Vorspeisen herum.

»Also, ich habe nichts mit dem Apotheker«, sagte Thomas dann.

»Ich auch nicht«, sagte ich.

»Was soll da sein?« Jessi legte ihre Stirn in Falten.

Es half nichts. »Du hast doch ein Verhältnis mit ihm«, sagte Else.

Nun breitete Jessi ihre Arme zu beiden Seiten aus, bewegte den Kopf hin und her und schaute ihre Mutter an, als ob sie nicht ganz dicht wäre. »Mit dem alten Kerl mit seinem Glatzkopf und Bauch? Spinnst du?«

»Ja, mit dem alten Kerl mit seinem Glatzkopf und Bauch, und nein, ich spinne nicht.«

»Mama? Der ist doch verheiratet. Und hat Kinder. Die älter sind als ich.«

»Jetzt hör endlich auf mit deinem Vorabendfernsehseriengeschaue und -gerede. Du hast ein Verhältnis mit ihm. Ihr trefft euch am Golfplatz und fahrt was weiß ich wohin in seinem Geländewagen und macht was weiß ich was.«

Jessi schaute hilfesuchend zu mir. »Brauchst mich nicht so anzuschauen«, sagte ich, »ich weiß zwar von nichts, aber ich trau's dir zu.«

Sie wandte sich wieder ihrem Teller zu. »Er liebt mich halt«, sagte sie trotzig.

»Das glaube ich sofort«, sagte Else. »Du bist hübsch, intelligent und meistens nett. Und seine Frau ist ein schrecklicher, eingebildeter Drachen. Aber die Frage ist doch: Liebst du ihn auch?«

Jessi schaute entsetzt. »Nein, natürlich nicht. Er könnte mein Vater sein.«

»Dein Opa«, sagte ich.

»Wenn du ihn nicht liebst, warum hast du dann was mit ihm?«

»Er macht mir Geschenke.«

Else sagte nur »Oh« und krümmte sich am Tisch, als ob sie einen Schlag in den Bauch bekommen hätte. Dann stand sie auf und ging in die Küche.

Jessi schaute eine Weile auf ihren Teller, dann folgte sie ihr.

Danach hatten wir in unserem fränkischen Dorf einige Monate lang einen unglücklich dreinschauenden Apotheker, aber keine Familientragödie.

Else war aber nicht rechthaberisch. Sie bildete sich nichts auf ihren moralischen Kompass ein. Manchmal lief sie selbst daneben her. Dann ging es ihr aber nicht gut. Am schlimmsten natürlich während ihrer Affäre mit Jakob, ihrem jüngeren Kollegen. Da nahm sie ab, bekam schwarze Ringe unter den Augen, hatte Migräneanfälle, konnte nicht schlafen. Ich merkte es, natürlich, aber was sollte ich sagen, nach meiner eigenen Untreue ein paar Jahre davor.

Später, als wir im Zelt waren, fing es in dieser Mainacht im Jahr 1968 zu regnen an, und ich ging hinaus, um die Zeltschnüre zu lockern. Ich weiß noch, wie toll es sich anfühlte, der Regen auf meinem nackten Körper, vor allem die großen fetten Tropfen, die von dem steilen Hang der Castellwand über uns auf mich herabklatschten, und ich liebte das mächtige Geräusch der Donau, wie sie sich durch die engen Felswände schob, das Zischen am Kies unten und das dumpfe Dröhnen, das von der Flussmitte herkam. Ein weißer Blitz erleuchtete die Wand gegenüber, die senkrechten Spalten und die Büsche blieben schwarz. Dann folgte ein Donnerschlag, ein Grollen, als wollten die Felswände auf beiden Seiten auseinanderreißen.

Aus Spaß rüttelte ich wild an der Zeltwand.

»Jelly? Bist du das?«

»Das war der Wind.«

»Kommst du?«

Else hatte Angst. Ich sollte wieder zu ihr ins Zelt und in unseren großen Schlafsack kommen und sie festhalten. Aber ich blieb noch einen Augenblick draußen vor dem Zelt und malte mir aus, was mich darin erwartete. Sie würde sich ganz eng an mich herankuscheln, mit dem Rücken zu mir, ich würde ihr sagen, dass es falsch von mir war, mich über die Elli lustig zu machen, und dass ich es nie mehr tun würde. Wir würden hören, wie das Donnern sich immer weiter von uns entfernt.

Und dann würde ich den Saum ihres Nachthemdes über ihren Hintern hochschieben. Ich streckte die Arme aus und spürte, wie die Tropfen auf mich klatschten, und ich lachte.

»Jelly, ich hab das Gefühl, aus uns könnt' vielleicht was werden«, sagte sie zu mir. Später. »Was hältst du davon, wenn wir zusammenbleiben?«

»Klar.«

»Auch auf der Uni, meine ich. Eigentlich meine ich: das ganze Leben. Was hältst du davon, Jelly?«

Kapitel 6: Enttäuschungen

»Jelinek Johann«, rief Direktor Bauer. Das bin ich. Jelly hieß ich erst, seit wir die Lebensmittel in Englisch durchgenommen hatten. Ich stand auf, quetschte mich an sechs Knien vorbei zum Mittelgang der Schulaula. Wenn ich von den Knien hochschaute, sah ich in drei ähnlich geformte Gesichter, in denen aber Enttäuschung eine jeweils andere Ausdrucksform fand. Bei meiner Schwester Ellen war es die eher allgemeine Enttäuschung, also die Enttäuschung vom Leben generell. *Ja, ja, ich weiß, du hättest auch aufs Gymnasium gehen können, ich weiß, du hattest die Noten dazu, ich weiß, deine Noten waren sogar besser als meine, ich weiß, du musst die Buchführung im Laden machen, nein, ich weiß nicht, warum. Deswegen musst du auch nicht herumlaufen wie eine Missionarin kurz vor dem Märtyrertod. In so einem blöden gepunkteten Kleid.*

Bei meiner Oma war es ebenfalls eine weitergefächerte Enttäuschung, die ihr verkniffener Gesichtsausdruck verriet. Er schloss mich mit ein, aber ich war nur ein Teil davon. *Ihr Jelineks könnt machen, was ihr wollt,* sagte er, *ihr könnt im Laden arbeiten, ihr könnt Abitur machen, ihr könnt Doktor werden, ihr könnt zum Mond fliegen, ihr bleibt Jelineks, dahergelaufene Jelineks.*

Bei Mutter war es die Enttäuschung vom Hier und Jetzt. Also auch von mir. Von dem, was ich jetzt gleich machen würde. Es würde nämlich ihre ganze Freude an dem ersten Jelinek, der das Abitur geschafft hatte, verderben. Ihre Freude darüber, dass sie ihrer Mutter endlich zeigen konnte, wozu ihre Kinder fähig waren, diese Freude würde es verderben. Sie wusste, was ich machen würde, weil alle anderen Abiturienten vor mir heute das Gleiche gemacht hatten.

Wenn mein Vater da gewesen wäre, er hätte nicht enttäuscht geschaut. Er, Emil Jelinek, Vertriebener aus dem Sudetenland, der die Tochter von August Holzapfel geheiratet und das Elektrogeschäft vom diesem übernommen hatte, hätte geschaut wie immer, freundlich lächelnd, als könnte er mit seinem Gesichtsausdruck alle Probleme der Welt beiseiteschieben. Er hatte ja auch ein anderes Gesicht, nicht dieses Holzapfelgesicht, oder besser dieses Krämergesicht, denn es stammte ja von meiner Oma, das Gesicht, das da nun in dreifacher Ausführung vor mir saß, mit dieser großen breiten Hakennase und den kleinen Augen darüber und dem fliehenden Kinn darunter, wie drei Raubvögel schauten sie aus. Mein Vater hatte ein entwaffnendes Gesicht. Seine Augenbrauen stiegen von den Schläfen zur Stirnmitte an, und seine Augen folgten dieser Linie. Alles nicht so schlimm, sagte es. Wird schon werden. Im Gegensatz zu den Holzapfels musste er sich anstrengen, nicht zu lächeln. Und dieses Gesicht habe auch ich. Aber mein Vater war nicht da. Er stand in seinem braunen Kittel im Laden, oder balancierte im Blaumann mit einer Antenne auf irgendeinem Hausdach.

Ich war im Mittelgang angekommen und ging zur Bühne. Ich war der Achte von sechzehn, und der Witz hatte sich totgelaufen. Ich stieg die Treppen zur Bühne hoch, bewegte mich zur Mitte, wo Kunz mit meinem Abizeugnis wartete. Auch er wusste inzwischen genau, was passieren würde. Er würde mir das Zeugnis mit seiner unversehrten linken Hand reichen, ich würde es ebenfalls mit meiner linken nehmen, dann würde ich ihm meine rechte Hand entgegenstrecken, die zu nehmen er aber nicht imstande war, weil seine rechte Hand immer noch eingegipst und hochgebunden war. Das erste Mal, bei Matthes Amtmann, da hatte es noch ein Überraschungslachen gegeben, vor allem wegen Kunz' verdutztem Gesicht, bei Schorsch Binder noch gesteigert, das war noch lustiger gewesen, dieser machtlos-wütende Gesichtsausdruck von Kunz. Der Höhepunkt war sein Zwillingsbruder gewesen, der Willi Binder, mit seinem gleichen langen Gesicht, seinen gleichen langen, spindeldürren Armen, seiner gleichen knurrenden Stimme, weil das sowieso immer lustig war, wenn die zwei nacheinander etwas machten, sie mussten sich nicht mal anstrengen. Sie saßen mit ihren langen Nasen und überhängenden Stirnen wie Osterinselstatuen in der letzten Reihe im Klassenzimmer, und am Freitag, wenn es nach der letzten Stunde gongte, sagte Schorsch jedes Mal zu seinem Bruder: »Trink aus, Willi, wir gehen.«

Aber das war's dann mit der Lustigkeit gewesen. Bei Conny Dürr, Jens' Freundin, hatte sich Kunz im Griff gehabt, da hatte fast keiner mehr gelacht. Bei Norbert Friedl hatte er sogar genickt. Ab da merkte man den Gezeitenwechsel im Publikum genau, wie ihre Sympathien anfingen, sich auf Kunz zuzubewegen. Bei Gerda Frühwald waren schon die ersten missbilligenden Zungenschnalzer gekommen, bei Frieder Günther von der Düngemittelfabrik Günther (Günther, schon grünt er) war der erste Buhruf ertönt. Jens hatte noch eins draufzusetzen versucht, indem er sich gebückt und die Hacken militärisch zusammenschlagen hatte, während er die Hand ausgestreckte. Das war aber schiefgegangen, weil Jens Turnschuhe trug, Kunz hatte nur den Kopf geschüttelt. Diesmal gab es wieder Lacher im Publikum, aber sie hatten nicht Kunz gegolten, sondern Jens.

Nun ich. Eine saublöde Idee, wie hatten wir nur so doof sein können? Kunz stand da, er schaute mir zu, wie ich mich ihm näherte, das Zeugnis hielt er ausgestreckt vor sich. Das war der Moment, auf den ich jahrelang gewartet, wenn schon nicht hingearbeitet hatte. Es half nichts, ich musste da durch, wir hatten es ausgemacht. Linke Hand ausgestreckt, Zeugnis genommen. Ich streckte die rechte Hand aus. Und da war es, Kunz' Grinsen, das erste Mal seit der Mathestunde mit Erwin. *Du bist nicht ernst zu nehmen, Jelinek. Nicht deine Person, nicht dein Respekt, nicht deine Angst, nichts an dir. Und auch nicht euer blöder Abistreich.* Ich spürte, wie mein normaler lachender Gesichtsausdruck erstarrte und von Enttäuschung verdrängt wurde und ich nun der Vierte aus der Familie mit einem enttäuschten Gesichtsausdruck war.

So ging es weiter, nunmehr in absoluter, peinlicher Stille: Meier Josef; Nöth Anita; Pawlitschek Robert; Popp Moritz; Reuther Stefan; Ruhl Matthias; Rüttinger Barbara. Alle empfing Kunz mit seinem wiederauferstandenen Grinsen.

»Schönamsgruber Else.«

Zwei Reihen vor mir, drei Stühle weiter rechts, ich weiß es genau, sie hatte auch immer wieder zu mir zurückgeschaut. Sie stand auf, ging zum Mittelgang, trug ein rotes Minikleid. Von hinten hatte sie leichte O-Beine, war das vielleicht das erste Mal, dass ich es merkte? Sah sexy aus, dachte ich mir. Sogar sehr sexy, müsste für alle verpflichtend sein, dachte ich mir. Sie ging auf die Bühne, warf die Haare mit beiden Händen nach hinten, sie waren in den letzten Monaten gewachsen. Kunz wartete grinsend auf sie, die letzte Abiturientin, Zeugnis ausgestreckt. Sie nahm es, reichte ihm nicht die rechte Hand, sondern ging vor zum Bühnenrand. Sprach. »Herr Kunz hat mich in zwei Jahren nicht einmal angesprochen, nicht einmal wahrgenommen. Jetzt mache ich das Gleiche mit ihm.« Drehte sich um, lief zur Treppe auf der rechten Seite, Applaus kam auf, immer lauter, Füße trommelten auf dem Holzboden, Kunz' Grinsen verschwand, er winkte mit seiner linken Hand ab, eine Bewegung in Richtung Publikum, ein Gejohle kam auf, Pfiffe, Gelächter. Direktor Bauer schaute verzweifelt zur Bühnenseite, bewegte seine Hände aufeinander zu, als wollte er klatschen, nur dass die Handflächen sich nicht berührten, der Vorhang ging zu.

Kapitel 7: Wiesbaden

»Ja, ja«, sagte Jens in die Stille hinein, wedelte mit den Haaren, und in der Dämmerung blitzten seine Zähne auf, als er sie mit einem schnellen, selbstzufriedenen Grinsen bleckte. Typisch. Er beanspruchte sogar die Stille *nach* seinem Gequassel, setzte seine akustische und visuelle Duftmarke noch, wenn ihm nichts mehr einfiel. Gerade hatte er in aller Ausführlichkeit von seiner letzten Demo in München erzählt und wie blöd sich die Bullen wieder angestellt hatten. Bevor Jens ansetzte, waren viele kleine Gespräche im Gange. Aber Jens hatte ja die Aufmerksamkeit aller eingefordert. Jetzt herrschte die Art von Stille, die nur ein ähnlicher Platzhirsch wie Jens sich zu brechen traute.

Wir saßen im Kreis um das Lagerfeuer am Ufer der Donauinsel etwas oberhalb des Kiesstrandes; fast die ganze Abschlussklasse, Else und ich auf der der Insel zugewandten Seite, uns gegenüber Jens; hinter ihm die Donau. Es war der Abend nach der Abifeier. Das hier war unser Abiball: keine Anzüge, Krawatten, Cocktailkleider, Eltern, Lehrer, Musikkapellen. Wir waren unter uns, wie schon den ganzen Sommer. Unsere Eltern ahnten vielleicht, was hier alles los war, aber sie ließen uns in Ruhe. Jetzt zum Beispiel kreiste ein Joint im Uhrzeigersinn und erleuchtete jeweils kurz das Gesicht desjenigen, der daran zog. Er ging bestimmt von Jens aus. Den Joint habe ich wohl angepafft, um nicht als spießig zu gelten, aber geschmeckt hat's mir nicht. Dafür das Bier. Jeder hatte eine Bierflasche in der Hand. Ich hielt Else im Arm, es sollte das letzte Mal für zwei Wochen sein, dass wir zusammen sein würden. Am nächsten Tag musste sie in der Früh mit ihren Eltern in den Urlaub fahren, nach Berchtesgaden, wie jedes Jahr. Das war Pflicht, sagte sie, Urlaub und Weihnachten, so viel schuldete sie ihrer Familie, ihrem Vater vielmehr, mit ihrer Mutter verstand sie sich nicht so gut, aber diese zwei Male im Jahr nahm sie sich vor, sich anzupassen. Sie würde also später mit dem letzten Schiff nach Kelheim fahren, und ich würde alleine im Zelt bleiben, in dem Zelt, in dem wir die letzten vier Wochenenden verbracht hatten, direkt unter der steilen Castellwand, wo uns keiner hörte. Meine und ihre Eltern wussten, dass wir miteinander gingen, sie wussten, dass wir hier jedes Wochenende verbrachten. Sie wussten nicht, dass wir sie alleine im Zelt verbrachten. Sie dachten, es war ein großes gemeinschaftliches Zeltlager. Oder vielleicht wollten sie es nur denken.

Rechts von mir leuchtete Erwins kantiges Gesicht in der Glut des Joints auf.

»Ach, der Erwin ist auch da«, sagte eine Stimme links von Jens. Es war Frisch-Blume, der auch mal kurz bei der *Linken Schülerfront* gewesen war, bis seine Eltern es ihm verboten hatten. Norbert Friedel hieß er, Frisch-Blume sagten wir zu ihm, weil der Blumenladen seiner Eltern so hieß. Der Spitzname passte so gut, weil er tatsächlich etwas von einer Blume hatte, sein Kopf hing nach vorne an seinem langen Hals wie eine Narzissenblüte an ihrem Stängel.

Frisch-Blume hatte gerade das »auch« ganz eigenartig betont. Jeder wusste, was er meinte.

Erwin zog am Joint und schaute in Richtung Frisch-Blume. »Klar, wieso?« Er gab den Joint weiter.

»Heute früh habe ich dich nicht gesehen.«

Ich konnte Frisch-Blume nicht mehr genau ausmachen, aber ich kannte ihn, und ich war mir sicher, dass er gerade mit seinem Kopf so nervig nickte und dass er grinste, als wüsste er, dass die Antwort, die kommt, doof sein würde. So war Frisch-Blume. Er hatte immer dieses provozierende Grinsen im Gesicht, außer wenn Kunz ihn an die Tafel holte, natürlich.

Erwins Rolle in der Klasse hatte sich ja geändert seit der Szene mit Kunz. Erwin befand sich zuletzt nicht mehr dort, wo er vorher im Klassengefüge war, also ziemlich weit unten, und das war nicht allen recht. Den Tonangebern unter den Buben war es nicht recht. Jens und Frisch-Blume. Es machte sie unsicher, dass sich Erwin das getraut hatte, was sie sich nie getraut hätten. Ausgerechnet Erwin. Wie weit oben aber war er tatsächlich?

»Ich war da«, sagte Erwin. »Halt nicht auf der Bühne.«

»Und wie hat's dir gefallen?«

»Es war ungefähr so lustig, wie wenn man denselben Witz sechzehnmal hintereinander erzählt.«

»Ach. Wärst halt nicht durchs Abi geflogen«, sagte Frisch-Blume. »Hättest ja mitbestimmen können.«

Ich merkte, wie Else in meinem Arm plötzlich erstarrte, und sah, wie Jens im flackernden Licht zu uns herüberschaute. Niemand außer uns dreien wusste, dass Erwin absichtlich durchgefallen war. Das Schweigen darüber war ja die Voraussetzung dafür, dass die Schule ihm wieder eine Chance gab. Wenn Erwin die Wahrheit sagte, würde es bestimmt jemand aus dieser großen Runde weiterplappern. Dann konnte er das nächste Jahr vergessen. Und die *Linke Schülerfront* gleich mit.

Erwin schaute Frisch-Blume lange an. Dann sagte er: »Ach, Frisch-Blume, weißt, es kann nicht jeder so schlau sein wie du. Oder so reiche Eltern haben.«

»Wie meinst du das?«, fragte Frisch-Blume. Vielleicht hatte er jetzt aufgehört, mit dem Kopf zu nicken.

»Na, dass der Laden von deinen Eltern halt den Blumenschmuck für die Bühne bei der Abifeier gespendet hat. Das ist doch ein gutes Gefühl, oder? Sagen wir mal, ein gewisses Gefühl der Sicherheit, oder? Ich meine, was macht man nicht alles fürs Abitur, oder? Du weißt schon, was ich meine.«

Stille.

»Da wären wir beim Thema«, sagte Jens plötzlich. »Ich hätte da einen interessanten Vorschlag für euch, wenn ihr in den

Ferien richtig gutes Geld verdienen wollt. Wollt ihr wissen, wie das geht?«

»Wir wissen's schon«, sagte Erwin. »Am besten, man besitzt eine Fabrik. Für Autoersatzteile zum Beispiel. Am zweitbesten, man ist der Sohn eines Fabrikbesitzers. Na, Jens, hast heut schon Wiesbaden gesehen?«

Allgemeines Gelächter. Ich wusste, warum. Else hatte es mir erzählt.

Geh rauf zum Wieserkreuz, hatten die anderen zu Jens gesagt, als er damals neu in die Klasse gekommen war, es war im Sommer gewesen. Da siehst du Wiesbaden. Nie und nimmer, hatte Jens geantwortet, ihr spinnt doch, Wiesbaden ist 350 Kilometer weit weg. Doch, jede Wette, hatten die gesagt. Gehen wir alle miteinander hinauf. Da ist eine Wahnsinnssicht, da sieht man Wiesbaden. Echt. Wenn nicht, gibst du eine Runde für die Klasse aus. Wenn's stimmt, hast du beim Kirchenwirt bis Weihnachten jeden Freitag eine Maß frei.

Also stiegen sie hinauf und liefen vor zum Wieserkreuz. »Sag ich's doch«, sagte Jens, »keine Spur von Wiesbaden.« »Geh weit vor, Jens«, sagten die anderen, »bis zum Rand. Schau da unten zum Ufer. Da siehst du doch Wiesbaden.«

»Wie?«

»Wie s' baden, Jens, wie s' baden.«

»Hää?«

»Wie sie baden. In der Donau.«

Also eine Runde für alle beim Kirchenwirt. Dem Jens machte das nichts aus, er hatte Geld wie Heu. Euch Bauernfünfern werd ich's heimzahlen, wird er sich gedacht haben.

»Sehr lustig«, sagte Jens jetzt. »Walter, du bist dran.«

Und auf einmal stand der Typ auf, der die ganze Zeit neben

Jens gesessen war, der Einzige, der nicht zur Klasse gehörte, der Einzige, der zu alt für die Donauinsel war. Ich hatte mich die ganze Zeit gefragt, was er da wollte und wie er hierherkam. Er hatte eine weiße Hose und ein schwarzes Hemd an, so was hatte ich noch nie gesehen, und er rauchte tatsächlich Zigaretten mit einer Zigarettenspitze, wie man es von Filmen aus den Dreißigerjahren kannte. Am Anfang hatte er sogar eine Sonnenbrille getragen, bis es fast ganz dunkel war. Vielleicht war er ein Verwandter von Jens. Ein älterer Bruder?

Kapitel 8: Weiß der Geyer

»Servus, Leute«, sagte der Typ, und es war sofort klar, dass er nicht der Bruder von Jens sein konnte, er sprach Wiener Dialekt. *Seawas Leite.* Er drehte seine Zigarettenspitze nach unten, ließ die Zigarette herausfallen, zertrat die Glut mit dem Fuß, klopfte seine Oberschenkel mit den Handflächen ab. In der Dunkelheit war nur noch seine Hose gut zu erkennen im Schein des Lagerfeuers. Sie schaute nicht mehr ganz so weiß aus. »Na, erst einmal herzliche Glückwünsche zu eurem Abitur.«

Schweigen. »Was will der hier?«, flüsterte mir Else zu. »Soll das dunkle Ding auf seinem Kopf tatsächlich sein Haar sein? Oder ist das eine Perücke?«

»Wir kaufen nichts«, sagte eine Stimme.

»Genau, Leute, ihr kauft nichts. Ihr verkauft etwas. Und ihr verdient damit richtig gut Kohle. Einen ganzen Sommer lang, bevor ihr im Herbst auf die Uni in Regensburg geht, dann braucht ihr nicht bei Mami und Papi zu wohnen und dauernd hin und her zu fahren, da könnt ihr euch eine Wohnung leisten. Wie hört sich das an?«

Schweigen.

»Jetzt wollt ihr bestimmt wissen, was ihr verkauft. Drogen? Versicherungen? Eure schönen jungen Körper? Nichts von alledem. Was Seriöses. Ihr verkauft Wissen.«

»Wir wissen nichts. Wir haben bloß Abitur«, sagte der Binders Schorsch, rechts vor Else.

Gelächter.

»Ihr braucht nichts zu wissen. Es steht alles hier drin.« Und auf einmal hatte der Typ ein Buch in der linken Hand, und mit der rechten tippte er drauf. »*Geyers Weltlexikon.* Band 1 von 38 Bänden. 27,50 DM pro Band. Oder alle 38 für 899 DM. Und, jetzt kommt's: 15 % für euch. Alles von hochkarätigen Wissenschaftlern, Professoren, Doktoren und was weiß ich noch aus unserem sozialistischen Bruderland geschrieben, jawohl aus der Dädärä. Zu einem Spottpreis von eurem Ergebensten gekauft. Denkt dran, wenn's keiner weiß, weiß der Geyer.«

»Das kann doch nicht dein Ernst sein?«, fragte der Binders Schorsch an Elses rechter Seite. Ich konnte gerade noch seine lange Nase in der Glut erkennen.

»Das ist mein Ernst. Ihr verhökert die Dinger für richtig gutes Geld, am besten in der Schweiz, wo die ganzen reichen Witwen hocken. Da gibt es Siedlungen, Kinder, da könnt ihr am Tag zehn Geyer verkaufen. Macht 1.348 Piepen. Und fünfzig Pfennig. Am Tag. Ihr fahrt mit mir in meinem Mercedes Cabrio, da habe ich Platz für vier von euch, Jens ist schon dabei, drei Plätze sind noch frei, ihr übernachtet in guten Hotels, keine Feier ohne Geyer, ihr schwärmt in den Millionärsvierteln aus, ihr kassiert die reichen Witwen ab, die haben Wissen, ihr habt Geld, alle sind zufrieden.«

»Und was hast *du* davon?«, fragte noch mal der Binders Schorsch.

»Ich bin doch der Geyer.«

»So schaust aus«, sagte der Binders Willi, der neben seinem Zwillingsbruder saß und dessen gleiche Nase rötlich beleuchtet wurde.

»Das mit der Dädärä braucht ihr nicht an die große Glocke zu hängen«, redete der Wiener unbeirrt weiter, »und auch nicht, dass unsere sozialistischen Brüder den Weltverlauf etwas anders sehen, das Kapitel über den Mauerbau zum Beispiel müsst ihr den Witwen nicht unbedingt unter die Nase reiben, und ihr müsst euch natürlich auch anders anziehen, ihr könnt nicht herumlaufen wie die Rolling Stones, oder glaubt ihr, die Rolling Stones haben jemals ein Lexikon verkauft? Na, seht ihr, seriös müsst ihr daherkommen, aber da helfe ich euch schon. Anzug, Krawatte – kein Problem.«

Hinter ihm mühte sich das letzte Schiff den Donaudurchbruch hinauf. Auf Deck war niemand, später würde es voll sein, die letzten Ausflügler auf dem Rückweg von Kloster Weltenburg würden zu uns herschauen, würden sich wünschen, sie wären jung und könnten bei uns sein. Aber Else würde auch an Bord sein.

Zwei Wochen. Eine Ewigkeit.

Der Typ war noch nicht fertig. »Auch damit, wie ihr die Dinger verkauft, helfe ich euch, aber eins vorneweg, überhaupt das Wichtigste, das seht ihr jetzt natürlich nicht – aber wisst ihr, was am Schnitt des Lexikons ist? Nein, wisst ihr nicht, ich sage es euch: Goldstaub! Na, seriöser geht's nicht mehr, und wisst ihr, warum? Auch nicht. Weil es teuer ist? Weil es eine Investition für das ganze Leben ist? Das alles, klar, ja, aber, nun aufgepasst, Leute, der Goldstaub am Schnitt sorgt dafür, dass kein Dreck nach innen gelangt. Goldstaub schirmt ein Buchinneres magnetisch vorm Eindringen von Mikroben ab, das ist wissenschaftlich erwiesen. Das ist unser schlagendes Verkaufsargument. Die Sauberkeit.« *Die Sauwakheid.*

»Glaubst du, das stimmt? Das mit dem Goldstaub?«, fragte Else.

»Ist mir wurscht.«

»Meinst du, Jens macht es wirklich?«

»Ist mir auch wurscht. Der Jens ist ein Arsch.« Ich konnte mich nicht beherrschen, ich machte Jens immer schlecht. Das half mir aber nichts bei Else. Nun war sie ganz still geworden.

»Glaubt ihr nicht?«, fragte der Typ. »Glauben auch die Witwen nicht. Glauben nicht, dass in ihren Häusern, wo man vom Boden essen kann, wo sie den ganzen Tag, ihr ganzes Leben, nichts anders tun als putzen oder putzen lassen, uns egal, überall und vor allem in ihren Büchern ganze Kolonien, ganze Universen von Mikroben lauern. Und weil sie es nicht glauben, verschafft ihr euch Zugang zu einem Buch von ihnen, sagt ›werte Frau Witwe‹, oder besser noch, ihr werft vorher einen Blick auf das Klingelschild und sagt ›sehr verehrte Frau Oberregierungsratswitwe‹ oder was auch immer, je nachdem, was an der Klingel stand, ›ich bitt Sie, holen S' mir bittschön nur einmal ganz kurz ein Buch aus Ihrem Oberregierungsratswitwenbücherregal da‹, dann schlagt es auf, pustet drauf, und ganze Wolken von Staub entladen sich in die Schweizer Stuben, und ihr habt gewonnen.«

Das Schiff legte an, das Rattern des ausfahrenden Landestegs hallte herüber, und ein Schiffshorn ertönte. Zehn Minuten bis zur Abfahrt. Unter meinem Arm wurde Else unruhig.

»Weil, nun Kinder, welches Lexikon fällt euch ein? Welches Lexikon stand bei euch in der Schulbücherei? Welches Lexikon haben euch eure werten Herren Lehrer empfohlen? Nun, weiß denn hier keiner was? Macht nichts, Kinder, ich sage es euch, das war natürlich der *Brockhaus*, jawohl, seit Jahrhunderten der Garant für Bildung im uns Deutschsprachigen zugewiesenen Teil des Abendlandes, schon Goethe und Schiller haben da drin nachgeschlagen und das Wissen als ihr eigenes ausgegeben, aber hätte man Frau Goethe und Frau Schiller gefragt, und hätte es *Geyers Großes Weltlexikon* schon gegeben, hätte man gewartet, bis die Herren Literaten gestorben wären, und dann die werten Frau Witwen gefragt – welchem Lexikon hätten sie den Vorzug gegeben? Richtig, *Geyers Großem Weltlexikon*! Und warum? Was hat der *Geyer*, das der *Brockhaus* nicht hat? Jawohl, den Goldstaub, den hat er, und sonst keiner. Nun, Kinder, der langen Rede kurzer Sinn: Wer von euch ist dabei?«

»Ich muss gehen«, flüsterte Else.

»Ich fahre dich hinüber.«

»Nein. Das will ich nicht. Bleib du da. Es ist einfacher so.« Sie küsste mich, stand auf und nahm ihren Rucksack.

»Ich will bloß eins wissen«, sagte Erwin in die Runde.

»Nur zu, Kinder, fragen, fragen. Denkt daran, wenn's keiner weiß, weiß der Geyer.«

»Nicht von dir. Von Jens.«

»Was ist, Erwin?«

»Machst du bei diesem Scheiß mit?«

»Ja. Klar.«

»Findest du das richtig, Witwen abzuzocken? Woher willst du wissen, ob sie wirklich so viel Geld haben?«

»Weißt du, Erwin, das muss man auf lange Sicht sehen. Das muss man getrennt sehen. Auf dem Weg zur Revolution muss man schauen, welche unvollkommenen Umstände es sich lohnt für die Sache vorübergehend hinzunehmen und welche nicht. Welche einen weiterbringen, verstehste?«

»Aha. Wollt ich bloß wissen.«

Ob Jens seiner Conny auch so ein Zeugs erzählte? Sie war nicht da, sie mochte nicht auf der Insel übernachten, man könnte von irgendwelchen Viechern gestochen werden. Jens hatte ein Zelt am anderen Ende der Terrasse, unterhalb der Langen Wand. Letztes Jahr hatte Else noch in seinem Zelt geschlafen. Dieses Jahr schlief er, wenn er auf der Insel übernachtete, alleine.

Unten am Ufer stand Else mit einem Fuß im Kanu und mit einem im Flussbett, ihre Jeans hatte sie über ihre schönen braunen Waden hochgerollt, den Rucksack hatte sie im Kanu verstaut. Sie schüttelte einmal den Kopf, schob ab, setzte sich hin und paddelte in die Nacht.

Kapitel 9: 21. August 1968

»Und wenn wir *und gegen den sowjetischen Einmarsch in die Tschechoslowakei* dazuschreiben?«, fragte Erwin.

»Auch nicht«, sagte Else. »Das hat doch mit unserer Sache nix zu tun. Das muss man doch getrennt sehen. Auf lange Sicht muss man das Ganze sehen, man darf nicht das große Ziel aus den Augen verlieren.«

»Du hörst dich ja an wie der Jens«, sagte ich. »Moment, ich hab's gleich. ›Welche unvollkommenen Umstände es sich lohnt für die Sache vorübergehend hinzunehmen und welche nicht‹, hätte der Jens noch gesagt.«

Erwin nickte. »Genau. Hätt der Jens gesagt. Für die Sache.«

»Jetzt hört halt auf mit dem Jens, was der gesagt oder nicht gesagt hätte, der ist eh nicht da«, sagte Else.

»Nee, der ist in der Schweiz und nimmt gerade reiche Witwen aus. Für die Sache«, sagte ich.

Else warf mir einen bösen Blick zu, dann wandte sie sich wieder Erwin zu. »Nee, Erwin«, sagte sie. »Das war's. Tut mir leid. Ich steige aus.«

»Ich auch«, sagte ich. Wir zwei standen vom Tisch auf und machten uns auf den Weg zur Tür. Auf halbem Weg drehte ich mich noch mal um. Erwin saß immer noch über den Tisch gebeugt da, aber er schaute uns nach. Er sah einsam aus, zwischen Bonnie und Clyde, Jimi Hendrix, Bob Dylan und Zappas Arsch. »Dann geh ich halt alleine«, sagte er und richtete seinen Blick wieder auf den Tisch.

Der Klang der Bimmel an der Tür hatte diesmal etwas Fröhliches, Befreiendes an sich, wie die Windbö, die uns von rechts aus der Brunngasse entgegenwehte. Ich holte tief Luft und drehte mich um. An der Tür hing das gleiche Plakat, das innen auf dem Tisch lag, der Wind hatte es gerade mit einem Knall in der Mitte aufgeplustert wie unser Zelt damals in der Sturmnacht; es zerrte an den Reißnägeln, und als es wieder zusammensackte, zeigten sich schon Risse an den Löchern.

GROSSE VIETNAM-DEMO
AM SAMSTAG, 24. AUGUST
BUS NACH REGENSBURG
ABFAHRT AM MARKTPLATZ UM 10:00 UHR
NIEDER MIT DEM FASCHISMUS!
NIEDER MIT DEM IMPERIALISMUS!

Stand da. Aber vermutlich nicht mehr lange.

Das Spiegelbild eines weißen Mercedes Cabrio schob sich langsam in die Glasscheibe der Tür oberhalb des Plakats und blieb stehen. Der Fahrer hupte, und ich drehte mich um. Typ mit Strohhut, spiegelnder Sonnenbrille, breitem Grinsen, schwarzem, offenem Hemd, schwarzer Jeans, schwarzer, schlecht sitzender Perücke, das ganze schwarze Ensemble umrahmt von weißen Ledersitzen.

Aha. Weiß der Geyer.

»Servus, Kinder, wie geht's, wie steht's? Ist es so weit?«

»Ist was so weit?«, fragte Else.

»Na, die Weltrevolution, was denn sonst?«

»Findet ohne uns statt«, sagte ich.

»Schade. Bloß wegen dem bisschen Einmarsch in die Tschechei darf man nicht das große Bild aus den Augen verlieren. Ein Streit unter Brüdern, sozusagen.«

Else sagte nichts, ich auch nicht. Sollte er doch endlich sagen, was er von uns wollte.

Der Geyer steckte seine Sonnenbrille in die Hemdtasche, legte seine Stirn in Falten und schaute uns bemüht seriös an. »Ist der Jens da?«

»Ist er wohl schon aus der Schweiz zurück?«, fragte Else.

Der Geyer schüttelte den Kopf. »Schweiz?« *Schwääiz*. »Wieso Schweiz? Er war gar nicht in der Schweiz. Keiner von euch war mit in der Schweiz. Keiner ist ins Hotel gekommen. Alle haben s' mich im Stich gelassen. Ich war alleine in der Schweiz und habe auch alleine die Provisionen eingesackt. Auch recht. Aber der Kerl schuldet mir Geld. Verspricht mir ein Riesengeschäft und taucht nicht mal selber auf. Also, ist der Jens da?«

»Nee.«

»Dann fahre ich eben nach Wiesbaden zu Mami und Papi. Keine Sorge, er kommt mir nicht aus. Keine Feier ohne Geyer. Macht's gut, ihr zwei Hübschen.« Er setzte die Sonnenbrille wieder auf und fuhr davon.

Ich merkte, wie Else neben mir verstummt war. Ich wusste, sie machte sich Sorgen um das Arschloch. »Die Conny war doch letztes Jahr auf Ibiza«, sagte ich. »Hat sie doch lang und breit erzählt, wie toll es dort war. Da sind sie bestimmt zu zweit. Der Jens wird vom Strand aus die Weltrevolution steuern. Wie Lenin aus der Schweiz.«

»Ich habe mit der Conny gesprochen«, sagte Else. »Die hat ihn seit der Abifeier nicht mehr gesehen. Sie denkt auch, er ist in der Schweiz.«

Ich sagte nichts mehr. Wann hatte sie mit Conny über Jens gesprochen? Und warum?

Kapitel 10: Treiben lassen

»Es ist doch ganz einfach. Du musst dich nur treiben lassen.«

»Ich mag mich aber nicht treiben lassen.«

Das hätte ich mir denken können. Else wollte über sich selbst bestimmen, sie wollte sich nicht fremdbestimmen lassen. Sie stand da im roten Bikini mit verschränkten Armen auf dem Grasrand oberhalb des Kiesstrandes und schaute auf die graue Masse der Donau. Sie hatte sich noch nie die Donau von der Donauinsel bis Kelheim hinuntertreiben lassen, wie wir Buben es unzählige Male getan hatten. Es war der Nachmittag desselben Tages, es war das erste Mal, dass wir auf die Donauinsel gekommen sind, seit Else aus dem Urlaub zurückgekehrt ist, und es würde der letzte Tag auf der Donauinsel in diesem Sommer sein. Vielleicht für immer, wer weiß?

»Du kannst ja auch die ganze Strecke schwimmen«, sagte ich. »Aber du brauchst das nicht, der Spaß ist doch, sich treiben zu lassen. Lass einfach den Fluss die Arbeit machen. Es ist toll, wirklich, du bist einem ganz großen Ding ausgeliefert.«

»Ich will keinem ganz großen Ding ausgeliefert sein.«

»Ich denke, du willst immer etwas haben, zu dem du aufschauen kannst.«

»Ja, aber ich will dem nicht ausgeliefert sein. Das ist ein Unterschied. Und außerdem stinkt es heute hier so komisch.«

»Komm, Else, lenk nicht ab. Häng die Sache doch nicht so hoch. Du legst dich hinein, du machst ein paar Schwimmzüge, und bevor du dich versiehst, bist du unten. Machen wir erst einmal die kurze Strecke bis ans Ende der Langen Wand. Wir sehen uns wieder am Strand da unten.«

Der Himmel war schon blau, aber er hatte etwas Zerbrechliches, weiße Wolken schoben sich schnell vom Westen heran, die Luft war kühl. Der Sommer war noch nicht vorüber, aber er verabschiedete sich auf Raten, und heute sollte die Rückzahlung beginnen.

Heute früh, bevor wir zum Kasbärbel gegangen sind, hatten wir beide per Post Bescheid bekommen. Wir hatten Studienplätze in Erlangen, Else für Englisch und Geschichte, ich für Deutsch und Erdkunde. Else wollte Lehrerin werden; ich wusste nicht, was ich werden wollte. Wir sollten noch einmal auf der Insel übernachten, morgen sollten wir das Zelt abbauen und das letzte Mal nach Kloster Weltenburg übersetzen. Am Nachmittag wollten wir nach Erlangen fahren und eine gemeinsame Wohnung suchen.

»Also gut, Jelly. Passt du auf mich auf?«

»Immer.«

Meine Fußsohlen waren so abgehärtet, dass es mir nichts ausmachte, als wir vom Gras auf die runden Kiesel hinunterstiegen, aber Else schrie auf, und ich musste sie unterm Arm stützen. Vorsichtig wateten wir ins Wasser, sie schrie wegen der Kälte noch mal auf.

»Jelly, ich weiß nicht.«

»Wir können nicht ewig herumtun. Das nächste Schiff fährt in einer halben Stunde von Kelheim weg. Bis dahin müssen wir drunten sein.«

Sie schaute immer noch unentschlossen drein.

»Los jetzt!« Ich schob sie ins Wasser.

Sie japste und fing an zu schwimmen, im Elsestil, mit kleinen, hektischen Bewegungen, als würde sie knapp unter der Wasseroberfläche einen Kartentrick machen, der Kopf ragte immer aus dem Wasser wie bei einem Hund. Ich musste lachen, und sie schaute mich böse an. Sie wusste, wie sie beim Schwimmen aussah. Im Grunde mochte sie Wasser nicht, weil man nicht darauf laufen kann, weil sie bei diesem Element nicht das Sagen hatte. »Willst du jetzt den ganzen Tag da stehen und lachen?«, rief sie. »Ich dachte, wir müssen los.«

Ich schwamm ihr nach. »Wir müssen in die Mitte. Komm, ich helfe dir. Leg dich auf den Rücken.« Ich nahm sie mit dem Rettungsgriff, und wir schwammen beide, ihr Rücken auf meinem Bauch, dorthin, wo die Strömung am stärksten war. Sie packte uns und drehte uns und trug uns flussabwärts. »Merkst du was?«

»Bei dir merk ich was.«

»Nur weil du so rumzappelst. Das machst du extra. Ich lass dich jetzt los, du musst dich mit den Füßen antreiben. Okay? Jetzt schau hinauf zu den Felsen! Toll, oder?«

Es war toll, jedes Mal. Wie die Felsen über einem hin und her schwebten, als würden sie jeden Moment einstürzen, und sich gleichzeitig langsam vorbeischoben.

»Mir wird schlecht«, sagte Else.

»Also gut, dreh dich wieder um. Mache nur so viele Schwimmzüge, wie du brauchst, und genieße die Strömung. Du voraus.«

Else konnte es nicht. Sie konnte das Schwimmen nicht lassen. Sie konnte sich dem Fluss nicht hingeben. Ihr Kopf schaute dauernd heraus und wackelte in ständigen Auf- und Abwärtsbewegungen. Ich kraulte an ihr vorbei, Kopf unter Wasser, ich schwamm wieder flussaufwärts, bis ich neben ihr war, drehte mich auf den Rücken und ließ mich treiben; sie nahm nichts von mir an, sie schaute nicht einmal her zu mir, und auch nicht zur Langen Wand, auch nicht zu Nepomuk in seiner Nische. Sie schaute immer nur geradeaus, geradeaus, geradeaus.

Venedig, fünfzehn Jahre später. Unser erster Urlaub ohne Kinder. Die waren bei den Schwiegerleuten in Kelheim.

»Wieso steht da San Zanipolo, wenn es Santi Giovanni e Paolo heißt?«, fragte Else, aber mehr sich als mich. Sie hatte ja auch den Stadtplan in der Hand.

»Die werden schon wissen, wie ihre Kirchen heißen.«

»Aber im Führer steht's anders drin. Wie sollen wir den empfohlenen Spaziergang machen, wenn die dauernd ihre Dinge umbenennen?«

»Ist doch wurscht. Es ist schön hier. Lassen wir uns einfach treiben.«

Else schüttelte den Kopf. »Ich mag mich nicht treiben lassen.«

»Ich mich schon.«

Else schaute nicht vom Stadtplan hoch. Sie schürzte die Lippen. »Das hast du mir ja ausreichend bewiesen.«

Sie meinte mit Anne. Das war gerade aufgeflogen, kurz vor diesem Urlaub.

Kapitel 11: Jens kommt zurück

»Toll, oder?«, fragte ich Else.

»Na ja. Und jetzt?«

Wir waren am Strand unterhalb der Langen Wand.

»Wie jetzt?«

»Wie kommen wir zurück? Unsere ganzen Sachen sind ja auf der Donauinsel.«

»Habe ich mir noch keine Gedanken gemacht.«

»Wenn man sich schon treiben lässt, sollte man sich wenigstens über das Nachher Gedanken machen.«

»Ja, ja. Laufen wir halt zurück.«

»Zu Fuß. In unseren Badesachen. Ich friere mich zu Tode, und bei dir sieht man alles.«

»Nicht zu Fuß, du Dussel. Wir hangeln uns an der Langen Wand entlang, so wie wir es immer machen. Das ist viel schneller.«

»Gegen die Strömung.«

»Klar gegen die Strömung.«

»Toll. Was soll's, da kommt es auch nimmer drauf an.«

Von der Donau kann man in mehrerlei Hinsicht das Kräftesparen lernen. Vor achtzigtausend Jahren haben einige kleine Nebenflüsse sich abgerackert, den Weg durch die Kalksteinfelsen freizulegen. Dann hat die Donau »danke schön« und »auf die Seite, Jungs!« gesagt, ihren Lauf einfach geändert und das neue Flussbett übernommen. Die Nebenflüsse sind dann irgendwohin versickert, und die Donau ist Europas längster Fluss geworden.

Die Lange Wand ist die engste Stelle und das Herzstück des Donaudurchbruchs. Vor- und nachher kann die Donau sich ausbreiten, Kiesstrände und Äcker überschwemmen, aber hier, an der ersten von drei Kehren nach Kloster Weltenburg, hat sie keinen Platz zum Ausweichen, auch nicht bei Hochwasser, hier verengt sie sich auf hundertzehn Meter und zwängt sich zwischen zwei achtzig Meter hohen Felswänden durch. Hier ist natürlich die Strömung am stärksten, und sie prallt voll auf die Lange Wand.

Gestern wäre hier kein Vorankommen möglich gewesen. Nach den starken Regenfällen der letzten Tage hatte die Donau den Strand der Donauinsel überschwemmt und alle Zelte und Boote mit sich gerissen, die nicht hoch genug lagen. Aber heute hatte die Strömung nachgelassen, heute würde es gehen, ich sah das nach all den Jahren daran, wie schnell die abgerissenen Äste vorbeiflossen. Heute würde es gehen. Gerade so.

Am Ende des Kiesstrandes ragt die Lange Wand hoch. Hier enden alle Wanderwege, und hier endet auch der Treidelweg, der durch die kleineren Felsen im neunzehnten Jahrhundert gesprengt wurde. Metallringe in der Wand zeigen, wie die Schiffe vor der Motorisierung ab hier an Hakenstangen hochgezogen wurden.

Am Kiesstrand unterhalb der Langen Wand watet man einfach in die Donau hinein. Bis zur ersten vorstehenden Felsspur steht man schon bis zur Taille im Wasser. Und dann stößt man sich bäuchlings ab.

Ich kannte jeden Griff in der Langen Wand, manche liegen oberhalb des Wasserspiegels, manche darunter. Ich machte das seit jenem ersten Wochenende auf der Donauinsel, also seit neun Jahren. Ich glaube, ich hätte mit geschlossenen Augen zum anderen Ende der Langen Wand finden können. Man musste sich nur um die vorstehenden Felsen herumhangeln, dann drang man vor ins Kehrwasser, da konnte man gut schwimmen, ein paar Züge, und schon war man an der nächsten Nase. Es war dieses Losschubsen vom Felsvorsprung ins Kehrwasser, das so viel Spaß machte. Mir wenigstens.

Else nicht. »Warte auf mich, Jelly.« Sie kauerte am dritten Felsvorsprung. Sie konnte sich nicht nur nicht treiben lassen. Sie konnte auch nicht loslassen. »Ich glaub, ich kehr um.«

Ich ließ den Griff los und trieb zu ihr zurück. »Du hast schon mehr als die Hälfte geschafft. Komm jetzt, los!«

»Jelly, ich glaub, ich will heute nicht auf der Insel übernachten.«

»Also gut, wenn du willst, gehen wir zum Strand zurück und laufen den Weg über den Felsen. Es ist sowieso kein Mensch mehr unterwegs.«

»Das ist es nicht. Ich will nach Kelheim zurück. Ich mache mir Sorgen.«

Ich hatte es die ganze Zeit gewusst. Sie machte sich Sorgen. Um den Scheiß-Jens.

»Um den Scheiß-Jens, oder?«

»Er ist nicht in Wiesbaden. Seine Eltern denken auch, er ist in der Schweiz.«

»Woher weißt du das? Gell, du hast angerufen?«

Sie nickte. Sie sah elend aus. Sie war fast am Weinen.

Mich packte die Wut. »Du kannst ja umkehren, wenn du willst. Du kannst auch mit Jens eine Wohnung suchen, wenn du willst. Ich geh auf jeden Fall zur Donauinsel.« Und ich schob mich vom Felsvorsprung weg und schwamm wieder zum nächsten. Zu allem Überfluss machte sich auf einmal der gleiche bestialische Gestank breit wie vorhin auf der Insel.

»Jelly!«

Ich drehte mich um. Und da war er ja, der Scheiß-Jens, in der Donau, er trieb auf Else zu, in seinem Lodenmantel auch noch, so blöd konnte nur er sein, der Lodenmantel hatte sich weit um ihn ausgebreitet, Jens hatte sich gar nicht im Griff, weil die

Strömung ihn umdrehte. Warum schwamm er mit dem Kopf nach unten? Jetzt trieb er wieder direkt auf Else zu, sie schrie, als Jens mit ausgebreiteten Armen auf sie prallte, als wollte er sie umarmen.

Er war tot. Er war schon lange tot.

TEIL 2

2010

Kapitel 12: Das dritte Glas

»Und wie schmeckt der Riesling?«, fragt Sonja leise. Sie sitzt an meiner linken Seite.

»Probier mal.«

»Probier du den Silvaner.«

Beim dritten Glas geht es los, das ist wie ein Naturgesetz. Ich kann mir noch so sehr vorgenommen haben, mich zu beherrschen, beim dritten Glas geht es doch los. Es sind ja keine Schoppen. Schoppen war gestern, Schoppen war woanders. Schoppen, also Viertelliter, sind Provinz, Pampa, *Bamba*, wie die Franken hier sagen, sind Wirtshaus. Wir aber sind in der *Enoteca Franconia*, in einer postmodernen architektonischen Landschaft aus Schiefer, Glas, Metall und dunklem Holz. Es ist wie immer, wenn man etwas anders eingerichtet sein will. Man kriegt das Gleiche, das alle anderen haben, die auch etwas anders eingerichtet sein wollen. Hier gibt es Spritzer aus Designerflaschen in riesigen Gläsern, und wer nach Eichstrichen fragt, hat in diesem Lokal nichts zu suchen. Der Wirt, René aus den neuen Bundesländern, trägt eine grüne Schürze, so ein extralanges Teil wie in den Cafés in Paris, und einen gewachsten Schnurrbart. Künstler stellen hier in der Reihe *WeingARTshausen* aus, diesen Monat hängen riesige Acrylbilder von Frau Doktor Marie-Luise Schablitzky, der Frau des Zahnarztes, herum. Es sind vermutlich Blumen, oder Stimmungen, eventuell auch Pizzabeläge. Wir sitzen in unserer Runde, Füße baumelnd wie Kinder am Erwachsenentisch, auf lächerlich hohen Stühlen, von denen wir vorsichtig absteigen müssen, wenn wir auf die Toilette gehen wollen.

Beim dritten Glas fangen wir an, Blicke auszutauschen, dann kommt die Frage, wie der Wein schmeckt. Wir haben immer unterschiedliche Weine bestellt. Absichtlich. Ich einen Silvaner und sie einen Riesling. Oder ich einen Weißburgunder und sie einen Grauburgunder. Egal. Hauptsache unterschiedliche. Es ist ein Ritual. Wir sitzen nebeneinander, wir reichen uns unsere Weingläser, unsere Finger berühren sich, verweilen kurz, wir tauschen die Gläser, wir trinken an derselben Stelle, an der der andere getrunken hat, wir schauen uns dabei an, ohne zu blinzeln, es ist wie Küssen.

Wir haben uns nie geküsst. Sonja ist ja auch nicht meine Frau, sondern die Frau von Arndt, der links von ihr an der Stirnseite des Tisches sitzt. Sie ist eine schöne Frau, sehr gepflegt, dunkle, lockige Haare, schlank, weidenartig, wenig Busen, wird aber schon passen, denke ich. Halt etwas älter. So um die fünfundfünfzig. Aber nicht so alt wie ich, ich bin gerade zweiundsechzig geworden. Arndt Leyer ist ein Kollege von Else, Oberstudienrat für Latein und Altgriechisch am Heinrich-Kühlwein-Gymnasium (nach seiner Auskunft sind die alten Sprachen die Voraussetzung, um weitere Sprachen zu lernen – er selbst kann keine weiteren Sprachen). Er ist ein großer, dünner, glatzköpfiger Kerl; wenn er läuft, bewegt er seine langen Arme nicht, sie hängen gerade nach unten, und er macht einen Ring aus Daumen und Mittelfinger. Er schwenkt gerade seine Rotweinkaraffe hin und her, er hält sie gegen das Licht, betrachtet und beschnüffelt sie wie eine bebrillte Gottesanbeterin mit einem Insekt im Würgegriff. Die leere Flasche steht daneben. Darauf ist zu lesen: *Finca Las Nubes Cabernet Malbec 2008*. Also kein Franken. Er trinkt nie Frankenwein. Die Franken können ja keinen Rotwein anbauen. »Aus Cafayate«, sagt er gerade. »Das liegt über 1.500 Meter hoch, wisst ihr. Bei dem niedrigen Luftdruck wachsen die Reben ganz anders. Befreiter. Das schmeckt man.« Rotwein anbauen können nur die Burgunder, die Bordelaiser, die Piemontesen aus Barbaresco. Und offenbar die Argentinier. Wissen wir alles. Wir haben es oft genug von ihm gehört.

Die Franken brauchen meinetwegen gar keinen Rotwein anzubauen. Sie sollen es beim Weißwein belassen. Rotwein trinken in Franken sowieso nur Leute, die keine Ahnung von Wein haben. Wir haben einige Jahre in Castell gelebt, in der Zeit nach der Uni, als Else Referendarin im Gymnasium Schweinfurt war und ich Volontär bei den *Würzburger Nachrichten* in Würzburg. Eigentlich eine wunderbare Zeit. Da haben wir das Weintrinken gelernt. Da gab es Schoppen. Beim Schmitts Otto. Und wenn man dort Leute besuchte, die Eltern von unseren Freunden, stand ein Krug voll Eigenbauwein auf dem Tisch, man hat sich davon eingeschenkt, so viel man wollte, hat ihn mit Wasser verdünnt, wenn man wollte – und zu welcher Tageszeit man wollte. Silvaner, Müller-Thurgau, eine Mischung daraus, was halt der Weinberg hergab, egal, es schmeckte alles gut, frisch, fruchtig, echt. Einfach die Trauben zusammengeschmissen und geschaut, was dabei herauskommt. Heutzutage läuft so etwas in der *Enoteca* unter Cuvée, den Begriff hätte damals in Castell keiner verstanden. Man redete auch nicht darüber. Wozu denn auch? Wein ist nicht dazu da, dass man über ihn redet, sondern dass man redet, während man ihn trinkt.

Was wäre passiert, wenn wir dort hätten bleiben können?, frage ich mich manchmal. Wenn das mit Anne nicht passiert wäre. Wenn ich bei der Zeitung geblieben wäre. Wenn ich meinen Roman geschrieben hätte.

Arndt kann einem auch mit seinen Ansichten über schottischen Single Malt Whisky so richtig auf den Senkel gehen; auf irgendeiner verregneten schottischen Insel hat er ein Fass lagern. Als Investition. Warum müssen Rotwein- und Whiskytrinker sich immer so ausführlich mitteilen? Warum haben Weißwein- und Schnapstrinker nicht dieses Bedürfnis?

»Gut.« Sonja nickt meinem Weinglas zu.

»Auch gut«, sage ich. Das ist der Stand der Dinge. Es ist nicht Liebe. Es ist angedeuteter Sex. Wie bei zwei angeketteten Hunden, die so tun, als gingen sie gleich aufeinander los, die aber in Wirklichkeit froh sind, dass sie angekettet sind. Wir sind eine gegenseitige Rückversicherung füreinander, dass wir noch attraktiv sind. Eine Gewerkschaft, die sich für die Rechte der gerade noch Begehrenswerten einsetzt. So geht es seit fünf Jahren. Jeden Mittwoch, wenn wir mit der Clique in die *Enoteca Franconia* gehen. Immer beim dritten Glas. Nie ist mehr passiert.

Das Thema ist inzwischen ein anderes. Das Gespräch kreist um unser Lieblingsthema: Heinrich Kühlwein. Weingartshausen – oder vielmehr unsere Runde hier, (und wir bilden uns ein, dass wir Weingartshausen sind) – setzt auf Heinrich Kühlwein. Heinrich Kühlwein wird uns auf die Deutschlandkarte setzen. Ach was, er wird uns auf die Weltkarte setzen.

Manfred Kungel spricht. Manfred D. Kungel eigentlich, er schiebt den Anfangsbuchstaben seines zweiten Vornamens zwischen den Ruf- und den Nachnamen wie ein amerikanischer Bestsellerautor aus den Fünfzigerjahren. Er sitzt links von Arndt, an der anderen Tischseite, mir schräg gegenüber, ist der Chefredakteur der örtlichen Ausgabe der *Fränkischen Nachrichten*, die hier *Der Weingartshausener Kurier* heißt. Er ist bärtig, untersetzt, mit Bauch, liebt Rautenpullis, und als es noch erlaubt war, hat er mit seiner Pfeife die Redaktion und ganze Wirtsstuben verpestet.

Sonja und ich tauschen unsere Gläser zurück.

»Raucht Manfred eigentlich noch?«, frage ich sie leise.

»Nur noch Zigaretten.«

»Schon klar. Ohne Publikum ist Pfeife rauchen ja nur noch der halbe Spaß.«

»Böse.« Sie knufft mich in die Seite.

Vor zwanzig Jahren hätte ich es wahrscheinlich laut gesagt. Aber Manfred bestimmt, was und wer in die Zeitung kommt.

Wen er nicht mag, wer ihn nicht hofiert, der bleibt draußen. Und ich kann es mir nicht leisten, draußen zu bleiben.

»Wir haben jetzt die Chance, mit Heinrich Kühlwein neue Wege zu gehen, ohne die Fehler der Ansbacher zu begehen«, sagt er. »Heinrich ist frisch, unverbraucht, er ist in vielerlei Hinsicht ein unbeschriebenes Blatt. Ein ungemaltes Bild.«

»Tabula rasa«, sagt Arndt. Er organisiert die Konzertreihe *WeingARTshausen Goes Classic*, so viel Englisch muss sein, in seinem eigenen Haus sogar, er hat einen Konzertsaal angebaut, einen pyramidenartigen Tempel aus Glas und Beton.

Else ist nicht dabei, sie hat vor Jahren aufgehört mitzugehen. Sie korrigiert lieber oder bereitet ihren Unterricht vor.

Arndt hebt einen Finger. »Und eine ungesungene Partitur«, fügt er hinzu.

»Eine Zeitkapsel«, sagt Manfred D. Kungel. »Was uns zunächst als ein Mangel erscheint, also sein hoher Grad an Unbekanntheit, die Tatsache, dass wir im Grunde so wenig über ihn wissen, kann sich im Nachhinein als großer Vorteil herausstellen. Wir sollen den Anspruch gar nicht erheben, den einzigen echten Kühlwein zu präsentieren. Wir sollten uns nicht künstlich einengen. Wir liefern eine Interpretation.«

»Genau.« Links von Manfred nickt der seit acht Jahren amtierende Bürgermeister von Weingartshausen, Harald Wartz. Seit er Bürgermeister ist, hat er eine Metamorphose durchgemacht; gewählt haben die Weingartshausener damals einen dicklichen Beamtentypen mit schlecht sitzender Frisur und Hornbrille, jetzt haben sie, nachdem er auf verschiedenen Lehrgängen gewesen ist, einen grau-weißen Dreitagesbart-, Stoppelfrisur- und Gleitsichtbrillenträger. Er hat auch abgenommen und das grundsätzliche, verbindliche Wohlwollen ausstrahlende Lächeln verinnerlicht. Nur seine Frau ist das gleiche »Muttla«, wie die Franken sagen, geblieben, aber man sieht sie immer seltener an seiner Seite, und wenn doch, strahlt er etwas Irritiertes aus, als ob er meint, vom Schicksal hintergangen worden zu sein. Neben ihm, auf der anderen Stirnseite des Tisches und zu meiner rechten Seite meine Chefin, Susanne Meyer-Hochwald, Leiterin des Tourismusverbandes Frankenalb. Eine groß gewachsene Frau, die auch noch überdimensionierte Stöckelschuhe trägt, und die dann, um doch nicht so hoch in die Luft emporzuragen, immer leicht gekrümmt geht. Kommt aus Mainz, versteht sich als rheinische Frohnatur, hat keinen einzigen Tropfen Humor im Blut. Sie hat in einem Rhetorikkurs gelernt, eine Oktave tiefer als ihre normale Tonlage zu sprechen, und denkt auch meistens daran, nur nicht immer im Büro, wenn sie sich aufregt. Langes, wallendes, blondes Haar, das sie mit einer dramatischen Kopfbewegung nach hinten wirft. Wenn ich sie auf dem Gang heranstöckeln höre, sehe ich förmlich, wie sie bei jedem dritten Riesenschritt ihr Haar nach hinten fegt und falsch lächelnd dreinschaut.

Man sagt ihr und dem Bürgermeister ein Verhältnis nach. Ob das stimmt, ist mir egal. Verdient hätten sie sich allemal.

Ich steige vorsichtig vom hohen Stuhl hinab und gehe auf die Toilette. Auf dem Weg am Tresen vorbei bestelle ich beim René anlässlich meines leider auf den vorgestrigen Tag gefallenen zweiundsechzigsten Geburtstags zwei Bocksbeutel Silvaner Schloss Castell trocken 2009 für die Runde. René ist beim Gläserputzen. Als Reaktion auf meine Bestellung hebt er seine rechte Augenbraue. »Frankenweine sind auch Menschen«, sage ich zu ihm, und er bringt seine linke Augenbraue in Parallelstellung zur rechten.

Als ich aus der Toilettentür trete, steht Sonja da. Sie wirkt seltsam verloren, mit verschränkten Armen im dunklen Korridor vor einem Acrylgeklekse. »Ich wollte dir nur sagen, dass Arndt ab morgen auf Klassenfahrt in Hamburg ist«, sagt sie. Sie schaut mich an, dann schaut sie weg.

»Ach so«, sage ich. Ach nee, denke ich. Lassen wir es beim Spiel, denke ich. »Soll ich vorbeikommen?«

»Wann hast du aus?«

»Sechzehn Uhr.«

»Komm doch morgen vorbei. Aber stell dein Auto nicht vor dem Haus ab.«

»Sag mal, magst du eigentlich diese Leute?«, fragt Else aus dem Bad, wo ich sie herumkruschen höre. Flaschen auf- und zudrehen, absetzen. Vertraute, beruhigende Geräusche, die über die Jahre immer mehr Raum eingenommen haben.

»Wie meinst du das?«

»Na ja, ich meine, magst du eigentlich diese Leute?«

»Das sind doch unsere Freunde.«

Aus dem offenen Badezimmer schwappt eine große Welle des Schweigens ins Schlafzimmer herüber.

»Wir gehen doch seit Jahren mit ihnen fort.«

»Das weiß ich auch. Ich frage mich, warum.«

Ich kann nicht schlafen. Die Sache mit Sonja lässt mir keine Ruhe. Was hat sie dazu bewegt, diesen Schritt zu machen? Sie hat dabei nicht besonders glücklich ausgesehen. Ich dachte, unsere Beziehung sei klar abgesteckt. Sollen wir nun tatsächlich ein Verhältnis anfangen? Es hätte etwas Verzweifeltes an sich, nach all der Zeit. Andererseits ist sie wirklich eine attraktive Frau. Ich möchte schon mit ihr schlafen. Aber ich bin nicht in sie verliebt. Und sie, glaube ich, auch nicht in mich.

Wahrscheinlich hat Arndt ein Verhältnis.

Und Else hat recht, wie so oft. Freunde sind das nicht. Wir laden uns gegenseitig zu Geburtstagen ein und kochen tolle Menüs. Wir denken, wir lenken einvernehmlich die Geschicke Weingartshausens. Wir sind aber Zweckbefreundete, eine

Notgemeinschaft, wie es sie in jeder Schulklasse gibt, diejenigen, die zusammenhängen, weil sie keine anderen Freunde haben. Ich bin, als ich im September 1967 neu in die Klasse kam und im Oktober bei der Klassenfahrt nach Straßburg mitfuhr, die ganze Zeit mit Hans Wolldampf und Peter Rübach herumgelaufen. Wir haben überall *vin rouge ordinaire* getrunken und *œufs à la russe* mit Baguette gegessen. Sie waren richtig dankbar, dass wir so viel gemeinsam unternommen haben. Sie waren nicht verkehrt. Der eine pickelig, der andere mit Haaren, hinaufgeschoren bis weit über die Ohren. Beide sahen aus, als ob ihre Mütter sie angezogen hätten, und sie haben nie schlecht über andere Schüler gesprochen, nicht mal über Lehrer. Ich hatte in Straßburg nur dauernd das Gefühl, dass es woanders interessanter zugegangen ist. Und als ich der *Linken Front* beigetreten und mit Else zusammengekommen bin, habe ich die beiden völlig vergessen. So sind die Menschen. Oder bin nur ich so?

Ich habe schon lang nicht mehr an die Zeit gedacht. Und an Jens. Es stellte sich heraus, dass er seit dem Abend nach der Abiturfeier auf der Donauinsel nicht mehr gesehen worden war. Alle dachten, er sei in der Schweiz. Aber er muss am selben Abend, im Suff wahrscheinlich, von den Felsen abgestürzt sein, sich in einer Felsspalte eingekeilt haben, bereits tot, hoffentlich, und bei der großen Überschwemmung dann freigespült worden sein. So hat es die Kripo rekonstruiert.

Else hat wochenlang geheult.

Ich war froh, dass ich nie mehr auf ihn eifersüchtig zu sein brauchte, ja, so muss ich es sagen. Dachte ich wenigstens. Damals.

Nein, Freunde sind das nicht. Ich mag ihren Ton nicht. Ich mag meinen Ton auch nicht, wenn ich mit ihnen rede. Und ich mag den Ton in meinen Gedanken nicht, wenn ich bei ihnen bin.

Diese durchgängige Ironie. Diese feige Ironie. Diese Ironie, die sich auf die Seele setzt, ätzend wie Säure aus einem vollen Magen.

Freunde hatten wir mal. In Castell damals. Bis Dietmar von der Autobahnbrücke bei Marktbreit gesprungen ist. Da wussten die Freunde nicht, zu wem sie halten sollten. Anne war ja nett. Sie war ein guter Mensch. Viele haben zu ihr gehalten. Aber Else war auch nett. Manche haben aus Liebe zu ihr zu uns gehalten. Ich glaube nicht, dass irgendwer aus Liebe zu mir zu uns gehalten hat. Manche haben versucht, sich neutral zu verhalten. Aber das ist wie im Krieg, solche werden von allen ignoriert, und am Ende waren sie mit keinem von uns befreundet.

Kapitel 13: Marius

»Ich komme heute später. Ich muss nach der Arbeit nach Altdorf, wegen den Bilderrahmen für die Ausstellung«, sage ich beim Frühstück so beiläufig wie möglich.

Else ist in die Zeitung vertieft. Die Konservativen haben in Großbritannien offenbar die Wahl gewonnen. Das interessiert sie, als Englischlehrerin.

»Welche Ausstellung?«, fragt sie.

Das habe ich mir auch schon überlegt. »Die Arbeiten von Frau Lichnowsky.«

»Mm-hm. Ich dachte, die macht Plastiken.«

»Nee. Ja. Fotos auch.«

»Aha.« Sie legt die Zeitung weg und steht auf. Sie sieht mit neunundfünfzig gut aus, hat denselben knackigen Po wie mit achtzehn. Männer, auch jüngere, schauen ihr nach. Sie hat immer noch das gleiche Gewicht und die gleiche Kleidergröße wie damals. Sie geht regelmäßig schwimmen und Nordic Walken.

Ich dagegen habe zugelegt.

»Wie viel später?«, fragt sie.

»Keine Ahnung. Zwei Stunden vielleicht. Warum, haben wir was vor?«

»Nein, nichts. Nimm das Handy mit und ruf an, wenn du losfährst.«

»Alles klar.«

»Rufst du noch mal nach dem Marius, bevor du gehst? Sonst muss er halt draußen bleiben, bis ich komme.«

»Mach ich.«

»Denkst du dran, dass Thomas und Jessica am Wochenende kommen und dass wir deinen Geburtstag nachfeiern?«

»Klar.« Hatte ich vergessen. »Kommen sie Freitag oder Samstag?«

»Samstag. Sie bleiben nur einmal über Nacht. Du kennst sie doch. Also, bis heute Abend.« Else nimmt ihre Tasche und ist schon fort. Sie hat diesen federnden Schritt, diesen leichten, vorwärtsdrängenden Gang, der kundtut, dass sie sich gerne in den Tag hineinbegibt, dass es in der Schule, in ihrem Leben, gut läuft. Meistens läuft es gut in der Schule, in ihrem Leben. Damit es so ist und bleibt, hat sie sich etwas von mir abgekapselt, hat einige wichtige Elemente ihres Lebens auf einer jellysicheren Insel gelagert.

Else ist eine tolle Lehrerin. Gerade liest sie *On Chesil Beach* von Ian McEwan mit ihrer zwölften Klasse. Früher haben wir solche Bücher gemeinsam gelesen und besprochen, jetzt hebt Else sich das für ihre Schüler auf. Aber dieses Buch habe ich gelesen. Es handelt von einem sexuell unerfahrenen Paar, das in der Hochzeitsnacht beim ersten Versuch, miteinander zu schlafen, alles vermasselt und vor lauter Stolz und Scham auseinandergeht und nie mehr zusammenkommt, obwohl die zwei sich lieben und wissen, dass sie füreinander bestimmt sind. Sie werden nie mehr mit anderen Partnern glücklich. Es kommt mir so vor, als wäre die Entwicklung bei uns genau andersherum verlaufen.

Wenn es bei Else in der Schule gut läuft, und das tut es meistens, summt und knistert sie vor Begeisterung wie ein Dynamo, wenn sie heimkommt. Am liebsten sind ihr die höheren Klassen. Wenn sie so einen Roman wie den von Ian McEwan besprechen, dann ist sie in ihrem Element, dann braucht sie gar nichts anderes mehr. Dann hat sie so ein Dauerlachen im Gesicht. Dann sitzt sie abends noch ewig lange in ihrem Arbeitszimmer. Dann bin ich hergeschenkt. Dann kann ich meinen Schoppen alleine trinken. Dann hat sie einen weißen Scheitelansatz, weil sie vergisst, ihre Haare nachzufärben. Dann kann man es mir gar nicht verdenken, wenn ich mit Sonja …

Stopp. Depp.

Ich nehme meinen Espresso mit hinaus auf die Treppe, die zum Garten hinunterführt. Von hier aus überblicke ich die nebelverhangene Wiese hinter unserem Gartenzaun und den angrenzenden Wald.

»Marius!«

Und da kommt er schon, durch die grünen Aprilstoppeln schnürt er her, unser schwarzer Kater, den Schwanz zur Begrüßung hochgereckt. Dann bleibt er mitten auf der Strecke stehen, eine Pfote hängt in der Luft.

»Marius!«

Er setzt sich mitten in der Wiese hin und beginnt sich zu putzen. Es bin ja nur ich, der wartet, und nicht Else. Die Nacht hat er in unserem Bett verbracht, wie immer. Früh hat ihn Else hinausgeschickt, jetzt lässt er sich Zeit mit der Entscheidung, zurück ins Haus zu kommen. Er liegt nachts zwischen uns im Gräbele, er liegt abends zwischen uns, wenn wir fernsehen, er sitzt mit am Tisch, wenn wir essen, er wird von uns beiden gestreichelt, er ist unser beider Ventil für die Zärtlichkeiten, die wir früher miteinander ausgetauscht haben. Er ist unsere verselbstständigte Liebe, abhandengekommen, aber noch nicht verloren. Greifbar. Eine schwere Last für einen Kater.

Er mag Else lieber. Eindeutig. Sie füttert ihn ja, putzt seinen Fressnapf, säubert sein Katzenklo. Wenn Else fort ist, auf Lehrgang, dann richtet er sich auf mich ein, aber widerwillig. Er lässt durchblicken, dass ich zweite Wahl bin. Er kommt nur zum Füttern, nicht zum Liebgehabtwerden. Da interessiert er mich auf einmal doch. Ich stelle ihn dann auf die Probe. Ist er käuflich? Ich kaufe ein Suppenhuhn, koche es ohne jegliche Gewürze, Marius dreht fast durch, zittert, streckt sich vom Küchenboden zur Herdplatte hinauf, dass er so lang ist wie eine Gartenlaterne aus Papier nach einer Regennacht. Dann, wenn ich Teile des

Huhns in seine Schüssel gebe, schlabbert er es fast ohne zu kauen in sich hinein. Nach der Mahlzeit setzt er sich woandershin, ganz weit von mir weg, und fängt an, sich zu putzen.

Dein Hühnchen fresse ich, aber ich habe dich nicht lieb. Ich durchschaue dich. Ich weiß um deine geheimen Gedanken.

So wie jetzt. Marius hat aufgehört, sich zu putzen, er sitzt da im Gestrüpp und betrachtet mich mit großen Augen.

»Ich mach's ja nicht«, sage ich zu ihm, aber mehr innerlich, auf jeden Fall nicht so laut, dass mich jemand aus den Nachbarhäusern hören könnte. »Ich weiß, dass es falsch wäre.«

Er scheint meine Worte abzuwägen.

»Aber hingehen muss ich schon. Ich muss ihr erklären, dass es nichts bringt. Persönlich, verstehst du? Alles andere wäre doch schofel.«

Er setzt wieder an, sich zu putzen.

»Weißt was? Mach, was d' mogst.«

Kapitel 14: Wemwasantun

Es verblüfft mich jedes Mal. Hinter unserem Haus die Wiese, der Wald, und von vorne schaut es aus wie überall. Siedlung halt. Der Himmel ist grau verhangen, ein paar blaue Risse zeigen sich. Ein Wischer von Regen besprenkelt die Fensterscheibe mit groben Spritzern wie aus einem großen Weihwasserkelch. Ich fahre vor bis zur Nürnberger Straße und biege an der Ampel links ab, nicht rechts, wie alle anderen, die nach Nürnberg fahren. Dann rumpele ich über die Straßenbahngleise. Linie 10, direkt vom Hauptbahnhof, und sie endet nicht einmal in Weingartshausen, sondern führt weiter nach Petershausen.

Weingartshausen, mit seinen 2.700 Einwohnern, ist ein guter Ort für Schizophrene. Man kann hier leben und glauben, man lebe in Nürnberg. Von der Nürnberger Innenstadt bis zum Marktplatz von Weingartshausen ist ja alles bebaut. Gut, streckenweise sind es nur Tankstellen, Möbelhäuser, Backhäuser, Aldi-Filialen und so weiter, aber in fünfundzwanzig Minuten kann man vom Hauptbahnhof Nürnberg bis zum Weingartshausener Rathaus fahren, ohne ein Feld oder den Wald gesehen zu haben. Man kann aber auch in Weingartshausen leben und glauben, man lebe auf einem Dorf. Man kann von Nürnberg nichts mitkriegen – oder von Weingartshausen. Wie man will.

Ich habe freie Fahrt in meiner Richtung und schaue in die müden Gesichter der vielen Autofahrer, die mir entgegenkommen. Wie viele von ihnen freuen sich auf das, was sie in ihrer Arbeit erwartet, wie es Else tut? Und bei wie vielen ist die tägliche Überlegung nicht die, was ihre Arbeit der Menschheit bringt, sondern ob ihre Arbeit irgendjemandem schadet, und sie sind schon zufrieden, wenn die Antwort nein lautet?

Wie bei mir. Hoffentlich wie bei mir.

Im Rückspiegel des Ford Focus schaue ich in meine eigenen müden Augen. Schlecht geschlafen. Mein Gott, die Augensäcke. Ein Glück, dass Rückspiegel so klein sind. Aber schon der kleine Ausschnitt von mir sieht uralt aus. Ich fühle mich sowieso beschissen. Was sage ich bloß Sonja?

Das können wir Arndt nicht antun. Quatsch, können wir wohl.

Das können wir Else nicht antun. Richtig. Aber ich habe es Else schon mal angetan, und Sonja weiß es, weil ich einmal beim dritten Schoppen damit angegeben habe, nur ihr gegenüber. Dann wird Sonja denken, du kannst es bloß mit mir Else nicht antun, und warum nicht? Gefalle ich dir nicht? Und wenn ich dir nicht gefalle, warum machst du seit Jahren so blödes Zeug mit deinen großen Kuhaugen und deinem Von-meinem-Wein-Getrinke? Irgendwem muss ich wohl was antun. Außerdem tendiert es bei mir und Else seit Jahren in Richtung null auf dem Gebiet. Wär nicht schlecht mal wieder. Soll ich also doch? Könnte ich überhaupt?

Jetzt rechts das Adidasgelände, gegenüber die Hauptschule. Früher war Adidas der größte Arbeitgeber Weingartshausens. Die Hauptproduktion ihrer Sport- und Freizeitschuhe fand hier statt. Eine Generation von Weingartshausenern konnte ihr ganzes Leben hier verbringen. Mit fünfzehn Jahren wechselten sie die Straßenseite, gingen von einem Betonklotz zum anderen, und dort blieben sie bis zur Rente. Mit der Wende verlagerte sich die Produktion in den Osten. Jetzt werden hier nur noch vereinzelte Sonderanfertigungen gemacht, für David Beckham und solche.

Die gute alte Zeit, ach ja. Kurz war sie. Und mit Heinrich Kühlwein wollen wir sie nach Weingartshausen zurückholen.

Links und rechts Hecken, Jägerzäune, Betonmauern und dahinter Wohnhäuser, eine bunte Mischung aus eternitverkleideten aus den Fünfzigerjahren, Legohäuschen aus den Sechzigern und Siebzigern mit roten oder grauen Dächern, moderneren metallenen Festungen und Toskanahäusern, die wirken wie dicke, bis auf den Stumpf gespitzte Bleistifte. Je näher man der Stadtmitte kommt, desto mehr häufen sich ältere Häuser aus dem rosaroten Sandstein, der hier in der Gegend vorherrscht. Dann verengt sich die Straße, eine sich verjüngende Gasse aus Geschäften und Läden führt mich auf das Stadttor zu und durch es hindurch. Auf der anderen Seite tut sich weitläufig der Marktplatz von Weingartshausen auf, ein Areal aus ächzenden Fachwerkhäusern mit krummen Dächern wie eingedrückte Hüte. Hier setzt sich endgültig der rosarote Sandstein durch: im Pflasterstein, in den Pollern, die die Fahrbahn einsäumen, in den Häuserfassaden. Alles wirkt schwer, behäbig bis überfordert, fränkisch. Ich biege nach links ab und fahre den leicht ansteigenden Marktplatz hinauf. Zu meiner linken Seite stecken Blumenkübel die neu gestaltete Fläche vor dem Rathaus ab. In ihrer Mitte steht ein Gebilde, ebenfalls aus rotem Sandstein, das aussieht wie eine Kreuzung aus Sahnetorte und Schiff. Davor hat man ein Schild mit den apokryphen Worten *Heinrich Kühlweins Modell Nr. 8* aufgestellt. Ich biege nochmals links ab, in die Gasse zwischen Rathaus und dem *Gasthaus zum Löwen* hinein, und fahre nach hinten zum Parkplatz. NUR FÜR ANGESTELLTE.

Während der Fahrt habe ich mir Gedanken über alles Mögliche gemacht, nur nicht darüber, was am nötigsten gewesen wäre: was ich heute nach der Arbeit tue.

Kapitel 15: Keine Angst vorm Fliegen

Die Pendeltür geht quietschend auf, schlägt zweimal hinter mir aus und ist zu. »Morgen, Jutta.« Jutta Schwabs dunkler Wuschelkopf ist rechts oberhalb des mit Broschüren belegten Tresens gerade noch auszumachen.

»Morgen, Jelly.« Jutta ist Vorzimmerdame für die Tourist Info. Sie ist gerade fünfzig geworden, unverheiratet, klein, mollig, hat ein Doppelkinn, ist aber ganz hübsch. Von der Frisur her scheint sie nie über *Dallas* hinausgekommen zu sein, ansonsten weiß ich nicht viel über sie, außer dass sie eine Vorliebe für seltsame Kuren und Globuli hat. Und über meine Witze lacht. Aber richtig. Sie bebt und hält dann die Hand vor den Mund, als ob es etwas Verbotenes wäre.

Ich schaue über den Tresen. Auf Juttas Tisch stehen eine blaue Plastikbrotzeitdose und eine Thermosflasche.

»Aha. Immer noch die Eigenurintherapie. Sag mir nicht, was du für eine Brotzeit dabeihast, ich will es gar nicht wissen.«

»Paprikaschoten und Apfelscheiben, warum?«

Manchmal versteht sie meine Witze eben auch nicht. »Alles klar. Gibt's was Neues?«

»Das Musical ist fertig«, sagt Jutta. »Liegt auf deinem Tisch.«

»Gut, gut.«

Jutta ist der einzige Mensch in Weingartshausen, der mich Jelly nennt. Eigentlich ist sie der einzige Mensch auf der Welt, der mich noch so nennt. Mit den anderen aus der Kelheimer Zeit haben wir keinen Kontakt mehr. Und nach Anne hat Else mit Jelly aufgehört. Hans oder sogar Johann sagt sie. Jelly war ein anderer Mensch. Ich habe keine Ahnung, woher Jutta den Namen überhaupt weiß. In ihrer Nähe fühle ich mich sogar manchmal wie Jelly. Danach bin ich wieder Hans.

Tourist Info Nürnberger Land
Kulturmanager Johann Jelinek
Spezialgebiet Heinrich Kühlwein (Henry Coolwine)

Ich gehe durch in mein Büro auf der linken Seite, lasse aber die Tür offen, damit ich mit Jutta kommunizieren kann. Das machen wir seit Jahren für die erste halbe Stunde oder so, bis wir uns ausreichend ausgetauscht haben. Wir sind ja hier hinten bloß zu zweit; Meyer-Hochwald hat Gott sei Dank ihr eigenes Büro vorne im Rathaus. Zuerst war Jutta etwas verklemmt, am Anfang bekam sie jedes Mal, wenn ich sie ansprach, einen roten Kopf. Und sie hat, oder hatte früher, ein Faible für unseren Bürgermeister; ich brauchte mal unbedingt eine Tintenpatrone für meinen Drucker, Jutta war gerade weg, und ich machte die oberste Schreibtischschublade auf, wo sie die Patronen sonst immer herausholte. Da lag ein gerahmtes Bild von ihm drin. Ich traute mich dann nicht, die Patrone zu nehmen, aus Angst davor, sie könnte es merken. Ich weiß nicht, ob ihre Schwärmerei sein angebliches Verhältnis mit Meyer-Hochwald überstanden hat.

Auf meinem Tisch liegt das Manuskript. *Keine Angst vorm Fliegen – Libretto und Musik: Arndt Leyer* steht darauf. Gar nicht gut. »Wer hat sich den blöden Titel ausgedacht?«

»Dreimal darfst du raten.«

»Die Chefin.«

»Richtig.«

»Hmmm.«

»Gell?«

Ich lese.

Etwas später sage ich: »Also, das Buch ist grottenschlecht. Reime sind das, zum Davonlaufen. *Unser aller Heinrich Kühlwein flog in die Geschichte ein.* Mein Gott. Hoffentlich taugt wenigstens die Musik was.«

»Nein. Leider. Ich war gestern bei meiner Schwester zum Abendessen eingeladen. Mein Schwager spielt doch Saxofon und Klarinette und ist in der Band, die das Musical begleitet. Er sagt, das wäre eine Mischung aus Dieter Bohlen und Moritz Moszkowski an einem schlechten Tag.«

»Wer?«

»Kennst Dieter Bohlen wohl nicht?«

»Haha. Tritt er wohl wieder zu zweit auf?«

»Du meinst mit Moritz Moszkowski? Der ist schon lange tot. Den kennt kaum jemand, außer meinem Schwager. Muss ein spätromantischer Langweiler sein. Also eine Mischung aus schlechtem Pop und noch schlechterer Klassik. Sagt mein Schwager.«

»Toll. Sag mal, wer hat denn hier mit Kuli ständig drin herumgekritzelt und korrigiert? Es betrifft immer bloß die eine Rolle. Laufend wird da noch was ergänzt. Moment, die Schrift kenne ich doch.«

»Ich sage nichts.«

»Wurscht. Macht das Ganze auch nicht besser.« Ich lege das Buch auf meinen Schreibtisch und lehne mich zurück. Es ist auf Kopierpapier gedruckt, an der Seite mit schwarzem Klebestreifen gebunden und hat ein blaues Deckblatt, auf dem oben eine hässliche Skizze von einem Storch und unten eine hässliche Skizze von Heinrich Kühlweins Flugzeug Nr. 8 abgebildet sind. Der Titel steht in der Mitte und ist links und rechts eingerahmt von nach unten weisenden Vogelfedern. Für ganz Dumme. Ich falte die Hände im Nacken und betrachte das Poster des Heinrich-Kühlwein-Hauses auf der gegenüberliegenden Wand. »Was gehört zu einem Musical außer Buch und Musik?«, frage ich laut.

»Schauspieler, Kostüme, Bühnenbild.«

»Und? Haben wir da eine Chance?«

»Also der Sohn vom Bürgermeister spielt den jungen Heinrich Kühlwein, und der Bürgermeister selbst spielt den erwachsenen. Sollen gar nicht so schlecht sein, sagt mein Schwager. Aber die Hauptdarstellerin ist … Ach, das glaubst du nicht, wer die Hauptdarstellerin ist.«

»Gib mir mal einen Tipp.«

Klack-klack-klack-klack. Es hört sich so an, als ob Jutta mit ihrem Büroklammergerät auf ihrem Schreibtisch herumklappert.

»Du spinnst.«

»Nein.«

Ich muss aufstehen und zu ihr hinausgehen. »Nee, oder? Nicht schon wieder.«

Sie schaut strahlend zu mir hoch. »Do-hoch.« Es war das Klammergerät, sie hat es noch in der Hand.

»Kann sie singen?«

»Kein bisschen. Auch nicht schauspielern, sprechen, sich bewegen, normal auf der Bühne herumstehen. Nicht mal sympathisch schauen. Nichts von alledem, was man normalerweise im weitesten Sinne mit erfolgreichem Schauspiel in Verbindung bringt, sagt mein Schwager.«

»Der Klarinettist.«

»Und Saxofonist.«

»*Der mit dem Saxofon, dem ist der Sack derfrorn*«, singe ich ihr vor, »*Der mit der Klarinett, dem steht er net.* Sag ihm das, dem Schlaumeier.«

Jutta lacht plötzlich schallend, hält die Hand vor den Mund, bebt am ganzen Körper.

»Bleiben Kostüme und Bühnenbild«, werfe ich mitten ins Naturschauspiel hinein.

Jutta beruhigt sich langsam. »Macht auch die Meyer-Hochwald.«

»Um Gottes willen.«

»Ge-nau. Ganz viele Federn kommen da ins Spiel.«

»Und sie hat höchstpersönlich ihre Rolle noch ausgebaut.«

Sie nickt und strahlt.

»Jutta, ich habe langsam das Gefühl, du findest irgendwie Gefallen an der ganzen Sache.«

»Es ist so … wie soll ich sagen, so …«

»Unterirdisch schlecht?«

»Ja, dass es fast schon wieder schön ist. Und die erste Vorstellung ist ausverkauft. Und der Kungel hat einen Vorbericht geschrieben. Hymnisch.«

»Manfred D. Kungel, bitte. Na ja, dann kann ja gar nichts mehr schiefgehen. Hat er das Stück überhaupt schon gesehen?«

»Weiß nicht. Ist mir wurscht. Dir sollte es auch wurscht sein.«

»Jutta, weißt du was? Du hast recht.« Ich gehe wieder in mein Zimmer und schließe die Tür. Das reicht für heute. Ich muss das Musical nicht gut finden. Es war auch nicht meine Idee. Das heißt, es war schon meine Idee. Aber es war nicht meine Idee, Arndt Leyer mit der Musik und mit dem Buch zu beauftragen. Das war die Idee meiner Chefin, mit ihrem unerschütterlichen Glauben an das bayerische Bildungssystem. Und es war erst recht nicht meine Idee, dass meine Chefin alles andere an sich reißt, mit ihrem unerschütterlichen Glauben an sich selbst.

Ich muss nur das Begleitheft machen. Das ist es, was ich meine. Wem schade ich, wenn ich ein gutes Begleitheft zum schlechtesten Musical aller Zeiten mache? Na also.

Außerdem muss ich über meine Ausrede für Sonja nachdenken.

Kapitel 16: Experimente mit Vögeln

»Findest du nicht, dass das, was wir haben, was uns seit Jahren unsichtbar, aber doch auf innigste Weise verbindet, dass das etwas Wertvolles, aber zugleich auch etwas Fragiles ist, das nur auf diese Weise weiterleben kann? Etwas, das wir Gefahr laufen zu zerstören? Das dann unser ganzes Leben mit in den Abgrund ziehen wird?«

Sonja drückt ihre Zigarette aus und bläst ein letztes Wölkchen Rauch in ihr Wohnzimmer. Sie sitzt mir gegenüber auf einem Veloursessel und hat die Beine übereinandergeschlagen. Sie trägt einen Rock, kurz genug, um mir einen Blick auf ihre nackten Schenkel oberhalb ihrer halterlosen Strümpfe zu erlauben. Sie lehnt sich zurück, schaut mich an und sagt: »Nö. Finde ich nicht. Ich finde, wir sollten endlich miteinander ins Bett gehen.« Mit einer eleganten Bewegung schlägt sie die Beine auseinander. Sie trägt keinen Slip.

Quietsch, rums, rums. Die Pendeltür. Klack-klack-klack. Wetter weggeklickt, stattdessen Begleitheft *Keine Angst vorm Fliegen* hergeklickt. Gerade rechtzeitig. Es klopft, und die Tür geht auf, oder ist es andersherum? Ein Blondschopf erscheint. Fährt sich mit der Hand durch die Haare. »Dass Kühlwein in seiner Jugend mit Vögeln herumexperimentierte, das kann so nicht auf der Website stehen bleiben. Und bitte keine dummen Bemerkungen jetzt.«

»So in der Art: *Haben wir nicht alle in der Jugend mit Vögeln herumexperimentiert*? Keine Sorge. Hätte ich nie gemacht. Wäre mir zu billig. Moment. Haben wir gleich. Aha. Da, genau. *In seiner Jugend experimentierte er mit Vögeln. Er band ihnen die Beine zusammen, um ihre Flugversuche besser beobachten zu können.* Meinst du das?«

»Exakt. Das muss anders formuliert werden. Am besten ganz raus. Das klingt nach Tierquälerei.«

»Es war eigentlich noch viel schlimmer, weißt du. Er hat den Vögeln die Beine gebrochen.«

»Wo hast du das her?«

»Aus Wikipedia.«

»Wikipedia, Wikipedia. Alles Verleumdung. Amipropaganda.« Ihre Stimme setzt zum Höhenflug an. »Die wollen bloß nicht, dass jemand vor ihren geliebten Gebrüdern Wright geflogen ist.«

»In den alten Polizeiakten aus der Zeit findet sich noch eine Anzeige wegen Tierquälerei gegen ihn.«

Meine Chefin verschränkt die Arme und beobachtet mich. Wippt von einem Bein auf das andere. Reibt sich ganz schnell ein paarmal mit beiden Händen die Oberarme, als würde es sie bei meinem Anblick frieren. »Manchmal frage ich mich, auf welcher Seite du stehst.«

»Gut, ich ändere das. Kein Problem. Das mit dem Vögeln kommt raus.«

»Mit *den* Vögeln.«

»Alles klar. Kennst du den? Sagt ein alter Mann zu seiner schwerhörigen Frau: ›Ach Gott, die armen Vögel im Wald.‹ Fragt sie: ›Was?‹ Sagt er: ›Die armen Vögel im Wald!‹ Sagt sie: ›Ja, ja. Und die Reichen im Hotel.‹«

»Sehr lustig. Ich sehe schon, da ist uns auf der Website einiges erspart geblieben.«

»Tja. Sonst noch was? Ach, ich habe gehört, du machst jetzt beim Musical mit. Gibt es schon Fotos von den Proben? Ich brauche was fürs Begleitheft.«

»Der Linsenmeyer war schon da. Der kann aber nix. Ich schaue aus wie ein Pferd.«

Ich nicke mitfühlend, aber mein Mitgefühl gilt dem Linsenmeyer, alteingesessener Fotograf in Weingartshausen. Was soll er machen? Sie schaut ja aus wie ein Pferd.

»Also dann.« Klack-klack-klack. Sie lässt meine Tür offen. Rums, rums.

»Jutta? Du kannst rauskommen.«

»War die ganze Zeit da. Ich habe schließlich nichts zu verbergen. Ein schönes Gespräch war das. Ist das mit den Vögeln wahr?«

»Steht so drin. Und noch so manches, was ich nicht auf unsere Website gesetzt hab.«

»Wie finde ich das?«

»Google ihn. Kommt gleich an erster Stelle.«

»Aha. Da. Hab ihn schon.«

Nach einer Weile sagt sie »Uh-oh.«

»Gell? Wenn du fertig bist, kannst du gleich die neueste Version der Website kontrollieren.«

Kapitel 17: Wikipedia Heinrich Kühlwein (Henry Coolwine)

*Heinrich Georg Kühlwein (*2. Februar 1876 in Weingartshausen, Bayern; † 11. November 1928 in Wollongong, New South Wales, Australien) war ein deutsch-australischer Luftfahrtpionier.*

Leben

Heinrich Kühlwein wurde 1876 als einziges Kind des Pfarrers Johann Walther Kühlwein (1849–1888) und dessen Ehefrau Martha, geb. Lieb (1850–1887) in Weingartshausen geboren. Nach dem frühen Tod seiner Eltern wuchs Heinrich in einem Waise«nhaus in Neuendettelsau auf.

Seine Behauptung, in seiner Jugend habe er mit Vögeln experimentiert, um ihre Flugversuche besser beobachten zu können, ist eine der wenigen, die sich belegen lassen. In Polizeiakten in Neuendettelsau findet sich eine Anzeige gegen ihn wegen Tierquälerei, weil er dafür den Vögeln die Beine brach.

1886 wurde er von der Mission in Neuendettelsau über Hamburg, London und Melbourne zur Unterstützung der Missionsarbeit von Pfarrer Friedrich Flierl, dem ersten Missionar in diesem Gebiet, nach Papua-Neuguinea (dem damaligen Kaiser-Wilhelms-Land) geschickt. 1887 kam es aus unbekanntem Grunde zu einem Zerwürfnis mit Pfarrer Flierl.

Mangels Nachweisen ist man für die nächsten Jahre seines Lebens auf seine eigenen Angaben in der Autobiografie »Der fliegende Franke« (1912) angewiesen. Darin behauptet er beispielsweise, im Hochland von Papua-Neuguinea einem menschenfressenden Eingeborenenstamm in einem Segelflugzeug aus eigener Anfertigung entkommen zu sein und, als er mitten in dessen Gebiet landete, von einem anderen Stamm als Gott aufgenommen und jahrelang angebetet worden zu sein.

Über Kühlweins weiteren Lebenslauf ist wenig bekannt, bis er acht Jahre später in einem Jahresbericht der Werkstatt des bekannten Flugpioniers Lawrence Hargrave in Sydney, Australien, als »Henry Coolwine«

auftaucht. Damals arbeitete Hargrave gleichzeitig an zwei verschiedenen Konzepten zu menschentragenden Drachen, zum Tetraeder-Drachen und dem Kastendrachen, um herauszufinden, welches Konzept sich als zukunftsweisender herausstellen würde. Vermutlich aufgrund Kühlweins angeblicher Erfahrungen im Segelflugzeugbau ernannte Hargrave ihn zum Leiter der Mannschaft um den Tetraeder-Drachen. Gleichzeitig machte Hargrave Kühlwein mit dem Prinzip des Umlaufmotors vertraut, den Hargrave 1889 erfunden hatte. Für Hargrave konstruierte Kühlwein vom Herbst 1895 bis zum Sommer 1900 fünf Drachen, die sich jedoch als fluguntauglich erwiesen. Daraufhin verlor er seine Anstellung. Er zog nach Warrabong, wo er als Hausmeister in einem Krankenhaus arbeitete. Dort fand er in dem flugbegeisterten Reeder und Millionär Morris A. Cliff einen finanzkräftigen Unterstützer seines Hobbys.

Mit dessen Hilfe machte er sich nun daran, flugtaugliche motorisierte Maschinen zu bauen. Er profitierte hierbei von den Vorarbeiten Lawrence Hargraves in Sachen Umlaufmotor. Hargraves Pionierleistung in diesem Bereich ist jedoch in der Wissenschaftswelt so unbemerkt geblieben, dass das Prinzip des Umlaufmotors 1908 von den Gebrüdern Louis und Laurent Seguin in Frankreich neuentdeckt werden musste. Kühlwein konstruierte verschiedene Motoren, die auf Hargraves Arbeiten basierten, und baute sie in seine neuen Maschinen ein.

Die Konstruktion, auf der sein Ruf basierte, den ersten bemannten Flug der Weltgeschichte absolviert zu haben, war die Nr. 8 aus Balsaholz und Leinen. Sie glich einer Kreuzung aus Emu, Krokodil und Eingeborenenkanu.

Der erfolgreiche Flug fand angeblich am 12. Juli 1901 über eine Strecke von 500 Metern statt. Pilot war, nach eigenen Angaben, Kühlwein selbst. Als Augenzeugen werden in Kühlweins Biografie Morris A. Cliff und John Yunupingu, ein Aborigine, der den Motor angeworfen haben soll, genannt.

Heinrich Kühlwein baute noch weitere Flugzeuge mit unterschiedlichsten Ausstattungen, von denen keines geflogen ist. Das zuletzt fertiggestellte

Modell trug die Nummer 17. Im Jahr 1910 entzog Morris Cliff Kühlwein aus unbekannten Gründen seine finanzielle Unterstützung. Mit dem Erscheinen von Kühlweins Autobiografie »Der fliegende Franke« (1912) im Allmalettiverlag Nürnberg wuchs hierzulande das Interesse an Kühlweins Schaffen. Auf australischer Seite wurde das Interesse an Kühlwein durch ein Kapitel in dem Buch »Forgotten Pioneers of New South Wales« des australischen Journalisten Ernest Wannaby geweckt, das 1931 im Verlag E.J. Dwyer erschien. Ein größeres Medienecho löste im deutschsprachigen Raum das Buch »Henry Coolwine – first in the air« aus, das zwei Jahre später im selben Verlag erschien und 1935 in deutscher Übersetzung unter dem Titel »Er flog allen davon« im Allmalettiverlag veröffentlicht wurde.

Von seinem späten Ruhm konnte Heinrich Kühlwein nicht mehr profitieren. Er arbeitete bis zu seinem Tod am 11. November 1928 als Hausmeister in Wollongong. Kühlwein starb im Krankenhaus an einem Schlaganfall und wurde auf einem Friedhof der australischen Stadt beerdigt.

Kapitel 18: www.weingartshausen.de

→ *Kultur* → *Heinrich Kühlwein*

Heinrich Kühlwein ist der berühmteste Sohn Weingartshausens. Sein Name steht an erster Stelle, wenn es um fränkische Innovation und fränkischen Erfindungsgeist geht. Seit März 2007 wird er von der renommierten British Aeronautical Society als erster Motorflieger der Welt anerkannt und rangiert damit noch vor den Gebrüdern Wright. Weingartshausen ehrt seinen Pionier mit dem Flugpionier-Heinrich-Kühlwein-Museum in seinem Geburtshaus, dem Heinrich-Kühlwein-Rundgang und der Heinrich-Kühlwein-Mittelschule. Ein Denkmal seines Flugzeugs Nr. 8, mit dem er am 12. Juli 1901 den ersten erfolgreichen bemannten Motorflug der Welt absolvierte, steht vor dem Rathaus in Weingartshausen. Ein Musical über sein Leben feiert in Kürze Premiere.

→ *Städtepartnerschaft mit Wollongong, New South Wales, Schüleraustausch mit Henry Coolwine High School, Wollongong, New South Wales*

→ *Flugpionier-Heinrich-Kühlwein-Museum*

In seinem Geburtshaus wird im Juli 2010 das neue Flugpionier-Heinrich-Kühlwein-Museum eröffnet. Exponaten aus seinem Leben, wie zum Beispiel einer alten Schulbank aus der Volksschule Weingartshausen mit einem eingeritzten Segelflieger, der verblüffende Ähnlichkeit mit Heinrichs in späteren Jahren gebauten Flugzeugen aufweist und mit an Sicherheit grenzender Wahrscheinlichkeit von ihm stammt, sowie Modellen seiner Flugzeuge wird hier gebührend Raum gegeben. Eine Präsentation soll den Besucher durch die Stationen von Kühlweins buntem Leben führen.

→ *Heinrich-Kühlwein-Rundgang*

Der Heinrich-Kühlwein-Rundgang führt von seinem Geburtshaus über die alte Volksschule (jetzt Sparkasse) durch den Park, wo der junge Heinrich Störche beobachtete, und endet am Marktplatz, vor dem Modell des Flugzeugs Nr. 8, in dem Heinrich Kühlwein am 12. Juli 1901 den ersten bemannten Motorflug der Welt absolvierte.

→ *Heinrich-Kühlwein-Musical (in Bearbeitung)*

→ *Heinrich-Kühlwein-Gebäck (Fliegerli)*
Seit April 2009 backt die Bäckerei Sponsel in der Heinrich-Kühlwein-Str. 17 zu Ehren des größten Sohnes Weingartshausens nach geheimem Rezept, fein gewürzt mit Muskat und Zimt.
→ *Heinrich-Kühlwein-Ballonrundflug*
Steigen Sie vom Stadtpark aus auf und genießen Sie den atemberaubenden Blick aus dem Ballon auf Heinrich Kühlweins Wirkungsstätten in Weingartshausen!
→ *Das große Heinrich-Kühlwein-Kochbuch mit den Lieblingsrezepten des Flugpioniers wurde in Zusammenarbeit mit dem* Gasthof zum Storchen *von John Yellowneck zusammengestellt und enthält viele kreative Rezepte für kulinarische Überflieger, unter anderem »Ungelegte Eier« oder »Gebratener Storch à la Heinrich Kühlwein«, liebevoll zubereitet aus Jungstörchen, die nie geflogen sind, weil man ihnen die Beine gebrochen hat, und im Heißluftofen gebraten.*
Verfasst von John Yellowneck

»Du könntest wenigstens den Namen des Musicals noch mit reinsetzen«, ruft Jutta aus ihrem Zimmer.

»*Keine Angst vorm Fliegen*? Scheißname. Wie wär's mit *Luftikus*?«

»Tss, tss, wenn das die Chefin hört. Und das mit dem Kochbuch nimmst du am besten ganz schnell wieder raus. Wenn sie das sieht, bist du weg vom Fenster, John Yellowneck.«

»Ich wollte bloß wissen, ob du bis zum Ende liest«, sage ich und lösche den letzten Eintrag. »Ich gehe heute etwas früher, ich habe noch was zu erledigen für die Ausstellung.«

Kapitel 19: Die Mauer

»Du bist mir zu wertvoll, als dass ich unser Verhältnis in Gefahr bringen würde. Ich will bis an mein Lebensende das dritte Glas Wein mit dir probieren. Aber nur am Mittwochabend.«

Quatsch. Gleich bin ich da, und weiß immer noch nicht, was ich sagen soll. Den ganzen Tag habe ich immer wieder darüber nachgegrübelt. Zum Glück geht mir das Heinrich-Kühlwein-Zeugs inzwischen komplett automatisch von der Hand. Ich könnte eine Heinrich-Kühlwein-Biografie aus dem Stand schreiben, ach was, ich könnte seine Schulzeugnisse aus dem Ärmel schütteln, seine Einkaufsliste auswendig aufsagen, seine Doktorarbeit fälschen. Ich fliege ihn mit Autopilot. Wahrscheinlich hat er den Autopilot auch noch erfunden.

Wie wird sie mich empfangen? Was wird sie anhaben? Vielleicht reicht ein bisschen Küssen und Herumfummeln? Dass ich dann abbreche, sie wegschiebe und sage: *Ich muss mich jetzt beherrschen, ich begehre dich wie Nachbars Lumpi, aber …*

Bald habe ich Weingartshausens Villenviertel erreicht. Weingartshausen beult sich um die Hausen herum aus, die fast unbemerkt durch die Ortsmitte fließt und südwestlich der Stadt vor Nürnberg in die Pegnitz mündet. Die Siedlungen, die sich nach Osten und Westen hin in den Reichswald schieben, sind nach dem Krieg entstanden. Sie bilden die äußere Schicht der Beule, die aus der Luft, also etwa aus so einem Heißluftballon, inzwischen wie ein Aneurysma aussieht. Mein Vater starb 1993 innerhalb einer Viertelstunde an einem geplatzten Bauchaortenaneurysma.

Unsere Siedlung liegt im Südwesten Weingartshausens, Sonjas Siedlung befindet sich im Nordwesten. Ihre Siedlung ist die ältere, da stehen richtig schöne Villen aus der Zeit der Jahrhundertwende, der vorletzten natürlich. Dazwischen hat man aber auch hässliche Neubauten gestellt, Sonjas und Arndts Haus gehört dazu, ein grauer Betonbunker mit hellen und dunklen, schräg angeordneten Kiesstreifen statt Rasen davor. Gleich daneben die Konzertpyramide. Die Kuppel ist aus Glas und leuchtet in der Nacht in verschiedenen Farben. Alles hässlich, aber teuer. In diesem Viertel wohnen Weingartshausens reichste Bürger. Bis in die Achtzigerjahre lag die Siedlung noch außerhalb Weingartshausens, etwas höher und durch ein Stück Wald getrennt. Dann organisierte sich eine Bürgergemeinschaft aus weniger wohlhabenden Familien in einem Verein, kaufte den Waldbauern den Streifen Wald ab, ließ ihn roden und baute preisgünstige Häuser darauf. Gegen den Willen der Villenbesitzer, versteht sich. Die Häuser haben kleinere Gärten, sind enger zusammengebaut, ihre Bewohner stammen aus bescheideneren Verhältnissen, und aus diesem Grund wird die Siedlung von den Villenbesitzern hinter vorgehaltener Hand als »Die Mauer« bezeichnet. Da fahre ich jetzt gerade durch, etwas zu schnell vielleicht, an den ganzen verkehrsberuhigenden Inseln vorbei und über die Rampen. Die Mauer gilt insgesamt als verkehrsberuhigte Zone, also soll man hier Schritttempo fahren, was auch immer das ist, auf jeden Fall ist das ein weiterer Grund für die Bewohner des Villenviertels, sich aufzuregen, da sie es gewohnt waren, hier mit ihren teuren Autos durchzubrausen. Eine digitale Anzeige am Straßenrand zeigt die Geschwindigkeit der Autos an. 24 km/h. Rot. Ups. Aber ich finde es doof, sich gleich solchen digitalen Diktatoren zu beugen. Feige. Es ist wie mit den Urinals in Männerklos, in denen unten so eine Fliege in die Keramik eingebrannt ist. Da bilden sich die Hersteller ein, dass die ganzen blöden Männer automatisch auf die Fliege zielen und nicht mehr danebenpieseln. Am schlimmsten sind diese kleinen Fußballtore, die jetzt in Mode gekommen sind. Für wie blöd halten die uns? Ich möchte am liebsten extra danebenpinkeln. Mache ich natürlich nicht. Aber ich pinkle sicherlich nicht ins Tor. Und ich fahre auch nicht Schritttempo.

In den kleinen Vorgärten sieht man jede Menge Kinderspielzeug, Fahrräder, Grills; die Autos, die hier parken, sind Japaner, VWs, Opels und Fords. Mercedes, BMWs und Audis sind eher auf der Durchfahrt.

Übermorgen, am Samstag, kommen die Kinder zu Besuch, um meinen Geburtstag nachzufeiern. Ich möchte nicht wissen, welche Überredungskünste Else angewandt hat, damit sie kommen. Thomas ist inzwischen vierunddreißig, verheiratet, hat ein Kind, arbeitet bei Siemens, kann uns finanziell in die Tasche stecken. Jessica ist zweiunddreißig, in der Tourismusbranche, nicht verheiratet, was Else immer wieder Kummer bereitet. Mir nicht so sehr. Es sind ja die Jungs, die an ihr leiden, nicht umgekehrt. Wenigstens bisher. Sie wird schon zurechtkommen. All das, was ein Vater angeblich für seine Kinder empfindet, empfinde ich für Jessica, auch wenn sie ein Luder sein kann, und wenig davon für Thomas. Das war von Anfang an so, schon als ihn mir die Krankenschwester nach seiner Geburt in den Arm drückte und Else mich vom Bett aus strahlend und erwartungsfroh ansah. Ich strahlte auch, aber ich empfand nur eine dumpfe Leere. Ich dachte, es wird schon noch werden, aber es ist nie geworden. Es hat schon früher Verzögerungen, Engpässe und Fehlentwicklungen in dem großen Jelly-Else-Bauprojekt gegeben, aber das war etwas richtig Elementares, das war nicht nur ein Backstein, der aus einer Mauer fiel, das war eine ganze Mauer, die einstürzte. Und ich habe Else nie davon erzählt. Ich dachte, mir fehlt etwas, aber zwei Jahre später, als ich Jessica im Arm hielt, hat sie mich angelächelt, obwohl Kinder das angeblich erst nach einigen Wochen machen, und auf einmal war alles da, es sprudelte einfach aus irgendeiner Quelle in mir heraus: die Vaterliebe. Es war, als hätte sie gesagt: Siehst du, brauchtest nur auf mich zu warten, da bin ich, und ich bin gekommen, um dir zu sagen, dass du gar kein so schlechter Mensch bist, du kannst mich lieben, dich kann man lieben. Ich glaube, wenn sie mich das ganze Leben lang nur noch geärgert hätte, hätte ich ihr deswegen trotzdem alles verziehen. Ich habe nie mit jemandem darüber gesprochen, aber mir selbst habe ich auch nie etwas anderes vorgemacht.

Bei Else ist das anders, sie liebt beide Kinder, vielleicht liebt sie Thomas sogar mehr. Und dann frage ich mich, ob seine Probleme, die Tatsache, dass er nie richtige Freunde hatte und auch heute nicht hat, dass er in der Pubertät geklaut hat, die Mobbing-Geschichte, dass er mit seiner Frau und mit seinem eigenen Kind nicht richtig umgehen kann, dass er nur das im Leben schätzt, worauf es nicht ankommt, und auf all das, was Else und ich schätzen, keinen Wert legt, dass er nie im Leben angekommen ist und nicht in sich ruht – ob das nicht alles meine Schuld ist.

Wenn ich bei Sonja bin, kann ich nicht gleich mit meiner Ausrede ins Haus fallen, dem Anstand muss Genüge getan werden. Sie wird mich hereinbitten, wir werden uns auf das Sofa setzen, sie wird mir etwas anbieten, ein Glas Sekt vielleicht. Zum Glas Sekt darf es nicht kommen. Das muss ich abblocken. *Nee, danke, ein Espresso wäre mir lieber.* Das reicht dann vielleicht. Dann dürfte wohl alles klar sein. Dann reden wir über Manfred D. Kungel und die Meyer-Hochwald. Und dann gehe ich heim.

Wer fährt denn so ein Geschoss hier im Viertel, so einen dicken schwarzen Geländewagen, der links vor mir die Sicht blockiert? Und plötzlich schießt hinter ihm ein Kind auf einem Roller hervor und bleibt mitten auf der Straße stehen. Der dunkelhaarige Junge im Superman-Hemd pflanzt seinen rechten

Fuß auf den Boden und schaut mit weit aufgerissenen Augen und trotzig vorgeschobener Unterlippe in meine Richtung, wie wenn er mir zeigen will, wem die Straße gehört. Ich trete auf die Bremse, aber es wird nicht reichen. Der Focus schlingert, die Reifen quietschen. »Schieb an! Schieb an!«, schreie ich, doch er kann es nicht hören. Rechts am Gehsteig drehen sich zwei Frauen, die sich unterhalten haben, ganz langsam um, schauen zu ihm, schauen zu mir. Die eine hebt ihre Hand bis kurz vor den Mund. Der Bub wird immer größer in meinem Sichtfeld. Und auf einmal erscheint eine dritte Frau, ebenfalls von rechts, schreitet grazil wie eine Balletttänzerin zu dem Jungen, hebt ihn vom Roller hoch und dreht sich ebenfalls zu mir. Sie hat die gleichen großen Augen. Sie ist die Mutter.

Der Roller bleibt kurz stehen, dann kippt er um und fällt auf die Straße.

Kapitel 20: Wetten, dass?

»Ich muss noch was für die Schule tun«, sagt Else. »Räumst du auf?«

»Klar.«

»Oder geht es nicht mit deinem Hals?«

»Doch. Er ist ja nur verstaucht.«

»Also dann. Schauen wir später *Wetten, dass?* an? Wir haben die letzte Sendung aufgenommen.«

»Gerne.«

Else geht die Treppe hoch und in ihr Arbeitszimmer.

Eigentlich kann man *Wetten, dass?* nur live, direkt am Samstagabend anschauen. Später sind die ganzen Einlagen und Wetten so fad und abgestanden wie ein aufgezeichnetes Fußballspiel. Ohne die Millionen Mitzuschauer geht es irgendwie nicht. Ohne dieses Wirgefühl. Wir ins Alter Gekommene, von Erfahrung Gezeichnete, vom Leben Abgebrühte, wir wollen uns genauso sorglos und geborgen fühlen, wie wir uns einbilden, es in unserer Kindheit an jenen endlos großen Samstagabenden nach dem wöchentlichen Bad bei Frankenfeld, Kulenkampff und Fuchsberger gewesen zu sein. Aber es geht nicht. Es kann ja gar nicht gehen. Es ist wie *Tatort*, wie Weihnachten, es soll wieder so sein, wie es früher war, und es geht nicht, es geht nicht, weil es früher auch nicht gegangen ist. Und dann, wenn es wieder nicht geklappt hat, sind wir auf den Tommy sauer.

Wegen der ganzen Aufregung habe ich Sonja noch nicht anrufen können. Die Polizei, der Notarzt und der Krankenwagen waren gleich da, und die Sanitäter haben aufgepasst, dass ich den Kopf nicht bewege, auch während der Fahrt im Krankenwagen mit Blaulicht. In der Notaufnahme hat man mich gleich in die Röhre geschoben, und als ich herauskam, war Else schon da.

Inzwischen ist es halb neun, Sonja wird denken, ich hab sie vergessen oder bin einfach nicht gekommen.

Andererseits hätte ich mir keine bessere Ausrede einfallen lassen können.

Wenn ich die Küche aufgeräumt habe, werde ich kurz nach hinten auf die Terrasse gehen und Sonja anrufen. Elses Arbeitszimmer ist ja auf der anderen Hausseite.

Das Telefon schellt. Scheiße, das wird Sonja sein. Schnell, bevor Else im Arbeitszimmer abhebt.

»Jelinek.«

»Auer. Ich wollt bloß schauen, ob Sie schon zu Hause sind, und fragen, wie es Ihnen geht.«

»Ach, Frau Auer, das ist nett, dass Sie anrufen. Kein Grund zur Sorge, alles okay. Im Krankenhaus haben sie nichts gefunden. Der Hals ist vom Airbag verstaucht, und ich habe ein blaues Auge, aber mehr ist es nicht. Das Auto hat halt einen Totalschaden, und das andere wahrscheinlich auch, aber im Vergleich mit dem, was hätte passieren können, ist das ein Klacks.«

»Sie haben sehr gut reagiert. Ich wollte mich dafür bedanken. Dass Sie einfach in das geparkte Auto gefahren sind.«

»Ich habe noch das billigste Auto rausgesucht. Auf der anderen Seite stand ein Geländewagen. Das hätte ich mir nicht leisten können.«

Sie lacht. Es ist mehr ein Pusten durch die Nase und dann ein kleines Schnappen nach Luft. Sehr beherrscht.

»Wie geht's Ihrem Buben? Felix heißt er doch?«

»Caspar. Mit dem Schrecken davongekommen.«

»Dass Sie einfach auf die Straße gerannt sind und ihn auf den Arm genommen haben, obwohl Sie damit rechnen mussten, überfahren zu werden … das fand ich, das fand ich bewundernswert. Ich hätte Sie alle zwei totfahren können.«

»Ach, wissen Sie, das war Instinkt, das habe ich mir gar nicht überlegt. Haben Sie selbst Kinder?«

»Ja, zwei.«

»Dann wissen Sie, wie es ist.«

Für Jessica wäre ich auch auf die Straße gelaufen, ohne zu überlegen, für Thomas … ich weiß nicht.

»Ja, ich weiß, wie es ist.«

»Na ja, dann ist ja alles in Ordnung. Ich meine, von den Autos abgesehen. Also danke schön, Herr Jelinek. Und gute Besserung.«

»Ich danke Ihnen, Frau Auer. Nett, dass Sie angerufen haben. Gute Nacht.«

»Gute Nacht.«

Else erscheint auf der Galerie und lehnt sich auf das Geländer. »Wer war das?«, ruft sie nach unten.

»Die Mutter von dem Kind.«

»Von welchem Kind? Ach, *das* Kind. Was wollte sie?«

»Sich bedanken.«

»Nett.«

»Ja, sehr nett.«

»Was ich mir überlegt habe: Eigentlich war das ein Dienstunfall.«

»Was?«

»Wenn du das deiner Versicherung meldest, werden die deinen Beitrag erhöhen. Aber deine Versicherung muss das gar nicht zahlen. Du warst doch geschäftlich unterwegs. Für die Stadt. Du wolltest doch diese Bilder anschauen. Von Frau Lichnowsky.«

»Ach so. Freilich.«

»Also war das ein Dienstunfall. Du meldest es bei der Stadt. Deren Versicherung muss das zahlen.«

»Klar, stimmt. Mach ich.«

»Die Frau brauchst du vielleicht als Zeugin. Hast du ihre Telefonnummer?«

»Wird noch im Telefon sein. Ja, ist drin.«

»Ruf sie doch gleich noch mal an.«

»Mach ich.« Wenn sie nur gehen würde, könnte ich endlich Sonja anrufen. Sie geht aber nicht. Steht noch am Geländer und schaut zu. Das hasse ich, diese Annahme, dass nichts passiert, wenn sie nicht alles überwacht. Also schreibe ich die Nummer auf einen Notizblock. Else steht immer noch da. Ich wähle die Nummer. Else geht in ihr Arbeitszimmer.

»Auer.«

Eine sehr angenehme Stimme, das ist mir vorhin schon aufgefallen. Wie sie bei der zweiten Silbe ansteigt.

»Frau Auer, hallo, ich bin's noch mal, Jelinek. Ich muss den Unfall bei der Versicherung melden und brauche Sie vielleicht als Zeugin, wäre das in Ordnung?«

»Herr Jelinek, ich hab's vorhin sowieso vergessen, Sie haben Ihr Handy auf dem Autodach des anderen Wagens liegenlassen, haben Sie's noch gar nicht gemerkt? Ich habe es mitgenommen.«

»Sind Sie zu Hause?«

»Ja. Hausnummer 37. In der Straße gleich links, wo der Unfall war.«

»Ich komme gleich, wenn das in Ordnung ist.«

Perfekt. Dann fahre ich jetzt mit Elses Auto los, hole das Handy, und rufe Sonja auf dem Rückweg an. Eigentlich könnte ich sie sogar noch besuchen.

»Else?«, rufe ich nach oben. Sie erscheint. »Ich muss noch mal fort, die Frau Auer hat mein Handy, das hab ich auf dem Autodach dort vergessen, dann bespreche ich gleich alles wegen der Versicherung.«

»Und dann schauen wir *Wetten, dass?* an.«

»Dann schauen wir *Wetten, dass?* an.«

Kapitel 21: Rettungsset

Rettungsset. Ret*tungs*set. Rettung*sset.* Könnte ein Fischerhafen in Norwegen sein.

Es klopft, Juttas k l o p f – klopf-klopf. Ich schiebe den Zettel mit meinem aufgeschriebenen Gesprächsanfang unter den Schreibblock. »Komm rein.«

»Oh. Ein Rettungsset. Deswegen hast du dich sofort verschanzt. Ich wollt dich nicht beim Spielen stören.«

»Ich spiele doch nicht. Es ist ja nicht ausgepackt. Es ist für das Enkelkind. Kommt am Samstag.«

»Aha.« Sie nähert sich meinem Schreibtisch. »Ist er nicht ein bisschen zu jung?«

»Warum?«

»Dein Enkel ist doch erst zwei.«

»Höchste Zeit, die gefährlichen Seiten des Lebens kennenzulernen.«

»Aber gleich ein Rettungsset.« Sie nimmt es vom Tisch. »*Nicht geeignet für Kinder unter fünf Jahren wegen Erstickungsgefahr durch Kleinteile.* Sage ich doch.«

»Na, dann muss er halt warten.«

»Genau. Sind ja bloß drei Jahre. Kein Problem für einen Zweijährigen.«

Das Rettungsset habe ich vor der Arbeit beim Spielzeugparadies in Petershausen gekauft, es war schon eine ganz schöne Hetze, aber ich war nur fünf Minuten zu spät bei der Arbeit. Ein Polizeiauto, ein Krankenwagen, ein Feuerwehrauto.

Ich schaue angestrengt auf meinen Monitor. Freitag früh, 9:45 Uhr. Irgendwie stören mich in letzter Zeit dauernd Frauen bei der Arbeit. Ich habe ein zu enges Verhältnis zu Jutta aufgebaut, das ist es. Ich habe heute extra gleich meine Tür zugemacht, damit sie merkt, dass ich meine Ruhe haben will, dass ich arbeiten will, und jetzt schnüffelt sie trotzdem hier herum. Wenn sie nur gehen würde, könnte ich anrufen.

»Ich hab schon gedacht, das ist was für das Heinrich-Kühlwein-Museum«, sagt Jutta. »So in der Art, *Heinrich Kühlweins Spielecke*. Aber da fehlt der Rettungshubschrauber.«

Ich lache, aber nicht zu lange. Mehr ein leichtes Amüsement. Mehr ein einmaliges Schnaufen. Ich schaue weiter konzentriert auf meinen Monitor. Ich reibe mir das Kinn.

Jutta schaut sich noch etwas um. Dann sagt sie: »Dann gehe ich wieder.«

»Mmm-hmmm.«

»Tschü-üss.« Sie macht die Tür wieder zu, Gott sei Dank.

Seit wann sagt man *tschüss* mit zwei Silben? Seit man *hallo* sagt statt *Grüß Gott*.

Das Telefon klingelt. Vielleicht ist sie das.

»Jelinek.«

»Hier ist Sonja.«

Scheiße. Ich habe Sonja auf dem Rückweg gestern Abend total vergessen. Dann konnte ich sie von zu Hause aus nicht mehr anrufen. Und heute früh wollte ich zuerst Frau Auer anrufen, damit ich den Kopf frei habe, und dann Sonja. »Sonja. Gerade wollte ich dich anrufen.«

»Jetzt bin ich aber gespannt.«

»Ich war gestern nach der Arbeit unterwegs zu dir und hatte auf dem Weg einen schlimmen Unfall an der Mauer. Mein Auto hat einen Totalschaden, und mich hat man mit Blaulicht in die Klinik gefahren. Ich muss eine Halskrause tragen.« Ich habe einen gehetzten, übereifrigen Ton in der Stimme, der alles dramatischer machen will, als es ist. Ich würde mir selbst nicht glauben.

»Haben sie dich über Nacht drinbehalten?«

»Ähh, nee.«

»Warum hast du nicht angerufen?«

»Wie gesagt, ich wollte gerade ...«

»Du bist ja schon wieder auf der Arbeit, also kann es nicht so schlimm sein.«

»Na ja ...«

»Alles klar, Johann. Dann gute Besserung.«

»Da...« Und Johann, statt Hans. Scheiße. Sie ist weg. Das habe ich jetzt total vermasselt.

Aber auf der anderen Seite bin ich noch mal an einer Katastrophe vorbeigeschrammt. Jetzt muss ich nur noch den nächsten Mittwochabend gut über die Runden bringen.

Frau Auer ist vierunddreißig. Jana Auer heißt sie. Sie ist zierlich, hat platinblonde Haare, Pagenschnitt, und schwarze Augenbrauen. Das passt gut zusammen. Ein bisschen blass vielleicht. Sie hat etwas Elfenhaftes an sich und hätte bei *Herr der Ringe* mitspielen können. Sie hat auch ein Nasenpiercing. Steht ihr gut.

Ich weiß nicht, ob ich so etwas schon einmal erlebt habe. Es geht mir nicht aus dem Kopf. So etwas Selbstloses. Die Sache ist aber die: Es hätte ihrem Kind trotzdem nicht geholfen. Sie ist ja nicht weitergelaufen, hat das Kind nicht weggezogen. Sie ist einfach stehen geblieben, genau wie ihr Bub, mitten auf der Straße, und hat mich mit genauso großen Augen angeschaut. Als sei es Schutz genug für das Kind, dass sie es hält. Da bin ich rechts in den Opel gefahren.

»Warum sind Sie stehen geblieben?«, habe ich sie gestern Abend gefragt. »Das hätte das Kind doch nicht gerettet.«

Sie hat mich einen Augenblick angeschaut und dann genickt. »Ich weiß es auch nicht. Ich bin öfter so abwesend. Sagt mein Mann. Irgendwie habe ich gedacht, das muss jetzt reichen.«

»Dass Sie das Kind hochgehoben haben, meinen Sie?«

»Ja. Ganz schön blöd, oder?«, hat sie gefragt. Es dauerte ein bisschen, dann lachte sie plötzlich hell.

Caspar ist etwas schüchtern, aber gut erzogen. Er kommt im Herbst in die Schule. Sie ist gebürtige Bambergerin, aber man hört es kaum, und es ist nicht alles, da ist noch etwas dahinter, ich meine nicht irgendeinen Schatten, aber sie ist auf jeden Fall etwas mehr als eine Bambergerin. Sie ist wahrscheinlich einer dieser neuen jungen Menschen, die von überallher sein könnten, die nicht zu orten sind. Vielleicht hat sie im Ausland gelebt oder studiert. Ihr Mann kauft Oldtimer auf, renoviert sie und verkauft sie teuer weiter. Er scheint gut damit zu verdienen.

Zurzeit ist er mit einem Autotransporter in Italien unterwegs, und es wird wohl länger dauern, bis er wiederkommt.

Ich wähle.

»Auer.«

»Hallo, Frau Auer, hier ist Jelinek. Ich hätt für den Caspar ein Geschenk und wollte bloß wissen, wann ich es vorbeibringen kann.«

»Ach, Herr Jelinek. Das hätt's doch nicht gebraucht.«

»Na ja, als Wiedergutmachung. Wegen dem Schock. Bloß eine Kleinigkeit. Ein Rettungsset.«

»Ein was?«

»Ein Rettungsset. Ein Polizeiauto, ein Krankenwagen und ein Feuerwehrauto. Waren doch gestern alle da. Außer dem Feuerwehrauto. Sie haben doch gestern Abend gesagt, das Polizeiauto und der Krankenwagen haben ihm so gut gefallen. Dass Sie ihn damit so gut ablenken konnten. Ein Feuerwehrauto war halt gestern nicht dabei. Aber vielleicht brennt's bald irgendwo in der Nähe.«

Ich höre das gleiche silbrige Lachen wie gestern. Es hat etwas Überraschtes an sich.

»Sie können gerne nach der Arbeit kommen. Wäre das so wie gestern? So um fünf?«

»Kennen Sie Deutschlands Beamte nicht, Frau Auer? Heute ist Freitag. Um fünf sind wir längst über alle Berge.« Ich bin zwar kein Beamter, ich bin Angestellter, und zwar mit befristeter Anstellung, aber Freitagmittag mache ich auch schon Schluss.

»Na ja, ich bin eigentlich immer zu Hause.« Etwas Resignation scheint da mitzuklingen. »Sie können gerne auch früher kommen.«

»So kurz nach zwölf?«

»Ja, gerne, kein Problem.«

»Schön, bis dann.«

»Tschüss.« Einfach so, mit nur einer Silbe. Sehr sympathisch.

Ich werde sie wiedersehen.

Kapitel 22: Seiltanzen

Wir sitzen in ihrem Wohnzimmer, sie auf dem roten Knautschledersessel, ich schräg gegenüber auf dem roten Knautschledersofa, vom Herd herüber duftet das Mittagessen, könnte Pasta mit Tomatensoße sein. Ab und zu schaut sie in der Küche nach. Dann steht sie auf, leicht wie eine Feder, schwebend wie ihr Name. Beim Gehen reiben ihre Knie in ihren Jeans leicht aneinander. Ich höre, wie sie die Soße umrührt, der Duft entweicht aus dem Topf und begleitet sie ins Wohnzimmer zurück. Sie setzt sich wieder hin, schlägt die Beine übereinander, legt die Hände auf ihre Knie. Sie hat Sandaletten an, keine Pantoffeln, das gefällt mir. Jede Zehe ist anders lackiert, aber bei beiden Füßen gleich, symmetrisch von innen nach außen. Die große Zehe grün, dann die zweite orange, dann rot, gelb, blau, ocker.

Moment.

»Sie sehen schon richtig«, sagt sie, »ich habe sechs Zehen. Früher habe ich sie versteckt. Jetzt gehe ich in die Offensive damit. Die meisten merken's gar nicht.«

»Es ist bloß wegen dem Lack. Wäre mir sonst auch nicht aufgefallen.«

Wir trinken einen Espresso, das Kaffeearoma mischt sich mit dem der Tomatensoße. Es ist wie mit den Farben in der Natur, oder mit den Farben ihrer Zehennägel; in der Küche passen alle Kochgerüche zusammen. Mit der Wohnzimmereinrichtung ist es auch so: die roten Möbel und die Bücherregale aus Fichte, vermutlich Ikea, die schwarze Standuhr und das Klavier, das links an der Wand steht, vermutlich geerbt, der grün gestrichene Kaffeetisch, vermutlich vom Flohmarkt, die Aquarelle von Gewässern, das vermutlich Eigene, und die Ölgemälde von Gärten, die an den Wänden hängen, vermutlich Geschenke, alles passt zusammen.

Hinter ihr sehe ich durch das Wohnzimmerfenster den Wald, nur viel näher als bei uns. Wenn ich hinter sie schaue, was selten ist.

Sie strahlt eine wunderbare Ruhe aus. Es muss die gerade Kopfhaltung sein. Und die großen, stillen Augen.

»Früher haben wir Bücherregale aus Weinkisten gemacht«, sage ich. »Holzkisten, einfach aufeinandergestapelt. Haben gar nichts gekostet.«

Sie schaut mich an. Sie hat keine Ahnung, wovon ich rede.

»Früher, wenn man zwölf Flaschen Wein gekauft hat, waren die in einer Holzkiste. Die hat gar nichts gekostet. Das war für uns wichtig, früher, als man kein Geld hatte.«

»Ach so.«

Es wird doch möglich sein, einen Satz ohne »früher« zusammenzubringen. »Schön hier, in der Mauer.«

»Welche Mauer?«, fragt sie.

»Ich meine die Straße hier. Die Leute sagen ›Mauer‹ dazu.«

»Ach so. Sie meinen die Leute in der Villensiedlung. Die Leute hier sagen das nicht. Sie sagen Waldstraße. Die Leute hier sind froh, dass sie sich ihre eigenen vier Wände leisten können.«

»War nicht negativ gemeint.«

»Das weiß ich doch, Herr Jelinek. Sie sind halt auf der anderen Seite.«

»Wie meinen Sie das?«

»Na, ich kenne Sie doch aus der Zeitung. Sie sind doch dauernd drin, wegen dem, wie heißt er wieder? Der Flieger da.«

»Heinrich Kühlwein.«

»Genau.« Sie reibt sich hinten am Nacken und schüttelt den Kopf, sodass ihre kurzen blonden Haare hin- und herfliegen wie ein Perlenvorhang, wenn jemand durchgeht.

»Aber wie meinen Sie das, *auf der anderen Seite*?«

»Sie sind immer in der Zeitung mit den anderen Typen, den Lehrern und Stadträten und so, die das alles vorantreiben. Und die Zeitung ist immer voll von dem Zeug. Als hätte man keine anderen Sorgen.«

»Nun, es ist halt mein Job.«

»Klar.«

»Aber ich bin nicht auf der anderen Seite. Ich war noch nie auf der anderen Seite. Ich war immer nur auf der einen Seite. Nun ja, kann natürlich sein, dass sich das mit den Seiten mit der Zeit ein bisschen verwischt hat.«

Sie schaut mich nun direkt an, die Hand immer noch im Nacken. »Und welche Seite ist das?«

»Na, das weiß ich auch nicht. Die richtige halt. Hoffe ich doch.«

»Sie sind ein Achtundsechziger.«

»Stimmt.«

»Die haben's gut. Die denken, sie sind immer auf der richtigen Seite.«

Ich weiß nicht genau, wie ich darauf antworten soll. »Ich komme aus kleinen Verhältnissen, verstehen Sie.«

Sie schweigt einen Augenblick, als wüsste sie, dass ich lüge. »Na ja, Herr Jelinek. Ihre Sorgen sind halt nicht unsere.«

»Was haben Sie für Sorgen?«, frage ich, bevor ich mir überlegen kann, ob die Frage mir überhaupt zusteht.

»Ach. Nichts.«

Ich höre, wie Caspar im Kinderzimmer nebenan mit den Autos spielt. »Brrm, brrm, brrm. Pfff!« Das war bestimmt der Zusammenstoß. »Tatü, tatü, tatü.«

Auf einmal weiß ich, warum sie diese Ruhe ausstrahlt. Weil sie an etwas anderes denkt. »Waren Sie das vorhin am Klavier?«

»Ach, haben Sie das gehört? Ja, das war ich.«

»Das klang richtig gut.« Tat es auch, diese wiederkehrende Linie, an der sie immer neue Bassakkorde ausprobiert hat. Ich bin an der Türschwelle stehen geblieben und habe gelauscht.

Immer den gleichen Lauf nach oben, die gleichen sechs Töne, mit dem letzten Schlag einen halben Ton höher, als man erwarten würde, und dazu verschiedene Bassakkorde. Dur, Moll, halbverminderte, verminderte, übermäßige. Ich habe eine ganze Weile zugehört, bevor ich klingelte. »Sind Sie Musikerin?«

»Ich war es, bevor Caspar kam. Ich bin ausgebildete Konzertpianistin, ich habe in einer Band gespielt, und ich habe auch Konzerte gegeben. Und ich will es wieder machen. Es ist nicht so, dass es mir zu Hause mit Caspar nicht gefällt, es ist auch richtig so, aber ich freue mich, wenn ich wieder Zeit für mich habe.« Manche Leute wissen nicht, was sie unzufrieden macht. Oder sie wissen es, aber sie wollen nicht darüber nachdenken. Sie weiß es genau.

Und wie ist es mit mir?

»Wenn er in die Schule kommt«, sage ich.

»Ja.«

»Und Ihnen geht die Melodie immer noch im Kopf herum.«

»Merkt man mir das an?«

»Ja. Sie sind mit den Gedanken woanders.«

»Stimmt. Ich muss dauernd überlegen, wie das Stück werden soll.«

»Na, dann will ich Sie nicht länger stören.« Ich möchte, dass sie dagegen protestiert, aber das tut sie nicht.

»Ja. Schön, dass Sie Caspar die Autos gebracht haben.«

»Aber eigentlich möchte ich gar nicht gehen. Wenn ich Sie dann nie mehr sehe, Frau Auer.« Ich komme mir vor wie ein Seiltänzer, der sich über eine Schlucht hinauswagt und jetzt nicht wenden kann. Also weitergehen. »Ich möchte Sie wiedersehen. Kaffee trinken. Oder einen Spaziergang machen.«

Meine Worte hängen in der Luft wie die Kochdüfte.

Sie schaut mich an. Jetzt voll auf mich konzentriert. »Warum?«

»Es gefällt mir bei Ihnen. Sie gefallen mir.«

»Herr Jelinek, wie alt sind Sie?«

»Zweiundsechzig.«

»Mein Vater ist vierundsechzig. Und ich bin vierunddreißig. Und glücklich verheiratet. Und ich habe ein Kind. Verstehen Sie?«

»Ja. Klar. Ich wollte Sie nicht erschrecken. Es tut mir leid.« Aber ich bedauere auch nicht, es gesagt zu haben. »Grüßen Sie den Caspar noch.«

»Mache ich.«

Ich bin schon fast an der Tür, als ich ihre kleine Hand auf meinem Rücken spüre, ganz sanft, aber trotzdem so fest, dass das nasse Hemd unter meiner Jacke auf meinem Rücken gedrückt wird.

»Herr Jelinek.«

Ich drehe mich um.

»Eigentlich will ich Sie auch wiedersehen. Sie sind nett. Wir können uns schon auf einen Kaffee treffen. Aber ganz harmlos und ohne Hintergedanken, verstehen Sie? Und den Caspar bringe ich mit.«

Kapitel 23: Zweiundsechzig

»Papa, deute halt nicht immer so mit dem Finger auf die Dinge«, sagt Jessica.

»Warum nicht?«

»Dann fällt es nicht so auf.«

»Was fällt nicht so auf?«

»Ach, nichts.«

»Sag halt.«

»Deine Finger.«

»Was ist mit meinen Fingern? Sind sie dreckig, oder was?«

»Sie sind halt etwas knochig und krumm.«

Ich betrachte meine Finger. Sie hat recht. Das oberste Glied des Zeigefingers ist sogar ganz schräg nach innen gebogen und angeschwollen. Arthritisch. »Du meinst, sie schauen alt aus.«

»Du machst das in letzter Zeit öfter. Oder mir fällt es halt mehr auf. Landkarten, Zeitungen …«

»Speisekarten«, sagt Else.

»Es geht auch ohne, ich meine, ohne zu deuten«, sagt Jessica. »Ich mein's nicht böse.«

Wir sind beim Griechen und feiern meinen zweiundsechzigsten Geburtstag nach. Die Speisekarte liegt auf dem Tisch vor mir. Mein rechter Zeigefinger deutet gerade auf eine Vorspeise. »Ich wollt mir das halt merken«, sage ich. »Und zwar diese Stelle: *Melitzanes Tiganites*. Das versteht doch kein Mensch. Kann ja nicht jeder Griechisch. So, und jetzt schaut her.« Ich ziehe den Finger demonstrativ zurück. »Zufrieden?«

»Das sind gebratene Auberginen«, sagt Melanie, Thomas' Frau, und hustet kurz in ihre Hand. *Das weiß man doch* hat sie mitgeschickt, ohne dass sie es wollte. Ich lächle ihr zu, um zu zeigen, dass ich es nicht krummnehme. Melanie ist nett, und ich mag sie. Sie lächelt zurück. Sie hat etwas hervorstehende Zähne, die sie, wenn sie ein Lachen überkommt, plötzlich ganz anders ausschauen lassen, viel lockerer, befreiter.

»Geblatene Opaschienen«, sagt Simon, ihr Kind, von dem alle behaupten, er sähe aus wie ich, also nicht mit Doppelkinn und Wampe, sondern angeblich wie früher, mit weiß gelockten Haaren und Grübchen im Kinn.

Wir lachen.

»Opaschienen«, sagt Simon noch mal und schaut zu seinem Vater, der auf der anderen Seite von Melanie sitzt.

Thomas ist in sein Smartphone vertieft.

Melanie schaut auch kurz zu Thomas, dann fährt sie mit der Hand durch Simons Haare.

Ein kurzes Schweigen fällt über die Runde.

Jede Familie hat ihren wunden Punkt, über den nicht gesprochen wird. Unserer ist Thomas. Er schaut immer noch auf sein Smartphone, und als die Bedienung kommt, um die Bestellung aufzunehmen, blickt er irritiert hoch, dann in die Karte. Seine gespannte Mundpartie verrät, was er von dem Ganzen hält. Nicht nur Else hat ihn die Woche über bearbeitet, dass er mitkommt, sondern ganz sicher auch Melanie. Sie liebt ihn, das ist klar, ich verstehe nur nicht ganz, warum.

Dass er offensichtlich unsere Interessen, unseren Lebensstil, unsere Berufe als ziemlich sinnlos erachtet, wissen wir, seitdem er ungefähr fünfzehn war. Es war auch keine pubertäre Phase, er sieht heute noch keinen Sinn in etwas, das kein Geld bringt. Ich kann mir vorstellen, dass er zu seinen Untergebenen nicht besonders nett ist. Genauso wenig wie zu seiner Frau. Oder zu seinem Kind. Eigentlich ist er überhaupt nicht nett. Ich kann nicht genau sagen, seit wann. Aber vielleicht seit Anne. Das ist der Grund, warum ich denke, dass ich daran schuld bin.

»Und wo wir schon dabei sind«, sagt Jessica. »Kauf dir halt endlich eine gescheite Gleitsichtbrille.«

»Genau«, sagt Else. »Nicht immer diese billigen Lesehilfen von Aldi.«

»Müller«, sage ich. »Warum?«

»Dann könntest du sie immer aufsetzen und müsstest nicht jedes Mal obendrüber gucken.«

Else nickt zustimmend.

»Was ist so schlimm daran, wenn ich obendrüber gucke? Ich brauche die Dinger bloß zum Lesen. Ach so. Klar. Dann sehe ich wieder alt aus.«

»Ja, nee«, sagt Jessica. »Du machst dann auch so ein … belehrendes, angeberisches Gesicht.«

»Alles klar. Sonst noch was?«

»Nee. Doch«, meint Jessica. »Du sollst die Leute nicht so schief anschauen, wie wenn sie blöd wären.«

»Also jetzt spinnst du wirklich. Ich schaue doch die Leute nicht schief an.«

»Doch, machst du, Hans« sagt Else. »Wie beim Ober vorhin. Aber es ist bloß, weil du schlecht hörst. Eins noch. Ächz nicht so, wenn du aus dem Auto steigst.«

»Ach, Papa, jetzt guck nicht so. Wir wollen doch nur, dass du nicht so … alt ausschaust.«

»Danke.«

Seit ungefähr sechs, sieben Jahren gehen das Bild von mir, das ich in mir trage, und das Bild von mir, das von außen auf mich zukommt, auseinander. Badezimmerspiegel sind noch lieb zu mir, da bin ich mit meinem Ebenbild zufrieden und verlasse es nach dem Rasieren guter Dinge. Aber fast alle anderen Spiegelbilder erschrecken mich. So fahl und faltig. Herunterhängende Augenlider und Backen. Und das Doppelkinn. Alt. Ebenso auf Fotos. Wenn Hans Jelinek, Tourismusmanager, wieder aus dem *Weingartshausener Kurier* hervorlugt, mit einem Gesicht wie ein neugeborenes Kind nach einer schweren Geburt. Am längsten brauche ich, um mich auf Fotos von hinten zu erkennen. Das kann doch nicht ich sein, dieser krumme Rücken. Und dieser Kopf, leicht nach vorne geneigt. Dieses Kuschen vor dem Leben. Und die Glatze. Aber die Hinweise verdichten sich. Es scheint so zu sein. Es ist so. Ich will es nur nicht an mich heranlassen. Ich will trotzdem weiterhin dieses andere Selbstbild in mir tragen. Vielleicht strahle ich dann wenigstens ein bisschen was davon aus. Und es geht nicht nur mir so. Man legt sich so was im Leben zu. Auf Klassenfotos von Schülern in der Pubertät sieht man es denjenigen noch an, die nicht glauben, dass sie gut aussehen. Später passiert dann etwas mit ihnen, sie sind dann wie verwandelt, obwohl ihr Aussehen sich nicht verbessert hat. Man braucht nur irgendein Gruppenfoto mit Erwachsenen anzuschauen. Firmenbelegschaften. Lehrerkollegien. Fußballmannschaften. Alle denken, sie sehen gut aus. Alle denken, die Kamera sei nur auf sie gerichtet. Keiner, der sich verstecken will.

Ich weiß, dass es eine Gratwanderung ist, dass es gefährlich ist. Ich weiß, dass es so losgeht. Dieses Auseinanderklaffen von Selbstwahrnehmung und Wirklichkeit im Alter. Das sind dann die Greise, die sich als Autofahrer überschätzen und zu Geisterfahrern werden, und die alten Schabracken, die beim Schminken nicht mehr richtig sehen und sich anstreichen wie Zirkusclowns. Aber ich will noch an diesem inneren Bild von mir festhalten. Wenn ich hundertprozentig davon überzeugt wäre, dass ich tatsächlich so aussehe, wie es mir meine Umwelt vermitteln will, würde ich mich nie zu hoffen trauen, dass Frau Auer sich für mich interessieren könnte.

Kapitel 24: Glauben

Montagvormittag. Quietsch, rums rums. Aber kein Geklapper, sondern ein sanftes Klopfen an der Tür. Irgendwie weiß ich, wer es ist. »Bitte.«

Frau Auer kommt herein, sie trägt einen beigen Regenmantel. Caspar hat sie an der einen Hand, in der anderen hält sie einen Regenschirm.

Ich bin schon aufgestanden. »Frau Auer, sehr schön.« *Welch Glanz in meiner Hütte – sag das ja nicht, du Depp.* »Was kann ich für Sie tun?« Ich komme hinter meinem Schreibtisch hervor und reiche ihr die Hand. Jana Auer lässt Caspar los und gibt mir ihre. Sie ist klein und warm und verschwindet ganz in meiner.

»Mir ist das mit dem Flieger, mit dem ...«

»Heinrich Kühlwein.«

»Genau ... nachgegangen. Ich war vielleicht etwas überheblich neulich, und ich wollt mich ein bisschen informieren. Wissen Sie, wir sind gerade erst hierhergezogen und kennen uns noch nicht so aus. Wenn man schon in Weingartshausen wohnt, sollte man sich dafür interessieren, habe ich mir gedacht. Ich meine, wenn er tatsächlich als Erster geflogen ist, dann ist das doch etwas Großartiges. Und jetzt war ich gerade in der Stadt und dachte mir, ich schaue schnell vorbei.«

»Na, dann haben Sie den Richtigen erwischt. Ich bin praktisch Heinrich Kühlweins Agent. Nur schade, dass er schon gestorben ist. Was hätte ich nicht alles aus dem Kerl machen können.« Ihre Hand ist immer noch in meiner. Ich lasse sie los. »Nehmen Sie doch Platz.« Ich zeige auf den Sessel gegenüber.

»Moment«, sagt sie und lehnt den Schirm an die Wand. Dann fängt sie an, in ihrer großen Handtasche zu fischen, mit weit ausladenden Bewegungen ihrer Ellbogen. Sie schaut zu mir, dann wieder in ihre Tasche, dann wieder her. »Warum lächeln Sie?«, fragt sie.

»Ach nichts. Es hat mir halt schon immer gefallen, wenn Frauen in ihren Handtaschen etwas suchen.«

»Ach so. Ich habe schon gedacht, Sie zählen meine Finger.«

»Hab ich doch schon längst. Nur zehn.«

»Enttäuscht?«

»Schon etwas. Wollen Sie den Mantel ablegen?«

Sie schüttelt den Kopf. Sie stellt zwei Autos auf meinen Schreibtisch, den Krankenwagen und den Polizeiwagen vom Rettungsset, dann holt sie einen Focus, einen Opel und ein paar Plastikfiguren aus den Tiefen ihrer Tasche. »Die hatte er schon. Zufall, oder? Schau, Caspar. Da kannst du spielen.« Sie stellt die Autos und die Figuren auf den Boden, und Caspar fängt wortlos an, mit den Autos herumzufahren.

Sie setzt sich auf den Sessel.

»Ein ganz Braver«, sage ich. Plötzlich sehe ich ihn unter meiner Motorhaube verschwinden und höre einen dumpfen Schlag, und dann einen matschigen, als sein Kopf auf die Straße klatscht. Ich muss mich unwillkürlich schütteln.

»Herr Jelinek? Was ist los?«

»Ach, nichts. Ich bin zu schnell gefahren neulich. Das war ganz dumm von mir.«

»Es ist ja gut gegangen. Caspar hat es schon vergessen.«

»Gott sei Dank. Ich hatte es gerade wieder vor Augen. Na ja, also Heinrich Kühlwein, Heinrich Kühlwein …«

K l o p f – klopf-klopf.

»Ja?«

Jutta kommt herein mit einem Stapel Broschüren. »Die neuen Kühlwein-Prospekte sind da.« Sie legt sie auf meinen Schreibtisch. Dann schaut sie hinunter zu Caspar, der gerade mit dem Polizeiwagen spielt, schaut wortlos wieder zu mir hoch.

»Danke, Jutta.«

Bevor sie aus dem Zimmer geht, wirft sie mir noch einen Blick zu. Ich nicke ihr zu. *Ja, ja, ja. Ist schon recht.*

Ich nehme eine Hochglanzbroschüre von dem Stapel, »Heinrich Kühlwein, Weingartshausens Flugpionier«, Herstellungskosten 2,75 € pro Stück, Auflage 4.000, an alle Bürger Weingartshausens kostenlos zu verteilen, also 11.000 € mirnixdirnix, EU-Gelder, und schiebe sie über meinen Schreibtisch zu Frau Auer. »Da steht alles drin.«

Sie schaut die ersten Seiten an und sieht zu mir hoch. »Eigentlich habe ich gedacht, Sie erzählen mir was.«

»Und ist das alles wahr?«, fragt sie.

Caspar ist inzwischen aufgestanden, steht drüben beim Drucker und fährt mit seinen Autos in der Papierablage herum. »Das ist das Krankenhaus«, sagt er gerade zu sich selbst. »Aber es ist zu spät. Der Mann ist tot.« Er legt eine Plastikfigur um. »Und die Frau vom Mann ist ganz traurig. Jetzt kommt der Leichenwagen, brrrm-brrrm.«

»Die Sache scheint ihm doch nachzugehen«, sage ich. »Es war leider kein Leichenwagen beim Rettungsset.«

»Ich glaube nicht, dass es Leichenwagen als Spielzeug gibt«, sagt Frau Auer.

Die Tür geht auf. Dann klopft es.

»Hans?«, sagt die Meyer-Hochwald. Sie schaut zu Frau Auer, dann zum Caspar. »Oh. Entschuldigung. Ich wusste nicht, dass du hier ein Familientreffen veranstaltest.« Sie lacht gellend, um ihre Bemerkung abzuschwächen.

»Das ist kein Familientreffen. Das sind Frau Auer und ihr Sohn. Sie interessiert sich für Heinrich Kühlwein.«

Meyer-Hochwald strahlt ihr falsches Lächeln. »Eine Dame von der Presse?«

»Nein«, sage ich. »Eine ganz normale Bürgerin.«

»Ach so.« Das Lächeln wird weggeräumt. »Seit wann sind die Broschüren fertig?«

»Seit fünf Minuten.«

Sie nimmt das Exemplar, das vor Frau Auer liegt, und blättert darin. »Ist das raus, mit …?«

»Den Vögeln? Kannst durchblättern. Garantiert keine Spur von Vögeln. Vogelfrei, sozusagen.«

»Bei dir weiß man ja nie.« Sie legt die Broschüre wieder hin. »Wann werden sie zugestellt?«

»In den nächsten Tagen wird jeder Haushalt Weingartshausens eine im Briefkasten haben.«

»Gut. Wir müssen die eigenen Leute gewinnen. Sie einbinden. Sie müssen voll dahinterstehen. Wenn die Busse kommen und die Leute fragen, wo ist das Heinrich-Kühlwein-Haus?, wo geht der Heinrich-Kühlwein-Rundgang los?, wo bekommt man Fliegerli?, dann müssen die Weingartshausener Auskunft geben können. Ich dachte an ein Heinrich-Kühlwein-Preisausschreiben.«

»Brrrrm-brrrrm«, sagt Caspar. »Jetzt läuft die böse Frau über die Straße.«

Meyer-Hochwald schaut zu ihm hinunter.

»QUIETSCH macht das Auto, aber es kann nicht bremsen«, sagt Caspar.

Meyer-Hochwald schüttelt den Kopf und schaut mich wieder an. »Dass man mit dem *Weingartshausener Kurier* zusammenarbeitet. Dass man den Manfred ins Boot holt. Dass man überhaupt offensiver wird. In die Schulen geht. Mit einem Heinrich-Kühlwein-Pokal, der jährlich zu gewinnen ist. Machst du dir Gedanken darüber?«

»Mache ich.«

»Und der Fahrer sagt, da kann ich nicht hineinkrachen, das

Auto ist zu teuer. Ich überfahre lieber die böse Frau«, sagt Caspar.

»Eigentlich, Johann, eigentlich hättest du selbst darauf kommen können. Eigentlich ist das dein Job, weißt du? Na ja, vielleicht fällt dir zum Museum mehr ein. Ein Feedback-Bogen für die Kinder. Damit sie das Gefühl haben, beteiligt zu sein. Dann irgendwas mit Public Voting. Facebook, du weißt schon.«

»Habe ich schon mal gehört.«

Sie flattert mit den Augenlidern, lächelt wieder ihr Lächeln und ist fort.

»Das war meine Chefin«, sage ich.

»Das habe ich mir schon gedacht«, sagt Frau Auer.

»BUUMM. Die böse Frau ist tot«, ertönt es vom Drucker. »Jetzt kommt wieder der Leichenwagen.«

»Ich glaube, ich muss ihm wirklich einen Leichenwagen besorgen«, sage ich. »Was haben Sie gerade gefragt?«

»Ob Sie das alles glauben, wollte ich wissen.«

»Ich sehe die Sache professionell.«

»Also glauben Sie es nicht.«

»Ob ich es glaube oder nicht, das hat mit meinem Job nichts zu tun.«

»Wäre es nicht leichter für Sie, schöner, wenn Sie es glauben würden?«

»Aber das Problem mit dem Glauben ist, dass man es nicht erzwingen kann. Ich kann es mir nicht vornehmen, nur weil es meinen Job leichter macht.«

»Ihre Chefin glaubt es bestimmt.«

»Ich glaube, sie glaubt bloß, dass sie es glaubt. Wie halt immer beim Glauben. Das glaube ich.«

»Warum lächeln Sie wieder?«

»Es gefällt mir, wenn ich merke, dass Sie voll bei unserem Gespräch sind und nicht an Ihre Musik denken.«

»Und das merken Sie.«

»Ja. Das merke ich. Wenn Sie schon da sind, wir wollten uns ja sowieso mal auf einen Kaffee treffen. Es ist gleich zwölf, da habe ich Mittagspause, wenn Sie Zeit haben, würde ich Sie gerne zum Essen einladen.«

»Das ist nett, und wissen Sie was, Herr Jelinek? Ich nehme es an. Dann muss ich wenigstens nichts kochen.«

Kapitel 25: Gauß'sche Kurven

Ich mag den Augenblick nicht, wenn man den Fernseher ausmacht und das Licht an. In der plötzlichen Stille und Helligkeit fällt mir immer auf, dass das Wohnzimmer noch so aussieht, als ob es auf seine Einrichtung warte. Dabei wohnen wir schon seit zehn Jahren hier.

Ich setze mich wieder hin, Else und ich haben noch einen Schluck Veltliner in unseren Gläsern.

Es musste alles schnell gehen damals, nach Forchheim. Also gemietet, nicht gekauft, die Wände weiß gestrichen, ein paar große Bilder von Ikea aufgehängt.

»Hast du was?«, fragt Else.

»Ich habe nichts.«

»Du bist abwesend.«

»Ach. Ich mache mir Gedanken über meinen Job.«

»Wieso das auf einmal?«

Ich will sie eigentlich fragen, ob sie meint, dass der Job auf mich abfärbt. Ob ich Schaden nehme an dem. Am ganzen Heinrich Kühlwein. An dem ganzen Verlogenen, oder zumindest Aufgebauschten. Das Problem ist, dass das in Gebiete weiterführen würde, vermintes Gelände, das wir jahrelang nicht mehr betreten haben. Das Problem ist, dass ich nicht weiß, ob Elses moralischer Kompass mich überhaupt noch erfasst.

»Es ist nicht auf einmal«, sage ich. »Stell dir vor, Kunz hält eine Mathestunde über Beruf und Moral mit einer Gauß'schen Kurve an der Tafel.«

»Wie kommst du jetzt auf Kunz?«

»Egal. Also y ist der Beruf und x ist die Moral. Die Kurve fällt zuerst einmal steil nach unten, dann flacht sie ab, bis sie fast gerade verläuft, und dann fällt sie noch einmal, bis sie so gut wie vertikal ist. Wie ein Stuhl, ohne die hinteren Beine.«

Ich zeichne die Kurve in die Luft. »Wir sitzen alle irgendwo da drauf. Unten sind die Moraldeppen, also die Diktatoren, Hitler, Stalin, Pol Pot, die üblichen. Waffenhändler und Drogendealer sind etwas darüber. Und manch anderer Politiker. Ganz oben, auf dem ersten steilen Stück, sind die Moralgenies. Gandhi, Mandela, Martin Luther King und solche. Auch Politiker. Die können überall auf der Kurve sein. Wie Journalisten auch.«

»Mandela hat zeitweise für Gewalt plädiert, um seine Ziele zu erreichen.«

»Gut, dann ist der halt etwas weiter unten. Aber wo bin ich, verstehst du? Wo ist der Kulturmanager mit Spezialgebiet Heinrich Kühlwein?«

»Na ja. Irgendwo in der Mitte, schon auf der Geraden, würde ich sagen.« Else versucht ein Gähnen zu unterdrücken.

»Aber nicht auf dem ersten Stück. Nicht bei den, sagen wir mal, Englisch- und Geschichtslehrern.«

»Das ist ja auch leichter für uns.«

»Eben. So weit unten können die von vornherein gar nicht landen. Aber ich bin eher bei den Versicherungsvertretern und Autoverkäufern. Bei den Finanzberatern. So weit oben können die wiederum gar nicht sein. Oder doch, aber dann verdienen sie keinen Pfennig. Nee, wir sind da, wo die Kurve nach unten schon richtig gefährlich wird.«

»Und was willst du jetzt machen?«

»Das ist es ja. Nichts will ich machen.«

»Gott sei Dank. Es war schon ein Glück, dass du die Stelle bekommen hast.« Jetzt gähnt sie richtig. »Ich bin müde. Gehst du mit ins Bett?«

»Noch nicht. Ich muss noch mal an den PC.«

»Brauchst du noch lange?«

»Schon ein Weilchen.«

»Also dann.« Sie trinkt den letzten Schluck Wein und steht auf. Sie tut mir leid. Ihr verletzter Blick. Ich weiß, was sie gerade angeboten hat, und sie weiß, was ich ausgeschlagen habe.

Ich gehe an meinen Arbeitsplatz. Er ist hinten im Wohnzimmer, durch eine offene Regalwand abgetrennt. Der PC ist sowieso an. Ich mache ein Dokument auf, irgendeins, und starre darauf. *Heinrich Kühlwein: Der fliegende Franke.*

Ich klicke es weg.

Es war Jana, die mich auf diese Gedanken brachte. Heute Mittag beim *Kirchenwirt.* Caspar hat Kloß mit Soße gegessen, wir das Aboessen: Krautwickel.

Seine Autos hatte Caspar neben seinem Teller aufgebaut. Er hat sie nicht angeschoben, nur immer wieder von seinem Kloß zufrieden zu ihnen hingeschaut. Wer sagt, dass Besitz nicht glücklich macht? Ich mag Caspar, seine In-sich-Geschlossenheit, wie er sich selbst genug ist.

»So war ich als Kind auch«, sagte ich.

»Wie?«

»Ich habe viel alleine gespielt. Es hat mir gar nichts ausgemacht. Im Gegenteil. Ich habe gerne mit mir alleine gespielt. Ich habe mir Fantasieabenteuer ausgedacht. Die Mauer um unseren Garten war eine Burgbefestigung, und der Gartenschuppen war eine Höhle mit einem Drachen drin, und so weiter.«

»Ich mache mir aber Sorgen um Caspar. Weil er nicht mit dem Nachbarsbuben spielen will.«

»Machen Sie sich keine. Das wird schon so eine Dumpfbacke sein, der Nachbarsbub.«

»Kann schon sein. Aber man hat es im Leben nicht nur mit feinsinnigen, liebevollen Menschen zu tun, oder, Herr Jelinek? Erleben Sie das nicht auch, gerade in Ihrem Job?«

»Wieso gerade in meinem Job?«

Sie hob nur ihre schönen schwarzen Augenbrauen, schürzte ihre Lippen und zuckte ihre Schultern.

»Wollen wir uns nicht duzen?«, fragte ich. »Ich bin der Hans.«

Sie stützte ihr Kinn auf ihre Hand und schaute mich an. »Und ich bin die Jana. Jetzt erzähl mir: Wie kommst du mit deinem Job klar? Mit dieser fürchterlichen Chefin?«

Auf einmal war ich mittendrin, mich zu rechtfertigen. *Ich habe mich auf eine ausgeschriebene Stelle beworben. Und ich habe sie bekommen. Gott sei Dank. Es ist ja nicht unbedingt leicht, mit über fünfzig eine neue Stelle zu kriegen. In der Ausschreibung stand schon alles drin. Ich solle die Bedeutung Heinrich Kühlweins für Weingartshausen erhöhen. Ich solle Weingartshausen durch Heinrich Kühlwein für Einheimische, Gäste und Investoren interessanter machen. Ich solle den Wirtschaftsfaktor Heinrich Kühlweins für Weingartshausen ankurbeln. Es ist also alles im Interesse von Weingartshausen. Es geht um Lebensqualität. Um das Selbstwertgefühl von Weingartshausen. Um Arbeitsstellen.*

Und die ganze Zeit habe ich mich selbst beobachtet, wie ich da saß, nach vorne gebeugt, mit ausgebreiteten Händen und aufgerissenen Augen, als ob das meine Worte wahrer machen würde.

Irgendwann streckte Jana ihre Hand über den Tisch, nahm meine und sagte: »Es ist ja gut, Hans.«

Jetzt weiß ich, was da noch ist. Warum Jana immer mehr als nur eine Sorte Mensch zu sein scheint. Warum sie, wenn man denkt, aha, jetzt weiß ich, wer sie ist, diese Person weglegt und eine andere herausholt. Fränkin, Weltbürgerin, Mutter, Musikerin. Scheu, furchtlos. Abwesend, konzentriert. Jung, alt. Jana ist gebürtige Bambergerin, aber ihre Mutter ist Tschechin, aus Karlsbad, sie ist 1968 geflohen beziehungsweise nicht in die Tschechoslowakei zurückgekehrt. Sie war Opernsängerin und gerade auf Europatournee mit dem Ensemble des Prager Smetana-Theaters. Sie blieb in Deutschland, konnte aber hier beruflich nicht mehr Fuß fassen. Jana spricht fließend Tschechisch und hat noch eine große Verwandtschaft in und um Karlsbad. Sie fühlt sich hier zu Hause und auch dort, aber vielleicht ist sie auch nie ganz hier und nie ganz dort.

Quietsch-quietsch. Quietsch-quietsch. Ich erkenne das Geräusch. Ich gehe zurück ins Wohnzimmer und sehe an der Glastür zum Garten den langgestreckten Bauch von Marius, der auf den Spitzen seiner Hinterpfoten steht. Darüber schauen seine großen Augen in seinem breiten Kopf indigniert zu mir hinein, und noch weiter oberhalb reibt er mit seinen Vorderpfoten am Glas. Es sieht aus, als ob er irgendeine fortgeschrittene Yogaübung machen würde. Ich öffne die Tür, und er kommt herein, bleibt stehen, schleckt sich extra lässig am Rücken, damit ich weiß, dass es ihm im Grunde egal ist. »Siehst du«, flüstere ich ihm zu, »ich habe doch gesagt, dass ich nichts mache.« Er beachtet mich nicht, geht langsamen, aber entschlossenen Schrittes an mir vorbei und an der anderen Seite die Treppe zum ersten Stock hinauf. Oben dreht er sich um und schaut mich kurz durch das Geländer an.

Dann dreht er sich wieder weg und verschwindet in Richtung Schlafzimmer. Kratz-kratz. Kratz-kratz. Else macht die Tür auf. Bis ich ins Bett gehe, wird er in ihrem Arm schlafen. Ich werde versuchen, beide nicht zu wecken.

Du wirst schon noch was machen, sagte sein Blick vorhin.

Kapitel 26: Ein verstautes Leben

Ich ziehe meine Hausschuhe aus und schleiche die Treppe hoch. Am Schlafzimmer bleibe ich stehen und horche. Else schnarcht leise und regelmäßig. Sehr gut. Ich stelle die Hausschuhe vor der Schlafzimmertür ab und gehe weiter zum Ende der Galerie. Ganz sachte mache ich die Tür zum Dachboden auf, das Licht an, schließe die Tür hinter mir und gehe hoch.

Hier war ich schon lange nicht mehr. Hier liegt alles, was im Wohnzimmer fehlt. Hier ist es noch heller als unten, und unser ganzes verstautes Leben liegt gnadenlos ausgebreitet im gleißenden Licht der nackten Glühbirne. Ist es so weit?, scheint es zu fragen. Dürfen wir wieder raus?

Die Massivholzregale, die Jakob gebaut hat, in Einzelteilen, aufgeschichtet, links an der schrägen Wand. Die Bücher, die damals in Forchheim darin aufbewahrt waren, hier liegen sie immer noch in ihren Kisten mitten im Raum.

Else war achtundvierzig und Jakob dreiunddreißig, als es mit ihnen anfing. Sie war Seminarlehrerin – eine sehr gute –, und Jakob war Referendar, älter als die anderen, weil er Lehrer auf dem zweiten Bildungsweg geworden war. Er war ein Arbeiterkind, war auf der Hauptschule gewesen, hatte Schreiner gelernt, dann die mittlere Reife nachgeholt und später das Abitur. Er baute Bücherregale für ihren Seminarraum in der Schule. Vermutlich verliebte sie sich dabei in ihn. Er war ein kleiner, drahtiger, zupackender Praktiker, das muss Else gefallen haben, bei den ganzen Traumtänzern, die sie zu betreuen hatte. Die nahtlos von der Schule in die Uni und dann gleich wieder in die Schule wechselten, Kinder von Eltern waren, die es genauso gemacht hatten, und alle miteinander dachten, sie verstünden was vom Leben.

Jakob erinnerte mich, und vielleicht auch Else, an Erwin.

Ich merkte es, als Else von der jährlichen Fahrt mit ihrem Seminar aus Straßburg zurückkam, an der Jakob natürlich teilgenommen hatte. Irgendetwas war mit dem Bus auf der Hinfahrt, er blieb an der Autobahn bei Rastatt stehen, und die ganze Reise drohte ins Wasser zu fallen. Auf jeden Fall hat Jakob die Sache repariert. In Straßburg war, glaube ich, nichts weiter, aber als Else nach Hause kam, war sie ganz anders, wirkte viel femininer, fing an, Kleider zu tragen, Parfum aufzulegen, hatte plötzlich eine neue Frisur. Dann hatte sie jede Menge zusätzliche Termine in der Schule, und Fortbildungen, auch Wochenlehrgänge in Dillingen. An den Wochenenden und in den Ferien, wo wohl nichts lief, war Else müde, wirkte oft leicht depressiv. Das Depressive dehnte sich mit der Zeit über ihr ganzes Leben aus, und sie bekam furchtbare Migräneanfälle. Das dauerte über ein Jahr. Dann fing Jakob an, Regale bei uns zu bauen. Nachmittags. Wenn ich nicht zu Hause war.

Und einmal, als Else krank im Bett lag, schaute ich am Vormittag daheim vorbei, und gerade als ich ins Haus kam, schellte das Telefon, ich hob ab, und Jakobs Stimme sagte: »Trau dich, Else. Verlasse ihn. Niemand wird dich jemals so lieben, wie ich es tue. Niemand wird dich so begehren, wie ich es tue.«

Ich sagte gar nichts, legte einfach auf und ging zu Else. »Ich will es jetzt wissen«, sagte ich. »Er oder ich.«

Else nickte und drehte sich um.

In der Nacht, bevor der Umzugswagen kam, um unseren Hausstand von Forchheim nach Weingartshausen zu transportieren, stand Jakobs Auto vor der Tür.

»Das ist Jakob«, sagte ich zu Else. »Du musst zu ihm rausgehen. Er wird nicht wegfahren, bevor du zu ihm rausgehst. Ich würde es auch nicht, an seiner Stelle.«

Else sank in sich zusammen, dann sammelte sie sich und ging zu ihm hinaus.

Ich weiß nicht, was sie geredet haben, aber ich habe es mir vorgestellt. Was sagt man zu einem Liebhaber, der dir sagt, niemand wird dich jemals wieder so begehren, wie er es tut, wenn man weiß, dass es stimmt? Wie verabschiedet man sich von ihm? Zum wirklich letzten Mal? Denn das würde es sein, da war ich mir sicher, da würde Else konsequent sein.

Sie war zwei Stunden weg. Ich stellte mich schlafend, als sie wiederkam, aber ich hörte, wie sie versuchte, möglichst leise zu weinen, und ich rollte mich zu ihr und hielt sie einfach im Arm, und sie ließ es geschehen. Ich schlief keine Sekunde, und sie auch nicht, bis zum Morgengrauen, als der Möbelwagen kam.

Hier liegen die Regale. Ich konnte ihren Anblick, ihre schlichte Vollkommenheit, die Tatsache, dass sie fertiggestellt worden waren, diesen stillen Vorwurf an mich und all meine unvollendeten Pläne, das konnte ich im Wohnzimmer nicht mehr ertragen. Und wir haben nie andere Regale gekauft, weil es klar war, dass wir solche schönen nie mehr bekommen. Vielleicht ist es eine stumme Abmachung zwischen Else und mir, dass sie irgendwann aufgestellt werden. Dass dann alles wieder gut ist.

Aber sie sind nicht das, was mich heute Abend hier heraufzieht. Das ist auf der anderen Seite, bei meinen Fotografien in ihren eleganten schwarzen Alurahmen. Sie stammen aus der Casteller Zeit, es sind Schwarz-Weiß-Fotos, schöne Landschaftsaufnahmen, Schattenspiele an Steinmauern, Bauern bei der Arbeit im Weinberg, und die Vergrößerungen habe ich nach und nach in unserem Haus dort aufgehängt. Sie waren wirklich gut, finde ich. Als wir dann nach Forchheim gingen, hätten sie uns aber zu stark an das erinnert, was wir verloren hatten. Wir haben sie dort nicht aufgehängt, und hier auch nicht.

Forchheim war für mich damals das Ende der Fahnenstange bei der Zeitung. Es hatte sehr gut begonnen. Als Else in Schweinfurt am Gymnasium als Referendarin anfing, bewarb ich mich bei den *Würzburger Nachrichten* und bekam eine Stelle. Castell suchten wir uns aus, weil es ungefähr gleich weit von Schweinfurt und Würzburg entfernt war und weil es schön war. Sehr schön. Wir wohnten zur Miete in einem alten Bauernhaus am Kniebrecher, schräg gegenüber vom Schmitts Otto. Vor allem, nachdem Else wegen Thomas und später Jessica zu Hause blieb, fanden wir Freunde in Castell. Oft gingen wir einfach auf einen Schoppen hinüber zu Otto. Nach einigen Jahren war ich gut im Geschäft, ich hatte schon einige Beiträge über Filme, Bücher und Musiker für den Hauptkulturteil der Samstagsausgabe geschrieben. Es gefiel mir. Dann wurde ich stellvertretender Chefredakteur für die Kitzinger Ausgabe der *Würzburger Nachrichten*, den *Kitzinger Tag*. Als die Sache mit Anne aufflog und wir aus Castell wegmussten, wollten die *Würzburger Nachrichten* gerade nach Mittelfranken expandieren, sie hatten den *Erlanger Boten* aufgekauft, und ich konnte den Kulturteil übernehmen.

Aber als Else dann wegen Jakob von Forchheim wegwollte, zeigte sich, dass ich zeitungstechnisch in eine Sackgasse geraten war. Die *Erlanger Zeitung* brachte nicht den erhofften Erfolg, und die *Würzburger Nachrichten* planten, sich vom mittelfränkischen Markt zurückzuziehen. Else konnte eine Stelle am Weingartshausener Gymnasium bekommen, aber ich nicht bei einer Nürnberger Zeitung.

So bewarb ich mich für die Stelle als Tourismusmanager, Spezialgebiet Heinrich Kühlwein.

Es ist die eine Aufnahme, die ich suche, die nie an irgendeiner Wand hing. Die niemand außer mir je gesehen hat. Doch, das hatte ich ganz vergessen, einmal hielt sie mein Chefredakteur in Kitzingen in der Hand. Ich habe sie seit Castell auch selbst nicht mehr angeschaut. Sie ist hinter einer anderen versteckt, hinter einem Foto aus dem Garten vom Schmitts Otto. Hier ist es, gleich das zweite, das ich aus dem Stapel heraushole. Der Schmitts Otto hatte einen herrlichen verwilderten Garten vor seinem Wirtshaus, mit einem morschen Pavillon, in dem wir gerne saßen, wenn das Wetter passte. Auf dem Foto passt das Wetter aber nicht zum Draußensitzen, der Himmel ist verhangen, es hatte geregnet, und Wasser war durch das undichte Dach getropft und hatte sich auf dem alten runden Holztisch in einer Pfütze gesammelt. In der Pfütze spiegeln sich die Fassade des Wirtshauses, der Turm der Kirche, der Weinberg und der bedeckte Himmel, um die Pfütze herum ist die Holzmaserung des Tisches zu sehen, und weiter außen die Pflastersteine des Hofes. Ich habe das Foto mit einem Weitwinkelobjektiv und einer kleinen Blende aufgenommen, alles ist scharf, das Nahe, das Ferne, es ist Castell auf den Punkt gebracht. Aber das interessiert mich jetzt nicht. Ich entferne vorsichtig den festen Karton auf der Rückseite.

Und da ist das Bild, das ich suche. Ich will wissen, ob es noch auf mich wirkt. Ich hole es behutsam heraus und drehe es um. Eine Frau lächelt mir voller Zärtlichkeit und Liebe zu. Ihr nackter Körper und ihr Gesicht sind von Licht und Schatten gestreift, weil sie einen bewaldeten Hang hinunterläuft. Mit der linken Hand stützt sie sich auf einen Ast, mit der rechten winkt sie mir zu, das hatte ich vergessen, ihr scheues Winken auf Schulterhöhe. Sie hat dieses grelle Licht hier auf dem Dachboden nicht verdient, es war ein Vormittag damals, die Sonne schien schräg durch die Bäume.

Es ist Anne, meine Anne; wir hatten uns gerade geliebt, und wir würden uns gleich wieder lieben.

TEIL 3

1980

Kapitel 27: Opa zeigt es allen

»Grüß Gott, Herr Meuschel.«

»Grüß Gott, Herr Jelinek. So.« Heiner Meuschel, Chefredakteur des *Kitzinger Tages*, ein bleicher, melancholischer, doch nervöser Sitzriese mit langen, fettigen, nach hinten gekämmten, mausbraunen Haaren, betrachtete mich kurz durch seine dicke Brille. »Höre ich da was Bayerisches raus? Was Niederbayerisches?«

»Kann gut sein. Kelheim.«

»O je. I ho a E ü.«

»Was?«

»Dachte ich mir. Versteht kein Unterfränkisch. Wie denn auch. Kelheim. O je.« Er schüttelte energisch mit dem Kopf, ohne dass seine Haare auch nur einen Zentimeter aus der Form gerieten, zündete eine neue Zigarette an der alten an und drückte letztere im Aschenbecher aus. Er saß und bewegte sich, wie alle Redakteure damals, in einer wabernden Wolke aus Rauch, einem besonders widerstandsfähigen Insekt gleich, das ein Kammerjäger vergeblich zu vergasen versucht. Er hatte einen unerschöpflichen Nachschub an Four Roses Whiskey aus dem Kitzinger PX-Laden, und im Gewühl auf seinem Tisch war immer irgendwo eine Flasche davon zu finden. Leichter zu orten war sein Nordmende Radio Charleston, weil *Bayern 3* metallisch daraus zischte. Jürgen Hermann. Fritz Egner. Thomas Gottschalk. Was hatte der damals für einen guten Geschmack. Musikalisch. Die Kleider hat man ja nicht gesehen.

Meuschel schaute mit seinem traurigen Gesicht wieder zu mir hoch. »Tss, tss. I ho a E ü, Herr Jelinek. Das heißt ›Ich habe ein Ei übrig.‹ In Schweinfurt.«

»Ja, und? Kommt so was hier schon in die Zeitung, wenn in Schweinfurt einer ein Ei übrig hat?«

Meuschel holte zischend Luft und nahm seine Stirn mit der rechten Hand in den Zangengriff. »Es geht ums Prinzip, Herr Jelinek. Was sollen wir mit Ihnen anfangen? Sie haben das Unterfränkische vielleicht in Würzburg nicht gebraucht, da sollen die Einwohner angeblich auch Hochdeutsch verstehen, aber hier geht's nicht ohne. Für die ganzen Berichte über Kaninchenzuchtvereine, Bunte Abende und Feuerwehrbesäufnisse. Sie brauchen einen Schnellkurs. Am besten, Sie gehen heute auf den Theaterabend in Erbsfelden, und Anne, du gehst mit als Simultandolmetscherin.«

Das war mein Einstieg beim *Kitzinger Tag* nach sieben Jahren in der Hauptredaktion in Würzburg. Montag, der 29. September 1980. Ich wollte über Themen wie das Oktoberfestattentat schreiben, das am Freitag davor verübt worden war. Dreizehn Menschen, darunter drei Kinder, starben. Franz Josef Strauß, Kanzlerkandidat der Union, hatte den Anschlag sofort für einen Angriff auf die Linken benutzt, denen er die Schuld zuschob. Wenn das stimmte, würde er vielleicht die Wahl gewinnen. Übers Wochenende schien sich aber langsam herauszukristallisieren, dass der Attentäter aus rechtsradikalen Kreisen stammte. Darüber wollte ich schreiben, Mutmaßungen darüber anstellen, wer einen Nutzen aus so einem Verbrechen ziehen konnte.

Aber Else war mit zwei Kindern zu Hause, wir lebten seit zwei Jahren nur von meinem Einkommen, und ich hatte mich nach Kitzingen beworben, um Benzinkosten zu sparen.

Also Kaninchenzuchtvereine, Bunte Abende und Feuerwehrbesäufnisse. Und Erbsfeldener Theatertage.

Als ich dem Meuschel am nächsten Tag meinen Bericht über die Theatervorstellung in Erbsfelden vorlegte, blickte er von dem leeren Blatt in seiner Triumph-Adler hoch, sah ihn kurz durch, nickte, sagte »Das war mir klar«, riss ihn in zwei ziemlich gleiche Teile und warf ihn in den Papierkorb. Dann zog er an seiner Zigarette, trommelte mit seinen Fingern auf den einzigen freien Platz an seinem Tisch und schaute mich an. Sein Oberkörper strahlte eine trügerische Stille aus; seine überflüssige Energie wurde in die niederen Körperregionen geleitet und unter dem Schreibtisch von seinem ständig wippenden rechten Knie abgearbeitet.

»Hätten Sie's halt auf Ihren Tisch gelegt«, sagte ich. »Da hätt man's auch nie wiedergefunden.«

Er nickte. »Schon recht, Herr Jelinek. Herr Jelinek, passen Sie auf. Ähhhm.« Er trommelte noch mal. »Herr Jelinek, Sie müssen sich ganz schnell merken, dass Sie hier nicht über die subventionierte Neuvorstellung irgendeines aufgeblasenen Schreiberlings im Mainfrankentheater urteilen, der mit seinem aufgeblasenen Stück aufgeblasene Zuschauer provozieren will, die dann anschließend in ihren aufgeblasenen Autos in ihre aufgeblasenen Villen am Stadtrand von Würzburg fahren, sondern Sie schreiben über ein Stück, wie hieß es noch mal …?«

»*Der 95. Geburtstag oder: Opa zeigt es allen.*«

»Genau, Sie schreiben über ein Stück, das ein ganzes Dorf ein ganzes Jahr lang eingeübt hat, an allen Wochenenden seit August geprobt hat und seit drei Wochen vor ausverkauftem Haus spielt. Ein Dorf, das seit 1918 jedes Jahr ein Theaterstück auf die Beine stellt. Ein Dorf, das für sein Theater lebt, ein Dorf, das ohne sein Theater nur noch ein weiteres verdammtes unterfränkisches Drecksloch ist. Herr Jelinek, ich muss Ihnen trotz Ihres Journalismusstudiums scheinbar als Erster das ungeschriebene Gesetz eröffnen, dass einheimische Kulturschaffende kein Freiwild sind, das zum Abschuss durch journalistische Großjäger freigegeben ist, nein, sie stehen sozusagen unter Naturschutz. Das ganze Dorf Erbsfelden ist für uns ein umzäuntes, geschütztes Gehege. Wissen Sie, warum? Es gibt zwei Gründe. Erstens: Weil das Theater das Leben der Menschen, die in Erbsfelden wohnen, schöner macht. Und zweitens: Weil diese Menschen unsere Zeitung kaufen. Sie schreiben also nicht, wie war das noch mal, *Der Abend zog sich hin wie der dritte Aufguss eines Filterkaffees, wie ein Kaugummi, der wochenlang unter einem Stuhl geklebt hat, wie ein Sonntagsbesuch bei den Großeltern, als man noch Kind war, oder …*, ach, was weiß ich, was Sie alles noch geschrieben haben.«

»*Wie der Nachmittag einer Hochzeitsfeier, wenn die Braut entführt worden ist*, war noch dabei.«

Er nickte anerkennend und hob beschwichtigend die Hand. »Ist wirklich nicht schlecht, Herr Jelinek, ich weiß, ich weiß. Vergessen können Sie's trotzdem. Genauso wie Ihr *Hansi Huber agiert auf der Bühne deutlich ausdrucksärmer als sein Gehstock*. Kurz, Sie arbeiten nicht Ihren Frust darüber ab, dass Sie hier in Kitzingen keine Bühne haben, um Ihre sicherlich wertvollen Ansichten über die Kultur und die Weltpolitik kundzutun. Sondern Sie schreiben …«, er wedelte mit seiner rechten Hand wie ein Schlangenbeschwörer über dem Chaos seines Schreibtisches, und der aufsteigende Rauch seiner Zigarette schrieb Spiralen. »*Heftig strapazierte die lustige Truppe das Zwerchfell ihrer Zuschauer im zum wiederholten Male ausverkauften Haus in Erbsfelden. Dabei erwies sich Hansi Huber in der Rolle des Opas als wahrer Gesichtsmuskelakrobat.* Und so weiter und so ähnlich bis *Das Publikum dankte mit lang anhaltendem Beifall und Tränen in den Augen*. Und dann Schluss, aus.«

»Als Titel vielleicht *Ein Marathon für die Lachmuskeln*?«

»Durchaus. Ja.«

»Wir haben in einem Kurs an der Uni Erlangen lauter solche abgelutschten Redewendungen aus den Ortsteilen der Zeitung in einem Buch gesammelt.«

Jetzt hatte ich seine volle Aufmerksamkeit. »Ja, und? Haben Sie das noch?«

»Es war so was wie der Index des Journalismus. Am letzten Abend der Bergkirchweih mussten wir feierlich schwören, die Redewendungen, die darin standen, niemals anzuwenden. Und das Buch wurde auf dem Heimweg in der Schwabach versenkt.«

»Ewig schade.« Er kniff die Augen zusammen und machte seine Zigarette mit energischen, stichartigen Bewegungen in dem überfüllten Aschenbecher aus. Kippen und Asche quollen auf seinen Tisch über. Dann griff er mit beiden Händen um seine Schreibmaschine herum und tastete raschelnd und ohne hinzuschauen zwischen den Papierfetzen und Zigarettenschachteln umher.

»Hinter der Lampe«, sagte ich zu ihm.

»Ach ja. Danke.« Er fand die Whiskeyflasche und schenkte sich einen großen Schluck ein.

»Also schreibe ich's noch mal.«

»Ja, genau. Willkommen in der Provinz, Herr Jelinek.«

Ich ging wieder ins Vorzimmer hinaus. Anne lächelte mich an. »Machen Sie sich nichts draus, Herr Jelinek. Ich helfe Ihnen schon.«

Kapitel 28: Anne

Ich habe mal mit meiner Mutter gestritten, warum sie meine Schwester Ellen nicht aufs Gymnasium geschickt hat, sie hatte bessere Noten als ich in der Grundschule, und mein Vater war dafür.

»Warum soll es ihr anders gehen, als es mir ergangen ist?«, war ihre Antwort.

Anne war auch eines von diesen Mädchen, eines von ganz vielen. Eines von ganzen Generationen von schlauen Mädchen, die aus der achten Klasse Volksschule in die Welt gegangen sind, ohne jemals die Chance gehabt zu haben, ein Gymnasium oder eine Realschule von innen zu sehen. Achtlos hergeschenkte Perlen, die fortan auf schlecht bezahlten Stellen Dumpfbacken von männlichen Chefs unterstellt waren, die mit Mühe und Not das Abitur oder die Mittlere Reife geschafft hatten. Heerscharen von Frauen, die ihr Leben lang unter ihrem Wert gehandelt wurden. Die Ehe, die ihnen als einziger Ausweg blieb, wird oft genug eine Weiterführung des Gleichen gewesen sein.

Ihr ganzes Ansinnen, das, worauf sie konditioniert worden waren, war zu verschleiern, wie hilflos ihre tumben Chefs oder Ehemänner ohne sie wären, deswegen wurde das ganze Ausmaß ihrer hervorragenden Arbeit gar nicht wahrgenommen. Manchmal trifft man sie in den Vorzimmern noch an, aber langsam sterben sie aus oder gehen in ihre lächerlich schlecht bezahlte Rente. Chefinnen wie die Meyer-Hochwald sind die fürchterliche Rache dafür.

Anne Weber war damals sechsundzwanzig, schüchtern, intelligent, blond und schön, schon verheiratet, mit ihrem Jugendfreund Dietmar, einem inzwischen beim Stadtwerk angestellten

Kleingeist. Sie hatten gebaut und warteten auf ein Kind. Wenn das Kind da war, würde sie selbstverständlich zu Hause bleiben. Sie würde ihrem Mann jeden Morgen die Kleider, die sie für ihn gekauft hatte, aufs Bett legen, sie würde dorthin in den Urlaub fahren, wo er als Kind mit seinen Eltern immer hingefahren war, nämlich nach Kärnten, sie würde am Freitagabend zu Hause bleiben, während er zum Stammtisch ging, und in vierzig Jahren würde er sich in seiner Abschiedsrede bei ihr bedanken, weil sie ihm immer den Rücken gestärkt hatte.

Jetzt ist Anne wieder verheiratet, klar, Frauen wie sie bleiben nicht allein, sie hat noch zwei Kinder bekommen, und ich hoffe, sie ist glücklich. Sie war es lange genug nicht.

Als ich anfing, mit ihr im Landkreis Kitzingen herumzufahren, wusste ich nur, dass sie nett war und die Einzige, die an der elektrischen Schreibmaschine schreiben konnte. Ich merkte zuerst nicht, dass sie schlauer war als ich. Dass sie besseres Deutsch schreiben konnte als der Meuschel. Ich merkte es nicht, weil es ihr unangenehm war, es zu zeigen.

Und ich als Achtundsechziger arbeitete gegen diese gesellschaftliche Front, so sah ich das. Ich sorgte dafür, dass sie anfing, Berichte zu schreiben. Ich freute mich, wenn sie bei Interviews selbstsicherer wurde, wenn sie sich traute, sich auf ihre Meinung und ihren Geschmack zu verlassen. Ich lobte sie, weil ich es toll fand, wie sie, im Gegensatz zu mir, niemals auswärtige Künstler in die Pfanne haute, nur weil ihr dazu eine vernichtende Formulierung leichter einfiel als eine positive. Ich verliebte mich in sie, in ihre Art, in ihr Aufblühen, in ihren Körper, wenn sie beim Stehen zum Beispiel auf einmal mit dem linken Fuß an der rechten Wade rieb, ohne es zu merken. Ich verliebte mich in sie, weil sie ein guter Mensch war. Weil ich merkte, dass sie durch mich aus sich herauswuchs. Und sie verliebte sich in mich.

Dass wir ein Verhältnis miteinander anfingen, war bestimmt nicht ihre Schuld. Ich glaube, sie versuchte, so gut sie konnte, sich dagegen zu wehren. Aber eines Tages bestellte uns der Meuschel wieder in seine Räucherkammer.

»Also Kinder, Sparmaßnahmen«, sagte er. »Von der obersten Etage. Zwei Reporter, ein Auto. Es soll nicht an die große Glocke gehängt werden, aber ab jetzt wird bevorzugt über Veranstaltungen berichtet, bei der eine andere gleichzeitig in fußläufiger Nähe stattfindet, so wie heute, da ist Bremserfest in Sulzfeld und Liederabend im Seinsheimer Schloss in Marktbreit. Optimal. Wer wohin geht, könnt ihr unter euch ausmachen. Aber ihr fahrt in einem Auto.«

Dann war die Einweihung der neuen Autofähre in Fahr und Vernissage in Volkach. Ausstellung im Kloster Münsterschwarzach und die Don Kosaken in der Kirche in Dettelbach. Mal fuhr ich, mal Anne. Wenn Aussicht auf einen Schoppen bestand, fuhr selbstverständlich Anne. Da überschnitt sich mein Weltbild mühelos mit dem von Männern wie Dietmar. Ich fing an, mich mehr auf die gemeinsamen Rückfahrten zu freuen als auf die Veranstaltungen. Auf unsere Gespräche. Wie Anne dasaß oder fuhr. Auf unsere Zweisamkeit in der kleinen, kaum beleuchteten Kapsel in der großen dunklen Nacht.

Und dann war es wieder Herbst. Theatertage in Erbsfelden und ein Bunter Abend des Musikvereins Bergtheim nebenan. Ich ging zum Theater und Anne zum Bunten Abend. Ich wurde freundlich empfangen – *Ach, der Herr Jelinek! Schreiben Sie wieder so einen schönen Bericht wie letztes Jahr!* Der Herr Jelinek vom letzten Jahr war mir inzwischen fremd geworden, großkotzig und unsympathisch, ich genoss *die ausgelassene, von der herrlichen Unterhaltung und von gutem heimischen Wein angeheiterte Stimmung*, mir gefiel es, dass es den Leuten gefiel, *nicht anders als in den letzten Jahren erging es den zahlreichen frohgelaunten Gästen, der Funke der Begeisterung sprang sofort über*, ich fand es toll, wie das Dorf *keine Kosten und Mühen gescheut hat, die sonst nüchterne Turnhalle mit Birken und Blumen in einen Wohlfühlhain zu verwandeln*, mir schmeckte der Wein, *eine Lachsalve jagte die andere, bis die Bauchmuskeln um Gnade flehten*, ich machte meine Notizen über »Der Kurgast und die fesche Wirtin«, natürlich war *die weit über die Landesgrenzen hinaus bekannte fränkische Stimmungskanone und der stilsicher agierende Bühnenprofi Hansi Huber* der Kurgast, der auch *dieses Stück gewohnt gekonnt in Szene setzte.* Ich war Provinzreporter geworden.

Und am meisten freute ich mich darüber, dass Anne mich abholen würde. Als ich nach der Vorstellung in der schön geschmückten Weinlaube inmitten der fröhlichen Schauspielertruppe wie einer der ihren beim Schoppen saß und eine sanfte Hand auf meiner Schulter spürte, wusste ich, dass es ihre war. Ich drehte mich um und sah, wie sie mich in ihrer Lederjacke, ihrer Bluse und ihrem Tweedrock anlächelte und die Autoschlüssel schwenkte. Es war so laut, dass ich nicht hörte, was sie sagte, und trotzdem war es auf einmal still um uns.

Erbsfelden, Bergtheim, Escherndorf, Volkach, Schwarzach, Großlangheim, Wiesenbronn, Castell. Nur eine halbe Stunde Fahrt. Diesmal hatten wir uns nicht viel erzählt, als ahnten wir, dass wir uns heute anders austauschen würden. Bis Volkach hatte sich die Stille zwischen uns verdichtet, eine angenehme, warme Stille, in der nichts fehlte, sondern alles da war, eine kribbelnde und gleichzeitig entspannte Stille, als hätten wir uns schon geliebt. Und nach Volkach hatte ich den Eindruck, dass die Fahrt sich entschleunigte, dass die Straße sich vor uns in die

Länge zog, dass der Weg und die Nacht sich bis in die Ewigkeit ausdehnen könnten.

Anne war eine wunderschöne Frau. Ich hatte mich an die Beifahrertür geschmiegt und schaute sie gerne von der Seite an, wie ihr Gesicht im Licht der Armatur von unten und vom Licht des Mondes von oben schimmerte und dann im Licht der entgegenkommenden Autos aufleuchtete. Ich mochte es, wie sie versuchte, nicht zu lachen, und wie sie sich dafür in die untere Lippe biss.

»Was schaust denn?«, fragte sie.

»Blinke mal.«

»Wieso? Wir wollen doch gar nicht abbiegen.«

»Aber ich mag es, wie du blinkst.«

Sie lachte ihr kurzes, kehliges Uh-huh. »Links oder rechts?«

»Links.«

Sie blinkte.

»Genau.« Diese Aufwärtsbewegung. Schnell, entschlossen, sanft. »Ich mag es auch, wie du schaltest.«

Sie schaute zu mir her, und ihre Augen glühten.

»Ich mag es überhaupt, wie du die Hände am Steuerrad hältst. Ich mag es, wie du die Knie beim Fahren zusammenhältst und dann so schräg das Bein zum Bremsen ausstreckst. Ich mag es, wie du mit deinem ganzen Körper in den Kurven mitgehst. Wie du dabei auf die Straße schaust.«

Wir waren in dem langgestreckten Waldstück nach Schwarzach und vor Großlangheim. Anne biss mit den oberen Zähnen noch mal auf die untere Lippe, räusperte sich, und als sie sprach, klang ihre Stimme belegt. »Jelly, ich weiß es genau, ich weiß, du willst bestimmt, dass ich irgendwo anhalte. Aber das mache ich nicht.«

Normalerweise hätte ich aufgehört, aber ich hatte vier Schoppen Silvaner getrunken.

Ich kam aus meiner Ecke und legte meine Hand auf ihre. »Doch, Anne, tu es. Halte an. Da ist ein Waldweg. Halte an.«

Sie blinkte. Rechts.

Hoffentlich würde Else schlafen. Ja, sie lag im Bett und atmete tief und regelmäßig. Neben ihr, auf meinem Platz, lag Thomas. Wahrscheinlich hatte er wieder Albträume. Ich schlich mich ins Bett, legte mich neben ihn. Er wimmerte leise, drehte sich zu mir und kuschelte sich in seinem Elefantenfrotteeanzug an meine Hüfte. Ich schob ihn sanft weg. Ich wollte an dieser Stelle nichts anderes spüren, weil genau da vor einer halben Stunde Anne gelegen und gestöhnt hatte.

Ich wollte alles noch mal ungestört durchleben, den Kuss, den ersten, als wir mit dem Auto auf dem Waldweg zum Stehen kamen. Wie sie sich nach diesem langen, innigen Kuss zurücklehnte, mich anschaute und flüsterte: »Sag was.« Wie ich nichts sagte, sondern anfing, die Bluse unter ihrer Lederjacke aufzuknöpfen. Wie sie sagte: »Gehen wir nach hinten.«

Ich mag angefangen haben, ich weiß nicht, wie weit ich gegangen wäre, aber alles Weitere bestimmte sie.

Wie wir beide ausstiegen und ich es rascheln hörte auf der anderen Autoseite und merkte, dass sie sich auszog, sorgfältig und präzise, wie sie alles machte. Wie sie zuerst ihre Lederjacke auf den Fahrersitz legte, ihren Rock obendrauf. Wie ich das Zupfen vernahm, als sie die restlichen Knöpfe ihrer Bluse aufmachte. Wie die Novembernachtluft meinen nackten Körper herrlich streifte, als ich mich ebenfalls auszog. Das flauschige Geräusch, als sie ihre Strumpfhose nach unten rollte. Wie ich auf ihre Seite kam und gerade noch mitkriegte, mit welcher Eleganz sie ihre Beine abwinkelte, um ihren Slip auszuziehen. Wie sie ihn auf die anderen Kleidern legte und sich nackt aufrichtete, ihre Arme vor dem Busen. Wie sie lachte, als sie mich sah. Wie ihr Körper dabei bebte.

Wie sie sich auf den Rücksitz legte und mir ins Ohr flüsterte: »Ich kenne mich nicht so gut aus. Ich habe es noch nie mit einem anderen Mann als Dietmar gemacht.«

Wie wunderbar und natürlich sie sich auskannte.

Kapitel 29: Eine Lebkuchentruhe

Damals, 1968, als Else und ich endlich zusammenkamen, glaubte ich, ich würde niemals eine andere Frau begehren. Und dann, 1981, als ich das Verhältnis mit Anne anfing, verstanden Else und ich uns immer noch gut, wir konnten bei einer Flasche Frankenwein stundenlang miteinander reden, der Sex war verlässlich, wenn auch nicht spektakulär, aber bei wem ist das anders, nach dreizehn Jahren Partnerschaft? Auch finanziell ging es uns gut, vielleicht nicht gerade in dem Moment, weil Else zu Hause war, aber sie würde bald wieder arbeiten, und die Zwischenzeit konnten wir leicht überbrücken. Wir hatten zwei nette Kinder, wir wohnten idyllisch in einem Bauernhaus mitten in Castell. Ich führte ein erfülltes Leben, obwohl ich gerade nicht der Journalist sein konnte, der ich sein wollte, aber das musste ja nicht so bleiben. Wenn Else wieder arbeitete, würde ich nach Würzburg zurückkehren und Kulturredakteur werden, ich hatte schon die Fühler ausgestreckt. Uns ging es besser als den meisten anderen Paaren, die wir kannten.

Warum hat es nicht gereicht? Warum reicht es nicht, wenn du das kriegst, was du mehr als alles andere auf der Welt wolltest?

Einmal, 1971, kam ich Anfang des Wintersemesters in Erlangen unerwartet von der Uni nach Hause, das war, kurz nachdem ich auf Journalismus umgesattelt hatte. Else hatte an diesem Tag erst später Vorlesungen, ich fand sie in unserer Altbauwohnung in der Bismarckstraße tränenüberströmt am Küchentisch über alten Briefen und Bildern von Jens. Ich wusste gar nicht, dass sie so etwas besaß. Irgendwie hatte sie das Zeug aus Kelheim heimlich mitgebracht und in der Wohnung versteckt.

Drei Jahre lang.

»Ich kann nichts dafür, Jelly«, hat sie gesagt. »Es tut so weh.«

»Liebst du ihn immer noch?«

»Ja.«

»Und mich?«

»Dich habe ich auch lieb. Sehr lieb.«

»Aber das ist nicht dasselbe.« Ich knallte die Tür zu und ging in die Kneipe. Das war ein Fehler, denn als ich zurückkam, war sie ganz zärtlich, und wir haben uns sogar geliebt. Aber die Briefe und die Fotos waren wieder in ihrem Versteck.

Ich wollte, dass Else die Briefe und Fotos von Jens verbrennt. Ich dachte, das sei mein Recht. Ich wollte Jens aus Elses Kopf verbannen. Ich dachte, nur so hätte ich eine Chance, dass Else mich auch so lieben würde wie Jens. Ich wollte Zugang zu diesem inneren Ort in Else, den sie mir vorenthielt.

Aber Else weigerte sich. »Das war vor deiner Zeit«, sagte sie. »Das geht dich nichts an.« Wir stritten. »Das ist so typisch von dem Arsch«, sagte ich. »So fies. Wie soll ich es mit ihm aufnehmen, wenn er schon tot ist?« Daraufhin weinte Else natürlich. Oder versuchte, nicht zu weinen. Das war fast noch schlimmer.

An einem verschneiten Freitag im November wartete ich, bis Else von der Uni heimkam, dann eröffnete ich ihr, dass ich am Abend nicht mit nach Kelheim fahren würde, weil ich unbedingt eine Arbeit zu Ende schreiben müsse. Ich wollte ihr keine Chance geben, die Briefe und Fotos heimlich aus ihrem Versteck zu holen und mitzunehmen. Sie ist am Abend mit dem Zug abgefahren, und ich habe sofort mit der Suche begonnen. Ich habe ihre Büchertasche und ihren Wäscheschrank durchwühlt, hinter alle Regale geschaut, oben auf die Regale, sogar hinter den Spülkasten im Klo. Nichts. Dann bin ich ausgegangen.

Erlangen kann einem ganz schön auf den Keks gehen. Bei jedem Schritt merkt man die Absichten der Barockstadtplaner, die besser wussten, was uns gut tut, als wir selbst, die das ganze Fränkische, Gewachsene, Gemütliche, Zufällige, Zusammengeworfene dem Quadratischen geopfert haben. Du bewegst dich geradeaus oder im rechten Winkel dazu, ob du willst oder nicht. Du bist eine Spielbrettfigur. Gehe am Schlossplatz vorbei. Laufe bis zum Barocktheater.

Der frühe Novemberschnee konnte das ganze Erzieherische nicht kaschieren. Ich lief die erste Straße entlang, die sich quer zu diesem viereckigen Diktat verhielt, die Neue Straße, und befand mich, nach einer Rechtsabbiegung, vor dem Gasthaus *Drei Cedern*. Das war Gott sei Dank keine Studentenkneipe, das war ein ganz normales fränkisches Wirtshaus. Da bin ich rein. Kicker, Flipperautomat, Spielautomat an der Wand. Und siehe da, Uli und Bertl, die zwei, mit denen wir auf unserer Etage im Haus in der Bismarckstraße ein gemeinsames Bad hatten, saßen auch da. Ich gesellte mich zu ihnen, erzählte von meiner fiktiven Arbeit und aß ein Paar der guten mittelfränkischen Bratwürste.

»Na, hast wohl heute die Wohnung umgeräumt?«, fragte Uli auf einmal.

»Nee, warum?«

»Ich habe gehört, wie du rumort hast«, sagte sie.

»Ich habe bloß was gesucht.«

Am Samstag bin ich ganz früh aufgestanden und habe Elses sämtliche Bücher durchgeblättert. Nichts. Ich dachte schon, sie hätte die Sachen doch irgendwie mitgenommen, dann fiel mir etwas ein, das ich in einem Buch gesehen hatte. Else machte sich nie Notizen in ihren Büchern. Das sei barbarisch, sagte sie immer. Das sei so, wie wenn der Leser sich mit dem Autor auf eine Stufe stellen wollte. Aber in einem Buch hatte sie doch etwas unterstrichen. Bloß in welchem? Müsste ich wirklich alle noch mal durchgehen? Es war ein Taschenbuch gewesen, da war ich mir sicher, und zwar ein englischsprachiges Taschenbuch von Penguin mit diesem orangefarbenen Rücken. Else hatte sie alle nebeneinander im Regal. Zwölf Stück. Alphabetisch geordnet. Es war auf einer rechten Seite unten gewesen. Kingsley Amis. Nichts. Charlotte Brontë. Nichts. Emily Brontë. Nichts. Roald Dahl. Nichts. Arthur Conan Doyle. *The Casebook of Sherlock Holmes.* Da. Seite 177. *»Now, Watson, now!«, cried Holmes with frenzied eagerness. All the demoniacal force of the man masked behind that listless manner burst out in a paroxysm of energy. He tore the drugget from the floor, and in an instant was down on his hands and knees clawing at each of the squares of wood beneath it. One turned sideways as he dug his nails into the edge of it. It hinged back like the lid of a box. A small black cavity opened beneath it.* Alles von Else unterstrichen. Was riss er vom Boden? Einen Drugget? Was sollte das sein? Im Langenscheidt nachgeschlagen, nichts. Im Oxford English Dictionary, aha, *a coarse woven fabric used to make floor coverings.* Floor coverings. Ein Teppich halt. Wir hatten nur einen Teppich in der Wohnung, im Wohnzimmer, so ein weißes Fellungetüm. Natürlich. Darunter musste das Versteck sein. Ich riss den Teppich ebenfalls in einem plötzlichen Energietaumel mit dämonischen Kräften weg.

Und nichts. Natürlich hatte Else die Dielenbretter darunter nicht aufgesägt und auch keine Schatulle dort versteckt.

Ich setzte mich ans Fenster und schaute hinaus auf das verschneite Erlangen. Auf das ganze blödsinnige Geschachtele. Ich dachte an gar nichts. Ich war platt von der Sinnlosigkeit meiner ganzen Anstrengungen, von der Vergeblichkeit meines letzten genialen Einfalls. Ich saß da, glotzte hinaus und merkte langsam, dass etwas in mir arbeitete. Hör in dich nicht hinein, sagte ich mir, tu gar nichts. Und es kam zur Oberfläche: Ulis Blick gestern Abend, als ich ihre Frage beantwortete. Es war das kleine Lächeln, das wie eine selbstgerechte Maus über ihr Gesicht huschte.

Klar, Else hatte die Briefe und die Fotos bei ihr deponiert. Logisch. Vielleicht waren sie vorher irgendwo bei uns gewesen, aber nachdem ich sie erwischt hatte, hatte Else die Sachen zu Uli gebracht. Da waren sie vor mir sicher. Wenn ich nicht zu Hause war, ging sie zu Uli hinüber, holte sich die Sachen und weinte sich über ihnen aus.

Nebenan war Bertl alleine, als ich klopfte, Uli in der Stadt. Er hatte keine Ahnung davon, das war sofort klar, er hatte sowieso von wenig eine Ahnung, außer vielleicht von seiner sinnfreien Theologie, seinem Sandkastenspiel. Ich sagte, Else brauche unbedingt etwas aus der Schachtel, die sie bei ihnen gelassen hatte. Er überlegte kurz, hob einen dünnen Theologenzeigefinger, sagte »Ach ja«, ging ins Schlafzimmer und brachte eine Nürnberger Lebkuchentruhe. »Kann höchstens das sein«, sagte er lachend. »Ich habe versprechen müssen, nicht hineinzuschauen.«

Auf dem Gang begegnete ich dann Uli, sie schaute ganz entsetzt. »Was machst du da?«, schrie sie und griff nach der Truhe. Ich wandte mich ab. »Ich schaue nicht hinein«, sagte ich. »Sie soll nur das Scheißzeug verbrennen.«

Ich war kaum in meinem Zimmer, als Uli und Bertl an der Tür standen.

»Hast du die Truhe schon aufgemacht?«, wollte Uli wissen.

»Nein«, sagte ich. »Habe ich doch gesagt.«

»Robert, hol sie.«

Sie sagte immer Robert statt Bertl, jetzt merkte ich erst, wie mich das nervte, der Bertl durfte nicht einfach ein normaler

Bertl wie jeder andere Bertl sein, nein, er musste ein besserer Robert sein.

Bertl wollte an mir vorbei, aber ich versperrte ihm mit meinem Arm den Weg. Lächerlich kamen sie mir auf einmal vor, mit ihren vorwurfsvollen Mienen, er ein baumlanger, dünner, schlaksiger, langhaariger Kerl, und sie halb so groß, aber doppelt so breit, mit einer dicken Brille. Sie studierte für das Lehramt an Grundschulen und war überzeugt, dass die Kinder nur auf sie warteten. Die beiden waren sich überhaupt so sicher, immer auf der richtigen Seite zu stehen, dass es mir auf den Senkel ging.

»Robert! Geh doch rein!«, zischte Uli. Ihr Gesicht war schon ganz rot.

»Du weißt doch, Bertl, Gewalt ist keine Lösung«, sagte ich und machte die Tür zu.

Eine halbe Stunde später fühlte ich mich, als hätte ich keinen Boden mehr unter den Füßen. Ich hatte es nicht ausgehalten, die Sachen nicht anzuschauen. Die Fotos waren harmlos, ein paar verwaschene Aufnahmen aus einem Fotoautomaten, vermutlich aus dem im Bahnhof in Kelheim. Else und Jens strahlend nebeneinander. Aber die Briefe hatte ich alle im fieberhaften Wahn – oder im wahnhaften Fieber – gelesen. Jens hatte sie geschrieben, nachdem Else mit mir zusammengekommen war. Nahezu wöchentlich, von Februar bis Juni 1968. Fünfzehn Stück, Else hatte sie mit einem roten Band zusammengebunden. Er hatte sie angefleht, zu ihm zurückzukommen, er würde sie immer noch lieben, er würde von ihr träumen, sie würde nie glücklich mit mir werden, nur er wüsste, was ihr im Bett gefällt, sie wären füreinander bestimmt. Er schrieb Lobeshymnen auf ihre Brüste und ihre Möse.

Und er nahm Bezug auf ihre Antwortbriefe.

Als ich am Sonntagabend aus der Kneipe zurückkam, saß Else am Küchentisch vor der offenen, leeren Lebkuchentruhe. Sie war noch in voller Reisemontur, ich sehe sie heute noch vor mir, in ihrem karamellfarbenen Wollmantel mit Kapuze. Ihr Koffer stand noch unausgepackt neben ihr.

»Hast du die Briefe gelesen?«, fragte sie.

»Ja.«

»Wo sind sie?«

»Da.« Ich zeigte auf den Kohleofen.

»Du hast sie verbrannt?«

»Ja.«

Sie stand auf, nahm den Koffer und ging.

Als sie nach zwei Wochen wiederkam, redeten wir nicht mehr über die Briefe. Auch nicht über ihre Briefe an Jens. Und ich gelangte nie zu diesem geheimen Ort in ihr.

Kapitel 30: Die Waldfee

Man verrät keinem seine Stellen zum Pilzesammeln, nicht mal den besten Freunden; wie wird man dann wohl den Ort hüten, an dem man Ruhe, Geborgenheit und Liebe erfuhr? Ich habe das Bedürfnis, mal wieder hinzufahren, den Platz aufzusuchen, zu schauen, ob die Ausläufer der Wogen dieses großen Meeres zu spüren sind, das Anne und mich damals so sicher trug.

Die Stelle, an der Anne und ich uns am liebsten trafen, war ein Paradies, irgendwo zwischen Iphofen, Castell und Enzlar, mehr sage ich nicht. Man konnte sie nur zu Fuß von zwei verschiedenen Seiten erreichen; unsere parkenden Autos waren durch einen bewaldeten Hügel voneinander getrennt. Wir mussten beide nur fünf Minuten den Anstieg hinauflaufen, einander entgegen, bis wir auf der Anhöhe zu einem Waldweg kamen. Dem Weg folgte man in westlicher Richtung, er wucherte immer mehr zu, wandte sich nach Norden und verlor sich kurz vor dem Waldrand im Gestrüpp. Da, oberhalb eines steilen Hanges, der zu einem Feld hinunterführte, war eine Bank, die Gemeindearbeiter irgendwann aufgestellt und dann vergessen hatten. Von dort aus hatte man einen Blick auf das tiefer gelegene Gerstenfeld, und, auf dessen anderer Seite, wieder auf einen Wald, der den gegenüberliegenden Hang bedeckte. Hier hatte uns nie ein Wanderer, Waldarbeiter, Bauer oder Jäger gestört.

Am Samstag, dem 18. Juni 1983, saß ich um zehn Uhr schon auf der Bank, deren oberstes Brett an der Rückenlehne seit einem besonders heftigen Liebesspiel zwischen Anne und mir aus der Verankerung gerissen war. Ich saß umgeben von grünem Wald, hellbraunem Korn, blauem Himmel. Es war bereits heiß, seit ungefähr einer Woche. Ich liebte es, vor Anne dort zu sein und mich auf sie zu freuen. Ich schaute einfach auf das Gerstenfeld, es war noch nicht abgemäht, und der Wind hatte Muster hinterlassen, die mich an die Zöpfe erinnerten, zu denen in meiner Kindheit blonde Mädchen ihre langen Haare flochten. Ich nahm mir vor, mich nicht umzudrehen, bis ich sie kommen hörte, das Rascheln ihrer Schritte; das letzte Stück war kein Weg mehr, und man musste etwas abwärts laufen, durch Blätter und kleines Geäst. Mir gingen Szenen, Worte, Blicke aus der letzten Zeit durch den Kopf; wir hatten uns wenigstens zweimal die Woche getroffen.

Je nachdem, woher wir von unseren Terminen kamen, hatten wir unsere Stellen, wo wir uns lieben konnten, und waren immer auf der Suche nach neuen. Letzte Woche auf der Rückfahrt von der Krönung der Weinkönigin in Dettelbach, wir hatten uns davongeschlichen, sobald wir konnten, waren von der Straße nach links abgebogen und einen landwirtschaftlichen Weg hinuntergefahren, bis er versickerte.

Durch einen dicken Schilfgürtel führte ein Fußweg zum Mainufer. Das letzte Stück vor dem Fluss bestand aus einem Grasstreifen, aus dem der Fluss immer neue Stücke wegschwemmte wie Bisse aus einem riesigen Brotlaib. Man konnte entweder auf den kleinen Vorsprüngen oder in den Buchten dazwischen liegen, sie waren alle vom Hinterland durch den blickdichten Schilfgürtel abgeschirmt und nur vom Fluss aus einzusehen.

Als wir uns letzte Woche dort liebten, ist ein mit Schotter beladener Frachter mit holländischer Flagge vorbeigefahren. Hinter Anne sah ich den Kapitän zu uns herüberschauen, typischer Skipper mit Bart, Zigarre und Helmut-Schmidt-Mütze. Er ließ das Schiffshorn zu unserer Begrüßung ertönen. Er kann zunächst nur Annes nackten Rücken gesehen haben. Sie hätte nur so bleiben müssen, dann hätte er gar keine Details erkannt.

Aber dann drehte sich Anne halb um, schenkte ihm den Anblick ihrer perfekten rechten Brust und winkte ihm zu. Er winkte zurück, hob anerkennend den Daumen und verabschiedete sich mit einem dreimaligen Tuten.

»Du traust dich was«, sagte ich.

»Mit *dir* traue ich mich was«, sagte sie. »Das wollte ich dir schon lange sagen. Mit dir fühle ich mich lebendiger, wahrhafter als jemals zuvor. Mit dir kann ich ein ganz anderer Mensch sein.«

Ich hörte Anne kommen und drehte mich um. Sie strahlte und winkte mir zu, dieses kleine, schüchterne Wedeln auf Schulterhöhe. Mein Herz ging auf. Sie trug mein Lieblingskleid, blau, mit einem Reißverschluss hinten.

Aber nicht mehr lange.

Ebenfalls ungefähr um zehn an diesem Tag erschien Annes Mann Dietmar bei der Zeitungsredaktion in der Luitpoldstraße in Kitzingen. Er wirkte ganz aufgelöst, sagte der Meuschel später. Er wollte wissen, wo Anne war, er müsse sie unbedingt sprechen. Der Meuschel sagte, wieso?, sie hätte doch heute gar keinen Einsatz. Doch, sagte Dietmar, sie sagte, sie wäre heute wieder mit dem Jelinek unterwegs. »Ach so«, sagte der Meuschel. »Dann müssen S' nach Volkach. Da ist heute Tag der Offenen Weinhoftore. Da ist der Jelinek. Da wird sie halt dabei sein.«

»Du warst heute aber stürmisch«, sagte Anne.

»Was erwartest du denn, wenn du so aufreizend herläufst.« Eine leichte Brise war von der Lichtung den Hang hinaufgeweht und hatte Annes Kleid zuerst gegen ihre Hüften geschmiegt, dann hochgeschoben, sodass sie es lachend festhalten musste.

»Warum ziehst du dich wieder an?«

»Musst du nicht noch nach Volkach? Zum Tag der Offenen Weinhoftore?«

»Ha. War gestern schon dort. Ich hab ein paar Winzer interviewt, hab denen erzählt, dass ich lieber schon am Freitag komme, weil die am Samstag bestimmt nicht so viel Zeit haben. Dass ich heute nur noch ein paar Fotos vom Auftrieb in der Hauptstraße machen werde. Beim Weiherich war ich länger, der ist der Vorsitzende von der Winzergenossenschaft, die schalten bei uns immer eine Riesenanzeige, und der nimmt sich sehr wichtig, dem habe ich Honig um den Bart geschmiert. Der hat sogar sein Hoftor aufgemacht, und ich habe ihn in seinem Hof fotografiert. Ich habe Weingläser auf Fässer gestellt und geknipst und verschiedene Weine probiert. Und weißt du, was dann war?«

»Dann warst du besoffen.«

»Quatsch. Dann kam eine ganze Busgruppe die Hauptstraße heruntergewatschelt, die hab ich auch gleich fotografiert. Da sind die ganzen Bilder drin.« Ich tippte auf meine Canon Spiegelreflex, die neben mir lag. »Weißt du, was das bedeutet?«

»Dass du gar nicht mehr hinfährst?«

»Genau. Den Bericht habe ich schon fertig getippt. Gestern Abend. Die Busgruppe sind dann die *zahlreichen, begeisterten Besucher von nah und fern, die der Tag der Offenen Weinhoftore nun schon zum dritten Mal anlockte. Winzergenossenschaftsvorsitzender Ernst Weiherich verwöhnte die Gäste in seinem urigen Hof mit fränkischen Schmankerln und kühlen Schoppen. Volkachs Winzer haben offenbar nicht nur einen guten Draht zu Bacchus, sondern auch zu Petrus, und so konnte der Tag auch wettermäßig als voller Erfolg verbucht werden.*«

»Gestern war das Wetter aber nicht so schön.«

»Das Wetter gleiche ich in der Dunkelkammer aus. Mehr Helligkeit, mehr Kontrast, fertig.«

Anne hatte sich wieder angezogen und hingelegt, in meinen Armen lag sie da und schaute zu mir hoch. Das liebte ich, so von der Seite betrachtet hatte sie was Asiatisches.

»Du bist aber ein ganz Schlauer«, sagte sie. »Was ist, wenn die Gruppe sich in der Zeitung sieht und sagt, wir waren aber am Freitag da und nicht am Samstag?«

»Die sehen sich nicht in der Zeitung. Tagesausflügler aus dem Ruhrpott. Einmal Volkach und nie wieder. Optimal.«

»Ach sooo. Jetzt verstehe ich. Dann haben wir ja jetzt ganz viel Zeit.«

»Eben, mein Mädchen. Darum hättest du dich gar nicht anzuziehen brauchen. Warte mal, warte mal, langsam ... « Ich fuhr mit der Hand unter ihr Kleid. »*Weinkönigin Anne Weber bemühte sich ebenfalls nach Kräften, ihre repräsentativen Pflichten zu erfüllen, um die Gäste zufriedenzustellen. Nur rutschte ihr das Kleid dabei hoch. Sooo. Und dann kam ihr der Slip abhanden ...*«

Dietmar ist offenbar die ganze Hauptstraße in Volkach auf- und abgelaufen und hat alle Winzer nach Anne und mir befragt. Natürlich hatte uns keiner gesehen. Wir waren ja in unserem Versteck. Und der Weiherich erzählte ihm, vom *Kitzinger Tag* sei gestern schon einer da gewesen, der Jelinek. Dietmar hat dann von einer Telefonzelle aus wieder beim Meuschel angerufen, der ihn zu unserem Haus in Castell schickte.

»Schau da hinten, Anne. Da, wo das Licht so schön ist.«

»Was ist da?«

»Geh da hin, zu dem Moos da unter den Bäumen. Ich will dich fotografieren.«

»Und was willst du dann mit dem Bild machen? Willst du mich wohl in eurem Wohnzimmer aufhängen? Mit den ganzen anderen Bildern?«

»Nee. Du kommst auf die Seite 1 der *Bildzeitung. Scheue fränkische Waldfee abgelichtet.*«

»Und wann willst du die Bilder entwickeln, damit der Meuschel nicht dazukommt?«

»Auch heute Nachmittag. Da schaut er Sport. Geh schon, sonst ist die Sonne weiter.«

»So?«

»Weiter zurück. Weiter. Das ist gut, ja. Jetzt komm langsam her. Soo, ja.«

»Was soll ich mit den Händen machen?«

»Winken. Wink mir zu, wie du das immer machst.«

»Wehe, du schickst die Bilder irgendwo ein.«

»Gut. Perfekt. Jetzt komm her.«

Es war das letzte Mal, dass ich sie strahlen sah, und das letzte Mal, dass wir uns liebten.

In Castell zerbröckelte derweil mein ganzes Lügengebilde. Else fiel aus allen Wolken, als Dietmar nach mir fragte, für sie war ich in Volkach. Dass ich gestern in Volkach gewesen war, hatte ich ihr natürlich verschwiegen. Da hatte ich angeblich den ganzen Tag in der Kitzinger Redaktion verbracht. Sie rief beim Meuschel an, und dann platzte auch dieser Ballon.

Dietmar wirkte richtig verzweifelt, sagte sie später. Kein Wunder. Er ahnte immer noch nichts von Annes Verhältnis mit mir, das war nicht der Grund für seine Aufregung. Vielleicht ahnte er bis zum Ende nichts davon, wenigstens das würde ich ihm wünschen. Die Polizei hatte ihm eine Anzeige überreicht. Er hatte über Monate den achtjährigen Nachbarsbuben sexuell belästigt. Ins Haus gelockt, wenn Anne nicht da war.

Man wird nie wissen, was er Anne sagen wollte. Wollte er beichten? Sich verabschieden? Hätte sie ihm helfen können?

Hätte sie ihn von seinem Vorhaben abbringen können? Auf jeden Fall fuhr er, nach seinen vergeblichen Versuchen, sie anzutreffen, nach Marktbreit, stellte das Auto unten im Ort ab und lief zur Autobahnbrücke hoch. Er ist auf das Geländer zwischen dem ersten und dem zweiten Pfeiler geklettert und hinuntergesprungen. Sechzig Meter. Auf die Straße, nicht in den Main.

Das war kein Hilferuf.

Kapitel 31: Die Salzteigfamilie

Wenn man krank ist, kann man sich nicht mehr vorstellen, wie es ist, gesund zu sein. Sorgen hat man immer, aber wenn man auf einmal eine richtig große Sorge hat, wünscht man sich in die Zeit zurück, in der man nur kleine hatte, und kann sich nicht mehr vorstellen, wie das war. Wenn man verliebt ist, kann man sich nicht mehr vorstellen, wie es ist, nicht verliebt zu sein. Was hat man bloß die ganze Zeit mit seinen Gedanken gemacht? Zwar ist die Liebe keine Krankheit, oder wenn sie eine ist, will man nicht davon geheilt werden. Man weiß aber, dass es eine andere, normale Sicht der Dinge gibt, man weiß, dass es eine andere, normale Welt gibt, die neben einem parallel weiterläuft, man vernimmt sie wie durch ein Glas, dunkel, nur gelangt man da nicht mehr hin.

Ich weiß nicht, ob ich Else und die Kinder tatsächlich verlassen hätte. Anne und ich hatten schon über unsere jeweiligen Trennungen gesprochen. Aber ihr tat Dietmar leid. Sie war seine große Liebe, das wusste sie. Sie kannten sich noch aus der Hauptschule. Er würde nie eine andere Frau finden, meinte sie. Sie könne ihm das nicht antun. Und ich hatte Else und die Kinder. Anne sagte, sie könnte das nie mit ihrem Gewissen vereinbaren, wenn ich meine Familie verlassen würde. Und so machten wir einfach weiter.

Ja, es war ein sicherer Hafen, aus dem ich zu unseren Treffen auf hoher See hinausfuhr.

Ahnungslos habe ich die Bilder dann am Nachmittag in der Dunkelkammer in der Kitzinger Redaktion entwickelt. Bis der Meuschel an der Tür pumperte.

»Moment«, rief ich, machte das Licht an und holte das eine Foto, das ich schon entwickelt hatte, aus der Wanne. Ich schaute mich kurz nach einem Platz um, wo ich es verstecken konnte, und legte es dann, verkehrt herum, auf einen Stapel Zeitungen. Dann machte ich die Tür auf.

Meuschel segelte herein, Rauch hinter sich herziehend wie ein kleiner, dreckiger Schlepper. »Mensch, Jelinek, wo waren Sie? War die Anne dabei? Ihr Mann sucht sie, Ihre Frau sucht Sie, ich suche euch beide.«

»Warum? Wir waren in Volkach.«

»Jelinek, Sie können mir viel erzählen, aber das nicht. Sie waren nicht in Volkach. Der Weber war dort.«

»Dann haben wir uns halt verfehlt.«

»Jelinek, Jelinek, Sie waren heute nicht da, weil Sie gestern da waren, warum auch immer. Ich habe den Weiherich angerufen, und der ist ganz schön sauer, nicht nur, weil Sie heute nicht da waren, sondern auch, weil Sie letzte Woche bei der Krönung der Weinkönigin so bald abgehauen sind. Der sagt, er will keine Anzeige mehr schalten, wenn er von der Presse so abgefertigt wird.«

»Wie?«

»Na, das war doch seine Tochter, die Weinkönigin. Vivian I. oder Lulu I., oder was weiß ich. Sie haben ihre Rede nicht abgewartet. War die Anne heute früh bei Ihnen? Ihr Mann sucht sie. Er ist ganz verzweifelt.«

In dem Moment klingelte das Telefon im Vorzimmer. Ich war froh, rangehen zu können, und verließ die Dunkelkammer. Das gab mir Zeit, mir eine Ausrede zurechtzulegen.

»*Kitzinger Tag*. Hier Jelinek.«

»Außenstelle Marktbreit.« Ich erkannte die quakende Stimme.

»Grüß Gott, Frau Brandeis.«

»Ich habe eine Meldung. Ein Mann hat sich von der neuen Autobahnbrücke gestürzt. Er ist tot. Soll ich hingehen?«

»Nee, Frau Brandeis, brauchen Sie nicht. Mache ich selber.« Das würde mir noch mehr Zeit verschaffen. »Herr Meuschel, ich muss nach Marktbreit. Ein Selbstmord an der neuen Brücke. Da haben wir darauf gewartet, oder?«

Meuschel kam aus der Dunkelkammer. Er hielt das gerade entwickelte Bild von Anne in der Hand.

»Sie gehen nicht nach Marktbreit. Sie gehen nach Volkach. Ich rufe Anne an, sie soll nach Marktbreit. Damit ihr zwei heute etwas macht, das zu eurer Arbeit gehört. Und Sie gehen noch mal persönlich zum Weiherich. Und das Foto da soll schnellstens verschwinden.« Er hielt es mir mit spitzen Fingern entgegen. »Oder wollten Sie unseren Umsatz damit steigern?«

So fuhren wir in entgegengesetzte Richtungen und immer weiter auseinander, Anne und ich, sie nach Süden, ich nach Norden. Unsere Stimmungen bildeten wohl auch Gegenpole. Ich war immer noch beseelt von unserem Treffen am Vormittag, in der irrigen Annahme, noch Herr meines Schicksals zu sein, überlegte mir eine Veranstaltung, wo ich mit Anne für die Zeitung unterwegs hätte sein können, überall, nur nicht in Volkach. Als ich an der Stelle am Main vorbeifuhr, wo wir uns die Woche zuvor geliebt hatten, hupte ich in Erinnerung an den Frachterkapitän dreimal. Währenddessen war sie verzweifelt, klammerte sich an einen letzten Hoffnungshalm, dass es nicht ihr Mann wäre, den sie am Ende ihrer Fahrt tot auffinden würde, denn sie hatte die Anzeige der Polizei zu Hause gefunden.

Alles nicht so schlimm, dachte ich, das kriege ich irgendwie noch hin, der Meuschel wird schon nichts erzählen, kein Problem, der Landkreis Kitzingen ist groß. Dann müsste ich nur Anne noch aus Volkach anrufen, sie würde bestimmt wieder zu Hause sein, und ihr mitteilen, wo wir gewesen waren, damit wir beide die gleiche Geschichte erzählten. Und in Zukunft mussten wir halt ein bisschen vorsichtiger sein.

Aber als ich mitten am Nachmittag in Volkach ankam, machte der Weinbauer Weiherich meine ganzen Überlegungen zunichte. Ich glaube, ich ahnte es schon, als ich seinen schwitzenden, kahlen Bauernschädel inmitten der Gruppe Touristen sah, die ihn in seinem Hof umzingelte, und sein lautes, meckerndes Lachen hörte. Er hatte schon zu viel von seinem eigenen Wein getrunken. Dann erspähte er mich. Er schaute unter seinen halbgeschlossenen, faltigen Truthahnaugenlidern hervor, streckte mir sein Schoppenglas entgegen und bleckte plötzlich ganz breit seine gelben, schaufelartigen Zähne.

»Die Presse ist da!«, rief er. »Welch ein Wunder, die Presse ist da! Trinken wir auf die Presse! Heute hat die Presse Zeit! Sonst hat sie keine Zeit, die Presse! Sonst muss sie immer fort! Zum nächsten Termin! Der Pressemann ist da, ohne seine Pressefrau! Und die Pressefrau wird schon von ihrem Mann gesucht. Von ihrem richtigen Mann, nicht vom Pressemann! Wo ist denn die Pressefrau? Ist sie vielleicht am Mainufer und wartet auf den Pressemann? Das wär doch was für die Presse! Aber das müssen wir selber schreiben, diese Geschichte, weil darüber schreibt der Pressemann nicht. Über das Duo von der Presse, das letzte Woche die Rede meiner Tochter, der neuen Weinkönigin Lilian I., nicht abwarten konnte, weil es angeblich über eine weitere wichtige Veranstaltung berichten musste. Ihr Auto wurde später am Mainufer gesehen. Was war das wohl für eine Veranstaltung, über die nie ein Bericht in der Zeitung erschienen ist? Na, was glaubt denn ihr, was das für eine Veranstaltung war?«

Leck mich am Arsch, du alter Depp, dachte ich mir, verließ den Hof und glaubte immer noch, die Lage wäre zu retten. Ich ging in ein Café und suchte einen Platz, es war sehr voll, ich fragte einen jungen kaffeenippenden Mönch, an seiner Kutte leicht zu erkennen, ob ich mich an seinen Tisch setzen dürfe.

Eine halbe Stunde später hatte ich meine Geschichte. *Die Suche nach der Stille: Was bringt einen jungen Menschen in der heutigen Zeit dazu, Mönch zu werden?* Ich brauchte nur noch zum Kloster Münsterschwarzach zu fahren und dort mit dem Mönch ein paar Fotos zu machen.

Und dann rief ich Anne an.

»Liebt sie dich?«

»Ja.«

»Liebst du sie?«

»Ja.«

»Warum?« Else wippte am Küchentisch nur leicht mit verschränkten Armen vor und zurück, zusammengekrümmt, wie wenn sie Bauchweh hätte. Normalerweise lief hier den ganzen Tag *Bayern 3*, aber Else hatte das Radio ausgemacht, und wir saßen da in der ungewöhnlichen Stille. Die Kinder hatte sie zu den Nachbarn geschickt. Hinter ihr an der Wand hing unsere Salzteigfamilie, puppengroß, die wir alle geknetet, gebacken, bunt bemalt und lackiert hatten, Else war links und ich rechts außen, und in der Mitte, an unseren Händen hängend, Jessica und Thomas, die einander auch an den Händen hielten. Sie war aus unserer Salzteigphase; ganze Wochenenden hatten wir mit der Herstellung verbracht. Ich stellte die Masse her, Jessica und Thomas kneteten, Else buk, Jessica und Thomas malten, ich lackierte. Das war Fließbandarbeit, die Spaß machte. Aus der Serie hingen noch der schiefe Turm von Kitzingen, Oma und Opa Jelinek, Oma und Opa Schönamsgruber, Tante Christel und Onkel Michel Schönamsgruber, die letzten vier alle klein und rund wie Schweine, an der Wand. Opa Jelineks Gesicht war das Einzige, auf das die Kinder ein breites Grinsen gemalt hatten. Ein Projekt, das nie fertiggestellt wurde, lag auf der Ikea-Kommode an der Wand darunter: der Kniebrecher in Castell mit unserem Haus, dem Rathaus, dem Wirtshaus vom Schmitts Otto und der Kirche. Die Salzteigfamilie hatte Feuchtigkeit aufgenommen und hing in der Mitte, dort, wo die Kinder waren, durch.

»Ich weiß es nicht. Es ist halt so passiert.«

»Du lügst. So was passiert nie halt so.«

»Sie hat mich halt gebraucht. Ich hatte nie das Gefühl, dass du mich brauchst.«

Sie nickte. »Du kannst zu ihr gehen. Ich will dich heute sowieso nicht mehr sehen. Aber wenn du morgen kommst, musst du wissen, ob du hier bleibst oder nicht. Bis dann muss es klar sein.«

»Ich kann es nicht ertragen«, sagte Anne. Auch sie saß in ihrer Küche. Die Stille hatte mich auf der Autofahrt begleitet, und hier hatte sie ebenfalls auf mich gewartet. Anne trug die Kleider vom Vormittag, aber ihr Gesicht war inzwischen bleich wie Meuschels Zigarettenpapier, und der Eindruck wurde durch das gleißende, von keinen aufgehängten Bildern oder Kalendern gestörte Weiß ihrer blitzsauberen Küche noch verstärkt. »Ich kann es nicht ertragen, dass ich für Dietmar nicht da war, als er mich brauchte, und dass ich schuld sein soll, wenn deine Ehe kaputtgeht. Du wirst zu Else zurückgehen.«

Ich schlief die Nacht auf Meuschels Sofa, und am Morgen fuhr ich nach Castell.

So wie der Weiherich die Geschichte dargestellt hatte, so kam sie in der Öffentlichkeit an. Von der Anzeige drang nichts durch, mit Dietmars Tod wurde die Sache eingestellt, also musste ein anderer Grund für seinen Selbstmord her. Und das wurde, nach Volkes Meinung, unser Verhältnis.

Meuschel hielt zu uns, so gut er konnte, und die Kitzinger Ausgabe der *Würzburger Nachrichten* brachte wohl einen Bericht über Dietmars Selbstmord, aber nichts über Anne und mich. Dafür die *Bildzeitung*, am Montag, dem 20. Juni 1983, Seite 1, unten: *Von seiner Frau und seinem besten Freund betrogen sah er keinen Ausweg mehr.*

»Typisch *Bild*«, sagte Meuschel. »Alles gelogen. Sie waren gar nicht sein bester Freund.«

Eine Woche später wurde Thomas auf dem Pausenhof der Grundschule Iphofen von Dietmars älterem Neffen verprügelt.

Else sagte, wir müssten von Castell weggehen.

Schau, wie sie auf mich zuläuft, meine Anne. Nackt, ihr Körper von Licht und Schatten gestreift wie von filigransten, durchsichtigsten Kleidern. Schau, wie sie strahlt, meine Anne, auf dem Foto, nur für mich.

Ich hoffe, sie strahlt jetzt wieder manchmal so. Meuschel fand für sie eine Stelle beim *Bad Kissinger Boten*. Sechs Jahre später heiratete sie den Redakteur, und sie bekamen zwei Kinder.

Ja, das Foto wirkt immer noch, auch hier im grellen Licht auf dem Dachboden, weil ich Tränen in den Augen habe.

Und wenn ich mich frage, ob es das alles wert war, Elses Traurigkeit, Annes Trauer, meine Scham über mich und mein Verhalten Anne gegenüber, der Umzug, der Verlust unserer Freunde, dann sage ich: Ja, das war es wert.

»Schau nicht so traurig, Jelly«, hatte Anne nach dem letzten Mal, als wir uns liebten, noch gesagt, in meinen Armen liegend. »Ich will dich deiner Frau und deinen Kindern nicht wegnehmen. Und ich könnte Dietmar nie verlassen. Ich würde es nicht übers Herz bringen. Der würde ohne mich überhaupt nicht zurechtkommen. Ich könnte nie glücklich werden. Ich mag's, wie es ist.«

»Also machen wir weiter so?«

»Ja.«

»Und wenn's auffliegt?«

»Dann ist es aus.«

TEIL 4

2010

Kapitel 32: Der König im Quackenschloss

»Du hast schlecht geschlafen.« Elses Stimme kommt aus der Küche, wo sie ihr Frühstücksgeschirr aufräumt.

»Ja, stimmt.« Ich sitze im Wohnzimmer, trinke noch einen Espresso und lese den *Weingartshausener Kurier*. Schlagzeile im Ortsteil: *Weingartshausens Zukunft aufs Engste mit Heinrich Kühlwein verbunden*. Scheiße.

»Machst du dir immer noch Gedanken über deinen Job?«

»Es ist halt viel los im Moment. Ich muss mir endlich ein Konzept für das Museum einfallen lassen, es gibt ja praktisch nichts aus der Zeit, ich muss alles aus der Luft greifen.«

»Vielleicht solltest du dir einen anderen Job suchen, wenn du dir deswegen solche Sorgen machst. Wieder bei einer Zeitung.«

»Mit Anfang sechzig? Keine Chance. Außerdem stehen Journalisten erst einmal ganz weit unten auf der Kurve.«

»Auf welcher Kurve?«

»Auf der von gestern Abend. Schon vergessen? Kunz' Stunde und so weiter.«

»Ach so. Ja.«

»Und wenn sie oben stehen, werden sie in irgendwelchen Krisengebieten erschossen.«

»Es ist ja nicht mehr lange.«

»Das ist ja das Problem. Die Museumseröffnung ist im Juli. Das sind gerade mal zwei Monate.«

»Ich meine, bis zu deiner Rente.«

»Ach so. Na ja, immerhin drei Jahre.«

»Weißt du was, Hans? Ich habe mir gedacht, wir könnten doch deine Bilder wieder mal aufhängen. Die waren doch so schön in Castell damals, weißt du noch?«

»Ach so. Stimmt. Wo hast du gedacht?«

»Na, hier im Wohnzimmer. Findest du nicht, dass hier etwas fehlt?«

»Doch. Und wenn wir schon dabei sind, sollten wir vielleicht die Holzregale auch wieder aufstellen.«

Ich höre, wie in der Küche plötzlich Stille einkehrt. Dann geht das Geklapper wieder los. »Ja, vielleicht.«

Als Else herauskommt, lächelt sie.

»Wie läuft's in der Schule?«, frage ich sie.

»Gut. Wir sind in *On Chesil Beach* bei der Hochzeitsnacht, du weißt schon. Wo alles schiefgeht.«

»Ach ja, ich erinnere mich.«

»Wo sie den Riesenfehler machen, sich keine Chance zu geben, und es später immer bereuen werden. Das ist so eine wichtige Botschaft für die Schüler, findest du nicht?«

»Absolut.«

»Wann kommst du heute nach Hause?«

»Es kann spät werden. Ich muss heute in die Fränkische. Die Kühlwein-Prospekte zur Touristinfo in Ebermannstadt und Pottenstein bringen.«

»Gibt's keine Post?«

»Doch, natürlich, aber ich muss auch das Heinrich-Kühlwein-Erlebnis-Wochenende mit denen absprechen.«

»War der jemals in der Fränkischen Schweiz?«

»Keine Ahnung. Wird er schon gewesen sein. Und wenn nicht, ist es auch wurscht.«

»Also gut. Tschüss dann.« Sie kommt her und gibt mir einen Kuss auf die Wange. Das hat sie schon ewig nicht mehr getan.

»Tschüss.«

Marius hockt vor der Glastür zur Terrasse, putzt seine linke Pfote und schaut zu mir hoch.

Ich weiß, dass du nicht alleine in die Fränkische Schweiz fährst.

Jana dreht sich im Auto um und spricht mit Caspar, der im Kindersitz angeschnallt ist, den wir heute früh eingebaut haben. »Siehst du die Steine da oben rechts? Das ist in Wirklichkeit ein Schloss. Das Quackenschloss. Aber das Schloss können nicht alle Leute sehen, nur bestimmte. Wenn man hinkommt, sieht es aus wie eine Höhle, wie eine modrige, feuchte, kalte Höhle. Für normale Leute. Wenn aber der richtige Mensch hinkommt, wird es auf einmal ein Schloss, da ist es ganz schön mit hohen Zimmern und schönen Möbeln und Bildern und Teppichen und viel Gold und Silber, und im Kamin knistert Feuer, und es ist mollig und warm. Da wartet ein ganz lieber, alter König drin und freut sich auf den Gast und dass er nicht mehr so alleine ist und sich unterhalten kann, und da kann der Gast in einem schönen Bett schlafen und ganz toll essen. Und wenn der Gast lang genug da wohnt, dann wird die Höhle für immer ein schönes Schloss bleiben. Es waren schon viele Gäste da, aber nach einer Weile kriegen sie doch alle Heimweh und wollen wieder weg, und wenn sie hinausgehen, dann wird das Schloss wieder zu einer Höhle. Dann sitzt der König wieder ganz traurig und alleine in seiner kalten, tropfenden Grotte, und er wartet heute noch darauf, dass jemand so lange bei ihm bleibt, dass das Schloss nie mehr eine Höhle wird.«

Im Rückspiegel sehe ich Caspar. Er klebt mit seiner Wange am rechten Seitenfenster und schaut hinaus. »Wie lange muss man bleiben?«

»Das weiß man nicht. Ganz lang.«

»Ein Jahr?«

»Vielleicht länger.«

»Ich würde bei ihm bleiben.«

»Würdest du nicht heimwollen?«

Typisch Mutter. Caspar schweigt, dann schlägt er gegen die Falle aus, die sie ihm gestellt hat. Mit seinen Füßen, jeweils einmal auf die Rücklehne meines Sitzes. »Doch«, sagt er. »Aber dann würde ich wieder hingehen.«

»Das sagen die anderen auch. Aber dann kommt man nicht mehr hinein.«

»Und wenn der König mitkommt?«

»Meinst du, zu uns nach Hause?«

»Ja. Dann könnten wir alle spielen und fernsehen und schlafen und dann wieder ins Schloss gehen.«

»Das kann der König nicht, weil dann kommt er auch nicht mehr ins Schloss hinein.«

Caspar schweigt wieder, etwas länger. Dann sagt er: »Es wird schon jemand so lange bei ihm warten, oder, Mama?«

»Bestimmt.«

Wir sind unterwegs auf der Strecke von Pottenstein über Tüchersfeld und Behringersmühle nach Ebermannstadt. Die klassische Fränkische Schweiz halt, Franken komprimiert, auf den Punkt gebracht. Fachwerk, Burgen, Täler, Felsen, Wälder, Bäche, Wiesen. In Pottenstein habe ich lediglich die Prospekte ins Tourismusbüro gebracht. Nur in Ebermannstadt, wo wir jetzt hinfahren, habe ich wirklich einen Termin.

»Siehst du die Burg jetzt da links?«, fragt Jana. »Das ist die Ruine Neideck. Und gegenüber, das ist die Ruine Streitberg. In beiden Burgen wohnten früher Riesen, und die haben sich bekämpft, und sie waren so laut und so groß, dass die Menschen schon umgefallen sind, wenn die Riesen nur mit den Füßen gestampft haben. Stell dir vor, wenn so große Riesen kämpfen, da müssen ja die Menschen schnell weg, die Riesen treten auf einen Menschen und merken es gar nicht, die Menschen sind für die wie Ameisen, die sehen uns gar nicht.«

»Gell, und früher gab es keine Autos, wo die Menschen sicher waren«, sagt Caspar.

»Genau.«

»Respekt«, sage ich.

Jana sitzt mir gegenüber im Pavillon des Bierkellers in Reifenberg. Vor ihr liegt ein Knochen, der vor nicht allzu langer Zeit ein Schäuferla war. Blitzsauber, aber elegant abgekieft; wie sandgestrahlt. Eine Wandergruppe hat Schäufele vorbestellt, und eins war übrig. Der Knochen ist das Einzige, das von dem vollen Teller zeugt, der hier vor fünfzehn Minuten noch stand. Vom Kraut keine Spur mehr, die Soße hat der Kloß restlos aufgesogen, bevor auch er Stück für Stück komplett in dieser zierlichen Person verschwand. Ein Zaubertrick.

Ich esse noch an meinem Büchsenfleisch, und Caspar ist ebenfalls ganz bei seiner Bratwurst im Weckla, seine Autos stehen unbeachtet auf dem Tisch.

»So was muss ich einfach essen, wenn ich hier bin«, sagt sie. »Da bin ich irgendwie darauf programmiert. Sobald ich über Forchheim hinaus in diese pralle Landschaft komme, muss ich an das Bier und an das deftige Essen denken. Schweinebraten, Fleischküchla, Hausmachersülze, Knöchla und die ganze Palette. Schon die Landschaft ist wie Essen.«

»Hab ich mir vorhin bei der Fahrt auch gedacht. Wie Franken in der Pfanne zusammengebrutzelt, und das Ganze mit Felsbrocken gespickt. Wie ein Braten mit Speckwürfeln.«

Sie lacht hellauf. »Ja, genau. Schau dir das Walberla an.«

Ich schaue. »Ja, und?«

»An was erinnert es dich?«

»Du meinst wohl an etwas zu essen?«

»Klar.«

»Wenn du so fragst, dann an ein Schäufele.«

»Eindeutig, oder?«

»Na, ja. Wär ich bloß so nicht drauf gekommen.«

»Du bist halt doch noch kein Franke.«

Caspar hat aufgegessen und trottet los zum Spielplatz.

In Ebermannstadt habe ich die beiden am Freibad abgesetzt und nach der Besprechung wieder abgeholt. Jana trägt seitdem ihre nassen Haare in ein Tuch gebunden, sie sieht ganz anders aus, die festen Konturen ihrer Wangenknochen kommen so noch mehr zur Geltung. Und es gefällt mir, dass sie sich nach dem Baden die Mühe gemacht hat, sich noch mal zu schminken.

Da fällt mir etwas auf. »Dein Lippenstift ist noch völlig intakt.«

»Klar.«

»Du hast aber ein ganzes Schäufele gegessen.«

»Man muss sich halt etwas beherrschen.«

Wir trinken vom Bier.

»Gell, du hast deine Melodie fertig komponiert«, sage ich.

»Stimmt. Woher weißt du das?«

»Weil du voll und ganz im Hier und Jetzt bist. Das gefällt mir.«

»Ja, jetzt habe ich Ruhe. Bis sich das nächste Musikfragment einnistet.« Sie schaut um sich. »Ach, es ist einfach schön hier. Schön, dass du uns mitgenommen hast. Hast du es eigentlich deiner Frau erzählt?«

»Nein.«

»Warum nicht?«

»Zu kompliziert.«

»Und wenn was passiert? Wenn wir einen Unfall haben und alle ins Krankenhaus kommen oder tot sind? Dann wird sie Wunder was denken, wo doch gar nichts ist.«

»Leider.«

Ich schaue sie an, sie schaut zurück und dann weg. Wir sitzen hoch über dem weiten Wiesenttal, das sich bei Streitberg erst verengen wird.

»Woher kennst du die ganzen Sagen?«, frage ich.

»Von meinem Vater. Da kenne ich ganz viele. Wir sind früher oft am Sonntag in die Fränkische gefahren.«

Sie hat zwei ältere Brüder, der eine Lehrer, der andere Musiker, und ihr Vater war beim Zollamt in Bamberg.

»Hast du deinen Kindern keine Sagen erzählt, als sie in dem Alter waren?«, fragt sie.

»Eigentlich nicht. Wir haben nicht so viele Ausflüge gemacht.«

»Warum nicht?«

»Ich war zu der Zeit beruflich sehr eingespannt.« Als Thomas so alt war wie Caspar jetzt, habe ich auch am Wochenende immer geschaut, dass ich Anne treffen kann.

In meinem Alter wird man anscheinend unsichtbar. »Rentner?«, fragt der junge, rothaarige, sommersprossige Mann am Schalter der Teufelshöhle nach einer kurzen Musterung. Er hat nur Augen für Jana, die neben mir steht. Sie werden wahrscheinlich im gleichen Alter sein.

»Nein.« *Wie kommst du darauf, du Depp.*

»Dann vier Euro.«

»Alles zusammen.«

»Mit Tochter und Enkel elf fünfzig.«

Was soll ich machen? Ich zahle.

Jana schaut unbeteiligt.

Ich beschließe, den Jungen zu ärgern. »Was ist eigentlich aus der Tafel da unten geworden?«

»Welche Tafel?«

»Na, die bronzene Gedenktafel mit der Danksagung an den Dr. Hans Brand. Das letzte Mal, als ich hier war, war die noch aufgestellt.«

Er schüttelt den Kopf.

»Sie wissen aber schon, wer Dr. Hans Brand ist?«, frage ich.

»Klar. Der Erforscher der Höhle.«

»Ja. Ausgebaut haben's aber unter seiner Führung Häftlinge vom KZ Flossenburg, den Parkplatz da unten haben sie planiert und den Schöngrundsee angelegt, wo man Boot fahren kann, halt all das gemacht, wovon die Teufelshöhle heute noch profitiert. Etliche von denen sind zu Tode gekommen. Außerdem war er noch Standartenführer der SS Karstwehr, die in Jugoslawien und Italien Massaker an Zivilisten verübt hat. Wussten Sie das auch?«

Er zuckt mit den Schultern.

»Und Sie wissen auch nicht, was aus der Tafel geworden ist?«

Jetzt schaut er mich an, irritiert zwar, aber aufmerksam. Er schüttelt nochmals mit dem Kopf.

»Na, dann sollten Sie halt auf Ihr Zeug besser aufpassen.«

Beim Anblick des Bärenskeletts rückt Caspar seiner Mutter näher und nimmt ihre Hand.

»Ist das der König vom Quarkschloss?«, fragt er.

»Quackenschloss. Nee, das ist ein Bär.«

»Ist er traurig?«

»Nein, weil, schau, der hat ein sehr schönes Leben gehabt. Im Sommer hat er sich draußen vollgefressen, und im Winter hat er es hier schön warm gehabt und hat geschlafen.«

»Besser als der König.«

»Besser als der König.«

»Was war denn das mit diesem Dr. Brand?«, fragt Jana auf der Heimfahrt kurz vor Weingartshausen.

»Ach. Die Fränkische Schweiz ist halt nicht nur eine Konzentration des schönen und guten Franken.«

»Ah ja, die Nazizeit. Da tut ihr Achtundsechziger euch arg hart damit ab.«

»Bei euch waren's die Opas. Bei uns waren's halt noch die Väter.«

»Wie kommst du damit zurecht?«

»Ganz gut. Ich glaubte immer, mein Vater sei nicht dabei gewesen. Er war ja Vertriebener aus dem Sudetenland. Bis ich herausfand, dass er doch dabei war, war er schon gestorben. Zu spät, um mich damit herumzuschlagen.«

Wenigstens hat er mich nicht verprügelt oder irgendwo eingesperrt oder abhärten wollen oder so was, wie es die Väter meiner Kumpels gemacht haben. In meiner Kindheit und Jugend dachte ich, er hatte mit dem ganzen Nazidreck nichts zu tun. Er konnte damit nichts zu tun gehabt haben. Weil er aus dem Sudetenland war, konnte er vor dem Krieg gar nicht in der Partei oder in der Hitlerjugend gewesen sein. Dachte ich. Das war eine hilfreiche Illusion, eine Behelfskonstruktion. Wie an Gott zu glauben, wenn jemand Nahes stirbt. Es hilft, bis man darüber hinweg ist. Ich wusste, er war dann als Soldat in Russland, dachte aber, sie hätten ihn dazu gezwungen, und habe ihn wohlweislich nie etwas dazu gefragt.

»Wie hast du es herausgefunden?«

»Nach seinem Tod fand ich eine Medaille in seinem Nachlass, eine Medaille zur Erinnerung an den 1. Oktober 1938.«

»Und?«

»Da habe ich mich bei so einem Militaria-Händler erkundigt. Das bekamen alle, die vor 1938 im SFK, im Sudetendeutschen Freikorps, waren. Die haben also schon vor dem Einmarsch in die Tschechei Überfälle auf tschechische Grenzsoldaten verübt und sie auch umgebracht. Das bedeutete, er war schon in seiner Jugend Nazi. Aber bis ich das herausfand, war ich über das Alter hinaus, in dem man in dem ganzen Schlamassel stecken bleibt und nicht darüber hinwegkommt. In dem man denkt, dass der Papa gar keine hässlichen Sachen gemacht haben kann, wo er doch so ein lieber Mensch war. Kann er wohl. Schluss, aus. Verstehst du?«

»Klar.«

Ja, kann er wohl. Mit seinem sonnigen Gemüt, mit seinem natürlichen Lächeln, das nicht mal auf dem Totenbett von seinem liebenswerten Gesicht wich, kann er die hässlichsten Gräueltaten gesehen oder verübt haben. Er war in Russland, da muss er Scheußliches erlebt haben. Und seine etwaigen Opfer hatten gar nichts von seinem Gemüt. Das ist mir klar. Aber mir ist auch klar, dass das nicht seine Liebe zu mir entwertet, in der ich mich als Kind so ganz fest verankert fühlte. Die mich von der Gefühlsverkrüppelung der Holzapfels abschirmte und aus mir einen liebesfähigen und für manche liebenswerten Menschen machte. Vielleicht.

Wir sind in der Waldstraße. Die ganze Zeit habe ich am Rücken gespürt, wie Caspar mit seinen Autos auf meiner Lehne auf- und abfährt. Sehr angenehm, wie eine Massage. Aber seit einiger Zeit hat er aufgehört. »Schläft er?«, frage ich.

Jana dreht sich um. »Ja.« Ihr Blick nach hinten ist so voller Liebe, dass ich lächeln muss.

Jana lächelt zurück. »Es war toll heute«, sagt sie.

»War es. Mit dir und mit Caspar. Die Höhle mit seinen Kinderaugen zu sehen war wie an Weihnachten, wenn das Christkind kommt. Übrigens, wenn ihr einen Nikolaus braucht, ich habe jahrelange Erfahrung.« Ich halte vor ihrem Haus. »Kann ich die Melodie mal hören?«

»Jetzt?«

»Nein, jetzt muss ich heim. Morgen Abend?« Morgen ist Mittwoch. Stammtisch. Sonja. Uuups. Ach, wenn ich ein bisschen später komme, fällt es gar nicht auf.

»Wann?«

»Um acht?«

»Okay.«

Sie schnallt sich ab, rutscht zu mir herüber und küsst mich.

Kapitel 33: Die Weberin

»Wie heißt das Stück?«

»Sag ich dir nicht. Du wirst es sowieso gleich wissen.«

»Gib mir wenigstens einen Tipp.«

»Ruhe jetzt!«

Sie hat sich für den Anlass fein gemacht, hat ein schwarzes Kleid, schwarze Strümpfe und schwarze Schuhe angezogen. Das Klavier hat sie mitten ins Zimmer gerollt, es steht vor dem Fenster zum Garten, sie sitzt davor, mit dem Rücken zu mir, aber ich kann ihr Spiegelbild im Fenster sehen. Sie ist ganz in sich gekehrt, das Gesicht nach vorne geneigt, der Pagenschnitt deckt es halb zu. Ihre Hände schweben still über der Tastatur wie kleine Greifvögel über einem Acker. Der Notenhalter ist leer.

Ich sitze wieder auf der roten Ledercouch. Ich habe das Stück in seiner Entstehungsphase schon gehört; ich fand es damals toll. Aber was mache ich, wenn sie daraus etwas gemacht hat, das ich nicht verstehe, das mir nicht gefällt? Sie ist ja ausgebildete Konzertpianistin. Was ist, wenn das Stück inzwischen aus Pausen und schrägen Tönen besteht? Tue ich so, als würde es mir gefallen?

So wie unser Geschichtsunterricht früher gar nicht bis zum Dritten Reich kam, ist für die Reihe *WeingARTshausen Goes Classic* Anfang des 20. Jahrhunderts Schluss. Nur einmal schlich sich, wahrscheinlich aus Versehen, ein zeitgenössischer Komponist und Pianist aus Polen in Arndt Leyers Pyramidenreihe ein. Er spielte sogar das prestigeträchtige Weihnachtskonzert, ein kleiner, todernster Kerl mit Ziegenbart und Baskenmütze. Sein Einstieg in das Konzert war nicht etwa ein Musikstück, sondern das Präparieren des Klaviers. Das dauerte fast so lang wie das Konzert selbst. Zuerst dachte ich, dass der Mann, der an Arndt Leyers kostbarem Steinway herumwerkelte, ein Klavierträger war, weil er einen Blaumann trug. Mit finsterer Miene schob er Christbaumkugeln, Lametta und Tannenzweige zwischen die Saiten, trat dann ein paar Schritte zurück, wackelte beim Beobachten kritisch mit dem Kopf, sagte »Nie«, trat wieder heran und justierte seine Auslegeware, bis er zufrieden war.

Das Schönste war, dass, als er anfing zu spielen, Weingartshausens Elite nicht wusste, wie sie den furchtbaren Krach finden sollte, den er dem Klavier entquetschte. Für ein Einspielen hatte es schon zu lang gedauert. Aber war es nun gut oder schlecht? Der Bürgermeister Wartz setzte sein ernsthaftes Politgesicht auf, das war kein Problem, aber alle anderen wollten wissen, wie sie schauen sollten, allen voran die Meyer-Hochwald, die neben dem Wartz saß und dauernd zum Leyer hinüberschielte. Da war aber keine Hilfe zu holen. Der Leyer ließ sich mimisch nicht in die Karten schauen, sondern verfolgte die musikalische Tortur mit einem fein dosierten Lächeln. Sporadisch probierten seine Finger auf seinem Knie einen Takt aus, den er aber nie fand. Der Schlussapplaus war interessant. Wann er einsetzt, bestimmt sowieso der Leyer, es ist quasi ein Sakrileg, vor ihm zu klatschen, er setzt an, bevor der letzte Ton verklingt, weil er natürlich alle letzten Töne der klassischen abendländischen Musik kennt. Patsch, patsch, patsch mit seinen tellergroßen Händen. Immer lang genug für eine Zugabe, nach seinem Gutdünken auch mehr. Und wenn der Leyer aufsteht, dann stehen alle auf, dann ist im *Kurier* von »Standing Ovations« die Rede. Diesmal aber wusste keiner, ob das Konzert aus war oder ob das wieder nur eine Pause war. Es hatte so viele Pausen gegeben, die von schlussverdächtiger Dauer waren. Einmal, gegen Ende einer solchen, hatte sogar der Leyer hineingeklatscht, aber der Pianist fixierte ihn einige quälende Sekunden lang mit einem strafenden Blick, dann spielte er weiter. Nun hatte der

Pole schon ewig dagesessen, ohne zu spielen, die letzte Christbaumkugel hatte schon längst ausgescheppert. Er hielt die Hände zwischen seinen Schenkeln eingeklemmt, schaute aber nicht zum Publikum oder nickte, und noch hatte sich keiner getraut zu klatschen. Plötzlich stand er auf und ging. Und da fing der Leyer an zu patschen. Aha, dachte ich, eine Zugabe, inzwischen kenne ich alle Sorten von Leyers Applaus, vom donnernden, Kanaldeckel aushebenden Wolkenbruch bis zur Klospülung für kleine Geschäfte. Der Applaus war eindeutig in der letzten Kategorie einzuordnen und wurde so von den anderen Besuchern verstanden und übernommen. Ein Geplätscher, dessen Echo sich als »wohlwollend« im *Kurier* wiederfinden würde.

Aber der Pianist kam nicht wieder. Der Leyer hörte auf zu klatschen, die anderen dann auch, der Pole erschien nicht. Der Leyer fing wieder an, die anderen auch, immer noch kein Pole. Der Leyer steigerte seinen Applaus, die anderen stiegen wieder mit ein, fast bis zum anderen Ende der Skala. Nichts. Ich glaube, es ging fast zehn Minuten lang, die ganze Palette durch, von zaghaft bis frenetisch und wieder zurück. Bis die letzte Reihe mit der Damensportrunde zu lachen anfing.

Jana schließt die Augen, öffnet sie wieder und fängt an zu spielen. Erst die linke Hand, immer die gleichen vier Töne, mit dem tiefsten beginnend. Durch den letzten, höchsten Ton wird die Folge zum Mollakkord. Dann kommt die rechte Hand hinzu, die Noten, die sie spielt, wirken suchend, zögerlich, erst nach einer Zeit merkt man, dass sie sich zu einer Melodie in Dur verdichtet haben. Es ist die Melodie, die ich damals an der Türschwelle gehört habe, aber mir kommt es so vor, als würde ich sie viel länger kennen, obwohl ich weiß, dass es nicht so ist. Diese Melodie ist wie ein Mensch, dem man das erste Mal begegnet und kurz danach denkt, man kennt ihn schon ewig.

Dann tut sie etwas, das mich völlig überrascht; sie fängt an zu singen.

Siehst du oben Bäume, Steine, Fels und Höhle bloß?
Oder in der Dämmerung den König und sein Schloss?
Sie sieht das Schloss und will dorthin, sie geht den Weg allein,
Sie steigt hinauf und tritt hinein in warmen Kerzenschein.

Ihre Stimme ist kristallklar, frisch und natürlich wie ein Bergbach, bar jeglichen Vibratos, völlig unangestrengt.

Der König führt sie durch sein Schloss, er nimmt sie an der Hand,
Durch Gemächer voller Pracht, mit Gold und Diamant.
»Du bist die Erste, die sich traut, seit langer, langer Zeit.«
So spricht der alte König voller Angst in tiefem Leid.

Wenn Jana singt, schaut sie nicht auf ihre Hände. Sie bewegt sich dabei am Klavier wie eine Frau, die ich mal auf der Insel Harris vor Schottland in ihrer Werkstatt am Webstuhl gesehen habe, fließend, instinktsicher, ökonomisch, absolute Herrscherin über ihre Welt. Sie schickt ihre Hände wie geliebte Kinder auf Botengänge in eine vertraute Gegend hinaus und schaut ihnen gar nicht nach.
Ich sehe ihr Gesicht im spiegelnden Fenster, sie blickt hoch, aber nicht zum Garten hinaus, und auch nicht zu mir.

»Wie lange kannst du bleiben hier? Wie lange hast du Zeit?
Nur wenn's von rechter Dauer ist, bleibt's Schloss in Ewigkeit.«
»Wie lange ist jetzt lange, Herr? Ist's ein Jahr oder zwei?
Ich kann dir nichts versprechen, Herr, wenn's aus ist, ist's vorbei.«

Ein Mädchen bleibt so lange, wie es will und wie es kann,
Und wer das nicht im Herzen weiß, der ist kein kluger Mann.
So wohnt sie bei ihm lange, doch geht sie wieder fort,
So sieht man nur die Höhle mehr an diesem finst'ren Ort.

Siehst du oben Bäume, Steine, Fels und Höhle bloß?
Oder in der Dämmerung den König und sein Schloss?
Sie sieht das Schloss und will dorthin, sie geht den Weg allein,
Sie steigt hinauf und tritt hinein in warmen Kerzenschein.

Die Melodie wechselt zu Moll und klingt aus. Dabei hält sie ihre Hände wieder über der Tastatur, bis der letzte Ton verschwindet.

Während ihres Vortrags bin ich irgendwann aufgestanden und habe mich hinter sie gestellt.

»Jana, das ist wunderschön.« Ich lege meine Hände auf ihre Schultern.

Sie dreht sich nicht um. Im Fenster schaut sie zu mir hoch mit ihrem prüfenden Blick. »Und wie heißt es?«

»Das ist leicht. Es heißt *Das Quackenschloss.*«

»Was hältst du von dem Schluss?«

»Perfekt. ›Ein Mädchen bleibt so lange, wie es will und wie es kann. Und wer das nicht im Herzen weiß, der ist kein kluger Mann.‹ Klar. Ist der Text auch von dir?«

»Ja.« Sie legt ihre Hände auf meine, die noch auf ihren Schultern ruhen. »Musst du jetzt wirklich zum Stammtisch?«

»Eigentlich schon. Warum?«

Im Fenster zum Garten und dem angrenzenden Wald schweben in der Dämmerung unsere Gesichter, meines über ihrem, unsere vier Hände darunter.

»Weil Caspar schläft. Wir könnten Premiere feiern. Ich habe eine Flasche Champagner kalt gestellt, zwar von Aldi, aber gut.«

»Wie war's beim Stammtisch?«, fragt Else.

»Na, langweilig, wie immer. Der Leyer hat sich um eine Flasche Whisky von so einer Hebrideninsel herumgewickelt. Angeblich soll er nach Torf schmecken, aber nach meinem Geschmack muss in der Nähe auch irgendeine Putzmittelfabrik stehen, die ihre Abwässer ins Moor laufen lässt, und die anderen, na ja, Heinrich Kühlwein halt, rauf und runter. Ich bin froh, wenn der Eröffnungstag vorbei ist.«

Sollten wir nicht die Vorhänge zuziehen?
Ach, was. Um die Zeit ist keiner mehr im Wald. Warte, da brauchst du gar nicht zu suchen, das hat keinen Reißverschluss. Das muss man … so. Aber ab jetzt kenne ich mich aus.
Gell, das hat's alles auch zu deiner Zeit schon gegeben.
Zeig her, ja, so was kenne ich, das ist ein BH, ist damals gerade erfunden worden, das geht so, und das hier, na ja, das ist wohl kein Problem, und die nehmen wir auch gleich mit. So.
Und bei dir ist auch alles wie gehabt, oder?
Ich weiß nicht.
Schauen wir mal. Hoffentlich kein Feinripp.
Wer Feinripp trägt, kann kein Achtundsechziger sein. Das haben wir damals mit den BHs gleich mitverbrannt.

»Ich habe das schönste Foto schon mal vom Dachboden geholt. Schau, da lehnt es an der Wand. Hängst du es gleich auf? Und unter den anderen sind auch wunderschöne. Von Castell. Das war doch eine schöne Zeit, oder, Hans?«

»Das war eine wunderschöne Zeit.«

»Auch mit uns, oder, Hans?«

»Ach, Else, natürlich war das eine schöne Zeit mit uns. Es war immer eine schöne Zeit mit uns.«

Hast du einen Spitznamen?
Wieso?
Ich kann doch ein Lied nicht ›Hans‹ nennen.
Schreibst du ein Lied über mich?
Vielleicht. Ich habe schon eine Idee.
Ist ›Jelly‹ besser? Wie der englische Wackelpudding?
Aber du bist gar nicht wie Wackelpudding.
Das ist nett von dir.
Dein Bauch ist mehr wie ein fester Presssack.

Es ist natürlich das Bild des Gartens vom Schmitts Otto. Ich werde das Foto, auf dem Anne den Hügel herunterkommt, aus dem Rahmen holen müssen, bevor ich es aufhänge, und … was dann?

»Ich habe meine Schulsachen schon fertig. Wir könnten eine Flasche Casteller Silvaner trinken. Weißt du noch, wie gerne wir den früher getrunken haben, beim Schmitts Otto?«

»Else, ich habe ziemlich viel beim Stammtisch getrunken und habe einen harten Tag morgen. Ein anderes Mal, ja?«

Gehst du jetzt noch zum Stammtisch?
Nee.
Habe ich dich überanstrengt?
Nee. Warum?
Ich hatte fast den Eindruck, ich hätte dir wehgetan.
Nee, nee. Es war wunderschön.
Für mich auch, Miláčku.
Ist das Tschechisch?
Ja.
Was heißt es?
Frag den Caspar.
Sagst du das zum Caspar?

Ja.
Wenn du es zum Caspar sagst, dann muss es etwas Schönes sein.
Ist es auch. Miláčku.
Miláčku.
Genau.

Kapitel 34: Prawda

»*Hans Jelinek, Tourismusmanager mit Spezialgebiet Heinrich Kühlwein, äußerte sich sehr zufrieden über den Fortschritt der Baumaßnahmen im neuen Heinrich-Kühlwein-Museum, das in Bälde seine Räume der Öffentlichkeit zugänglich machen wird. Zugleich zeigt er sich sehr zuversichtlich über die Erfolgschancen des Museums.* In Bälde. So ein Schmarrn. Wer schreibt denn so was heutzutage noch? Wer versteht das? Ich habe gute Lust, Manfred D. Kungel anzurufen, und ihn zu informieren, dass das Museum nicht in Bälde ist, wo auch immer das sein mag, sondern hier, in Weingartshausen.«

»Nur zu, da wartet er bestimmt drauf«, sagt Jutta. »Komm, lies schon weiter.«

Ich sitze hinter dem Tresen im Vorzimmer an Juttas PC, vor mir die Website *Nordbayern.online.* Jutta huscht derweil vorne im Empfangsbereich herum, in einer für ihren großen Hintern viel zu engen Jeans, und klopft die Broschüren auf dem runden Tisch zu ordentlichen Stapeln, wie eine Bäuerin beim Garbenbinden. Bei jedem Schritt reiben hörbar ihre Oberschenkel aneinander.

Bei Jana sind's die Knie. Aber nicht, wenn sie nackt ist. Es sind wirklich die paar Millimeter Jeansstoff an den Innenseiten ihrer Knie, die es ausmachen.

»›*Wir sind gut vorbereitet*‹, *berichtet Jelinek.* ›*Der Ansturm kann kommen.*‹ Habe ich nie gesagt. *Das Museum befindet sich auf dem neuesten Stand der Technik, wie auch sein Namensgeber zu Lebzeiten. Das Herzstück des Museums, das die Besucher gleich in der Empfangshalle begrüßt, ist eine Schulbank, auf deren Schreibfläche der junge Kühlwein einen Flugapparat eingeritzt hat, der verblüffende Ähnlichkeit mit dem Flugzeug Nr. 8 aufweist, mit dem der erwachsene Kühlwein den, wie inzwischen von namhaften Experten beglaubigt wurde, ersten bemannten motorisierten Flug der Welt absolvierte. Das Motiv des Flugapparats ist zugleich das Logo des Museums, es leuchtet von der Außenfassade, äußerst geschmackvoll umgesetzt von dem Malerfachbetrieb Farbtopf, und wiederholt sich im ganzen Haus.* Hast du das Gekritzel schon mal gesehen?«

Jutta schüttelt den Kopf und ordnet weiter.

»Schaut ungefähr so aus.« Ich male es auf ein Blatt und halte es ihr hin:  »Könnte alles sein. Berge. Ein Fluss.«

»Eine ausgewickelte Büroklammer«, schlägt Jutta vor. »Nein, ich weiß, der Mund von der Meyer-Hochwald, wenn sie dich anschaut. Und woher wollt ihr wissen, dass es von Kühlwein stammt?«

»Genau das habe ich die Meyer-Hochwald auch gefragt. Und weißt du, was sie geantwortet hat?«

»Nein, weiß ich nicht, aber ich bin ganz zuversichtlich, dass du es mir gleich erzählen wirst.«

»›Es ist, was wir sagen, dass es ist‹, hat sie geantwortet. ›Und es ist von dem, von dem wir sagen, dass es ist.‹«

»Finde ich gut. Konsequent.« Jetzt gießt sie die Pflanzen.

»*Besucher werden von einer ausgefeilten audio-visuellen Präsentation durch das Leben des Flugpioniers begleitet. Ein erster Raum wurde dem Verfasser dieser Zeilen zur Vorabbesichtigung zugänglich gemacht.* Der Verfasser dieser Zeilen. Ich hasse es. Warum schreibt er nicht *mir*?«

»Wieso *dir*?«

»Ich meine nicht *mich*, sondern *ihn*. Ach, Herrgott, Jutta, der Manfred D. Kungel halt. Warum schreibt er nicht *mir* statt *dem Verfasser dieser Zeilen*? Verstehst du?«

»Gerade noch. Weiter.«

»Warum muss ich dir alles vorlesen? Warum liest du es nicht selber? Bist du vielleicht so eine von diesen heimlichen Analphabetinnen, die es im Beruf und zu Hause dauernd vertuschen müssen? Von denen es nicht einmal die nächsten Verwandten und die engsten Freunde wissen? Die immer darauf aus sind, dass andere ihnen vorlesen, was auf den Verpackungen und Dosen steht, damit sie später so tun können, als würden sie es selbst vorlesen? Muss ein Wahnsinnsstress sein, habe ich gehört.« Dabei fällt mir ein, dass ich nichts über Jutta weiß. Sie wohnt alleine, aber hat sie Freunde? Man sieht sie nie abends in Weingartshausen. Na, wahrscheinlich fährt sie abends nach Nürnberg, wo der Bär steppt.

»Ja, ja. Mach nur weiter«, sagt sie. »Es ist einfach viel schöner, wenn du dich so aufregst.«

»Also gut. *An eine der Wände wird eine Filmsequenz projiziert, die zeigt, wie die Wildgänse am frühen Morgen vom Bleichweiher aufsteigen und sich für ihren Flug in den Süden formieren. Auf der Wand gegenüber darf der Besucher eine Darstellung der gleichen Szenerie in Öl bewundern, geschaffen von der in Weingartshausen heimischen Künstlerin Dr. Marie-Luise Schablitzky. Der Raum ist zugleich akustisch erfüllt von den Rufen der Gänse, untermalt von den sphärischen Klängen eines von Oberstudienrat Arndt Leyer eigens für das Museum komponierten Stückes.* Ja, genau, da seid ihr alle beieinander, ihr ganzen Amigos. *Einander schräg gegenüber aufgestellte Projektoren vermitteln zudem den Eindruck, der Raum sei von fliegenden Wildgänsen bevölkert, deren flatternde Schatten sich schemenhaft auf den Körpern der Besucher abzeichnen.* Weißt du, was das gekostet hat? Vierunddreißigtausend Euronen. Nur diese Videoinstallation. Das sind zwei Autos.«

»Deins und meins vielleicht. Eines, wenn's der Geländewagen von der Meyer-Hochwald ist.«

»*Im übertragenen Sinne steht dieser erste Raum auch für den Sog, den der Süden auf den jungen Heinrich Kühlwein ausübte, und für seine Reise dahin, die er 1886 antrat. Dahinter befinden sich, geheimnisvoll wie bis vor Kurzem noch das Leben des Namensgebers des Museums, weitere mit modernster Technik ausgestattete und nach den neuesten museumspädagogischen Richtlinien eingerichtete Räumlichkeiten und warten auf die ersten*

Besucher. Wenn die Räumlichkeiten nur schon eingerichtet wären. *Am Samstag, 12. Juni, ist es so weit. Dann wird das Museum zum ersten Mal seine Pforten öffnen. ›Es lässt sich sehr gut an‹, erzählte uns Hans Jelinek.* Wieso ›uns‹? Ist der Kungel jetzt schon mehrere?«

»Er ist auf jeden Fall schon sehr in die Breite gegangen, nachdem er mit dem Rauchen aufgehört hat.«

»*Die ersten zwei Wochen sind bereits komplett von Gruppen ausgebucht, und auch eine Flut von Anfragen aus dem Ausland hat die Organisatoren erreicht. Reporter aus den USA, England, Frankreich und natürlich Australien waren schon vor Ort. Das Heinrich-Kühlwein-Museum verspricht ein wahrer Publikumsmagnet nicht nur für die Region, sondern in ganz Deutschland zu werden. Für den Eröffnungstag verlost der* Weingartshausener Kurier *zwei Freikarten. Rufen Sie einfach unter unten stehender Telefonnummer an und sprechen Sie die Antwort auf die Frage* … O Gott, das kann doch nicht wahr sein, pass auf, was glaubst du, was die Frage ist?«

»Bestimmt: *Nach wem ist Weingartshausens neuestes Museum benannt?*«

»Woher weißt du das? Hast du den Bericht doch schon gelesen?«

»Weibliche Intuition.«

Quietsch, rums, rums. Klack-klack-klack. »Sind die ganzen Klammergeräte schon wieder hier bei euch?«, fragt die Meyer-Hochwald.

Jutta reicht ihr wortlos ein Klammergerät. Die Meyer-Hochwald lässt es in die große Seitentasche ihres gestreiften Umhangs fallen. »Dass immer alles hier bei euch verschwindet.«

»Man soll nicht immer klammern«, sage ich. »Man muss auch loslassen können.«

»Ha ha. Na, heute schon Zeitung gelesen?« Meyer-Hochwald hält die Selbige in der Hand, zusammengerollt.

»Ja.«

»Ja.«

»Tolle Berichterstattung von Manfred, oder?«

»Genial.«

»1a.«

Meyer-Hochwald klatscht ein paarmal mit der Zeitungsrolle in die offene Hand. »Also Leute, jetzt wird's ernst. Wir dürfen auf der Zielgeraden keine Fehler machen. Unterstreicht, umkringelt oder markiert mit Leuchtfarbe das Wochenende vom 11. bis 13. Juni. Malt es an eure Hausfassaden. Das ist in drei Wochen. In zwei Wochen und vier Tagen, um genau zu sein. Da muss alles fertig sein. Ankunft der Australier am Freitag, Empfang im Rathaus Samstagfrüh, anschließend Eröffnung und Einweihung des Museums, Pressekonferenz am Nachmittag, am Abend Premiere des Musicals, am Sonntag Dankgottesdienst. Alles klar?«

»Alles klar.«

»Alles klar.«

»Was macht der Feedbackbogen für die Schulen?« An mich.

»Wächst und gedeiht.«

»Na dann, frohes Schaffen.« Klack-klack-klack. Quietsch, rums, rums.

»Hast du gesehen, wie sie mit der Zeitung in die Hand geklatscht hat?«, frage ich.

»Und gehört.«

»Wir haben mal eine Russlandrundreise mit dem Bus gemacht, vor der Wende. Unsere Reiseleiterin war eine Russin, eine ganz linientreue. Die hat im Bus jeden Morgen genauso mit der *Prawda* in die Hand geklatscht. *Prawda* heißt ›Wahrheit‹, hat sie gesagt. Und was da drinsteht, ist alles wahr, hat sie gesagt. Wahnsinn.« Zeit, zu meinem eigentlichen Anliegen zu kommen. »Jutta, was anderes.«

»Ja?«

»Wir sind doch nächsten Sonntag auf der Tourismusbörse bei ›Rund ums Rad‹ in Roth.«

»Ja-a.«

»Ich müsste mittags weg. Zwei Stunden. Ich muss ein neues Auto für Else anschauen und probefahren.«

»Am Sonntag?«

»Privat. Pass auf. Ich übernehme dafür den Aufbau am Samstag, erledige ich ganz allein, lade alles ein, fahre hin.« Da kann ich auch gleich eine Stelle suchen, wo Jana und ich ein Picknick machen können.

»Okay. Gebongt.«

»Du bist ein Schatz.«

Kapitel 35: Feedback-Bogen

Quietsch, rums, rums. Klack-klack-klack. »Wie weit bist du mit dem Feedback-Bogen, Hans? Das Heinrich-Kühlwein-Gymnasium hätte gerne ein paar Exemplare vorab. Zur Vorbereitung auf den großen Tag.«

»Bin gerade drüber.«

»Zeig mal.«

	😀	🙂	😐	🙁	☹️
Wie gefällt dir das Heinrich-Kühlwein-Museum? *How do you like the Henry-Coolwine-Museum?*					
Wie findest du die technische Ausstattung des Museums? *What do you think of the technical equipment of the museum?*					
Wie findest du die erklärenden Tafeln in den Ausstellungsräumen? *What do you think of the explanatory boards in the exhibition rooms?*					
Wie überzeugt bist du am Ende des Rundgangs, dass Heinrich Kühlwein den ersten bemannten Flug der Weltgeschichte absolvierte? *How convinced are you, at the end of the tour, that Henry Coolwine did in fact achieve the first manned flight in history?*					

»Was soll die vierte Frage? Die kannst du gleich weglassen. So was wollen wir überhaupt nicht erst aufkommen lassen. Mensch, dass du so was überhaupt hineinschreibst. Wenn man nicht alles selber macht.«

»Alles klar. Und wer soll den Quatsch überhaupt auswerten?«

»Jedes hundertste Exemplar schaut ihr durch. Und schreibt zurück.«

»Wie denn, wenn's anonym sein soll?«

»Ach so, ja. Schickst du mir das fertige Ding rüber?«

»Selbstverständlich.«

	☺	☺	😐	☹	☹
Wie gefällt mir meine Rolle in dieser Scheiße? *How do I like my role in this load of shit?*					
Wie hilft mir dabei mein Verhältnis mit Jana? *How does my relationship with Jana help me in this?*					
Wie sieht es mit meinem schlechten Gewissen Else gegenüber aus? *How is my guilty conscience regarding Else?*					

Weiterführende Fragen (freiwillig):

Warum mache ich das? Warum habe ich ein Verhältnis mit einer Frau angefangen, die meine Tochter sein könnte?

Warum wohl? Weil es schön ist. Weil es wunderschön ist. Weil es nichts gibt, das schöner sein könnte.

Ist das nicht selbstsüchtig?

Doch.

Habe ich kein schlechtes Gewissen Jana gegenüber?

Nein. Ab, sagen wir, großzügig bemessen, fünfundzwanzig, ist jeder für sein eigenes schlechtes Gewissen zuständig. Ich kann mich nicht auch noch um das schlechte Gewissen der anderen kümmern. Außerdem: Was für das Mädchen im Schloss gilt, gilt auch für den König.

Habe ich ein schlechtes Gewissen Janas Ehemann gegenüber?

Nächste Frage.

Will ich Else verlassen und mit Jana und Caspar zusammenziehen?

Eigentlich nicht. Das heißt, in Tagträumen schon, da sehe ich mich als ewigen Liebhaber von Jana und guten Vater für Caspar. Aber ich bin nicht blöd, ich weiß, dass es vermessen ist, ich weiß, dass ich Mitte siebzig bin, wenn Caspar Abitur macht oder eine Lehre abschließt. Kurz gesagt, ich weiß, dass ich zu alt für Jana bin.

Was will ich dann?

Bist du schwer von Begriff? Ich meine, bin ich schwer vom Begriff? Ich will es so haben, wie es ist. Ich will lieber reich und gesund sein als arm und krank. Ich will meinen Kuchen besitzen und ihn auch essen, wie der Engländer sagt.

Bin ich ein absolutes Arschloch?

Also, jetzt pass auf. Es wird das letzte Mal sein, dass ich mich verliebe. Ein letztes Mal begehre ich gegen all das auf, was mir noch bevorsteht, und genieße das Schönste, was Menschen hier haben können, in vollen Zügen, ich schwöre es. Janas Küsse in meinem Nacken, wenn wir uns lieben. Dass sie da voll und ganz bei mir ist. Wenn sie mir »Miláčku« zuflüstert. Dass sie mir ein Lied schreibt, egal, wie es heißt. Dass sie sagt, dass sie mich liebt. Das erlebe ich jetzt zum dritten Mal, und es ist genauso schön wie beim ersten Mal. Was kann da besser sein? So halte ich alles aus. Dass ich aus meinem Leben nichts gemacht habe. Auch Heinrich Kühlwein und meine ganze verlogene Rolle in seiner Legendenbildung. Auch diese Liebe wird nicht ewig halten, aber sie ist jetzt da, und ich will sie bis zum letzten Tropfen auskosten. Auch wenn sie Opfer verlangt und nicht klar ist, wer das sein wird.

Einmal noch, dann begebe ich mich auf den glitschigen Abhang hinunter zum Alter, zur Schwäche, in die Nacht. Nur dieses eine Mal noch. Dann gehe ich freiwillig. Hast du es jetzt begriffen? Habe ich es jetzt begriffen?

Und löschen.

Kapitel 36: Mein letztes Buch

»Jana?«

»Ja.«

»Du bist fei nicht perfekt.«

»Aber du, oder?«

»Na, ich sowieso nicht. Die Rede ist von dir. Du bist nicht perfekt.«

»Weiß ich doch.«

»Die linke Brust, diese hier, hängt einen Millimeter tiefer als die rechte. Und du hast eine kleine Spalte zwischen den Vorderzähnen. Wie Sophia Loren.«

»Wie wer?«

»Sophia Loren. Das war eine italienische Schauspielerin, früher sagte man ›Rassefrau‹ zu solchen …«

»Hans, das war ein Witz. Ich weiß, wer Sophia Loren war. Und übrigens, sie lebt immer noch. Aber eine Zahnlücke hat sie nicht mehr.«

»Aber von dieser kleinen Lücke und von deiner Brust abgesehen bist du perfekt. Halt. Die sechs Zehen. Wie konnte ich das vergessen?« Ich drücke Jana noch etwas fester an mich.

Wir sitzen auf einer karierten Decke, um uns herum die Reste unseres Picknicks; ein Brotkrümel piekst in meine rechte Pobacke, vor uns plätschert die Regnitz über ihr Kiesbett. Sie ist hier, vor Roth, ein junger, frischer, mäandernder Bach, der sich immer wieder in zwei Arme teilt. Ihre Ufer sind mit Bäumen, Büschen und streckenweise mit kleinen Wäldern zugewachsen.

Ich umarme Jana von hinten, ihre nackte Haut fühlt sich wunderbar an meinem Bauch an, wie sie mit dem Rücken an mir lehnt, die Beine nach links angewinkelt. Es sieht umwerfend elegant aus. Was mich betrifft, nun ja, ich sehe meinen nackten Körper gerade nicht. Sie schmiegt sich daran, Gott sei Dank.

»Es ist herrlich hier«, sagt sie.

Ich habe den Ort gestern ausgesucht, nachdem ich den Stand aufgebaut hatte. Bin an der Regnitz flussaufwärts entlanggefahren, bis kein Wohngebiet mehr in Sichtweite war, dann über die Wiese gelaufen und habe eine geschützte Stelle gesucht. Heute früh habe ich sie hierhergefahren, das Picknick hatte sie dabei, sie hat den ganzen Vormittag gelesen, bis ich gekommen bin. Und wenn ich wieder gehe, wird sie lesen, bis ich zurückkomme. Oder an der Regnitz spazieren gehen.

»Aber vorher etwas anziehen«, habe ich zu ihr gesagt.

»Ach, Hans, was würde ich ohne dich machen«, hat sie geantwortet. »Überfahren werden. Nichts komponieren. Überall nackig herumlaufen.«

»Stört dich mein Bauch nicht?«, frage ich sie jetzt.

Sie reibt sich daran. »Nee. Füllt genau mein Kreuz aus.«

»Ich wollte schon lange fragen, was das Buch da für eine Bedeutung hat.« Wie sie jetzt daliegt, sehe ich auf ihrem rechten Oberschenkel, ganz weit oben, am Übergang zur Leiste, das kleine Tattoo, das ein Buch darstellt. Das Buch ist aufgeschlagen, oben steht *Mein Lieblingsbuch*, und die Zeilen darunter sind nur mit Linien angedeutet. Wegen des Nasenpiercings hatte ich mehrere Tattoos vermutet, aber sie hat nur dieses eine. Überhaupt hat ihre Haut eine wunderschöne Farbe, wie Vanille. Sie sonnt sich nicht, hat sie mir erzählt. Und wenn der richtige Sommer kommt, trägt sie Hüte, das hat sie von ihrer Mutter. Braune Haut ist billig, sagt ihre Mutter. Prollig, sagt Jana.

»Hat mir der Roman spendiert«, antwortet sie nun. »Mein erster Freund. Roman – Buch, verstehst du? Ich sollte immer an ihn denken, wenn ich das Tattoo anschaue.«

»Wahnsinn. Ein Glück, dass er nicht *Brockhaus* hieß.«

»Warum?«

»Weil du so zierlich bist. Der *Brockhaus* hat vierundzwanzig Bände. Der Platz würde gar nicht ausreichen.«

»Haha. Dann muss halt dein Bauch her. Da fällt mir ein Tattoowitz ein. Willst ihn hören?«

»Oh ja.« Ich liebe es, wenn sie Witze erzählt. Ihr Humor ist oft ganz schräg, ganz eigen. Meistens fängt sie mit der Pointe an und muss so lachen, dass sie gar nicht weitererzählen kann. Es ist trotzdem lustig. Und irgendwie auch richtig, wie wenn einer eine mathematische Aufgabe ganz anders löst, als der Lehrer es will.

»Moment. Wie war das?« Sie nimmt meine Hände und legt sie um ihre kleinen Brüste. »Also, da war einer ganz eingegipst, alles war eingegipst, außer seinem Penis. Aber wieso? Ach ja. Motorradunfall. Er lag auf der Intensivstation. Also alles eingegipst, außer seinem Penis. Klar?«

»So weit, ja.«

»Da treffen sich zwei Schwestern im Aufenthaltsraum. Sagt die alte Hässliche: ›Hast du gesehen, was auf seinem Penis steht? Ruhm und Ehre der …‹ Ach nee, Moment. Anders.«

Ich kenne den Witz, die Alte sieht ›Rumbalotte‹, mehr nicht, aber ich sage nichts. Ich will ihr nur zuhören.

Sie fängt schon zu lachen an. Ihr kleiner Körper zittert in meinen Armen, der Vorbote eines großen Bebens. »Genau. So war das. Also, fragt die alte Hässliche: ›Hast du gesehen, was auf seinem Penis steht? Rumbalotte. Was das wohl bedeutet?‹ Sagt die junge Hübsche: ›Wieso Rumbalotte? Bei mir heißt es *Ruhm und Ehre der Baltischen Flotte*.‹« Sie prustet los. »Ruhm und Ehre der Baltischen Flotte!« Wenn sie lacht und ich sie so halte, wirkt sie so zierlich wie ein Weberknecht, den man in der Wohnung vorsichtig zwischen Daumen und Mittelfinger nimmt, um ihn unverletzt nach draußen zu bringen.

»Und hat es was genutzt, das Tattoo? Denkst du an Roman, wenn du es anschaust?«

»Nein. Er war halt doch nur mein erstes Buch.«

»So kann's gehen.«

»Ja, so kann's gehen.«

Seit zwei Wochen treffen wir uns regelmäßig. Unter der Woche. Am Wochenende ist ihr Mann da. Mal ist Caspar dabei; mal nicht. Wenn er nicht dabei ist, lieben wir uns. Ich bin bei der Arbeit unkonzentriert, ich bin ungerecht zu Else, ich schwebe auf Wolken.

»Hans?«

»Ja.«

»Das mit uns kann nicht klappen, das weißt du doch, oder?«

»Wieso, es hat doch schon geklappt?«

»Jetzt mal ernst. Ich meine auf lange Sicht. Schließlich bist du schon …«

»Pssst.« Ich drücke sie fest. »Ich weiß. Weißt du, was du für mich bist?«

»Was bin ich für dich?«

»Du bist mein letztes Buch.«

Kapitel 37: Life is live

To-do-Liste für Samstag, 12. Juni

- 5:30 Busfahrer von Sponsel Reisen in Frankfurt anrufen, ob Flug mit Aborigine-Gruppe rechtzeitig gelandet, Handynummer: 0173180017 (Manni) ✓4:37 gelandet, alle durch Gepäckabholung, Sprungbrett dabei, fährt demnächst los, wird vor 8 am Marktplatz sein

- 6:00 Wetterdienst anrufen, überprüfen, ob Eröffnung am Vormittag und Musical am Abend im Freien am Marktplatz möglich ✓70% Wahrscheinlichkeit, dass es tagsüber und abends trocken bleibt

- 6:15 Meyer-Hochwald und Wartz anrufen, Entscheidung gemeinsam treffen, EINE EVENTUELLE SCHULD VERTEILEN ✓Draußen – alle drei einstimmig dafür

- 6:30 Endgültige Zahlen für Häppchen im Museum bei Metzgerei Mader durchgeben, Weißwürste für Ehrengastempfang bestellen ✓60 halbe belegte Brötchen, 20 Semmeln, 20 Brezen, 20 Roggen, Lachs, Schinken, Käse, Frischkäse, 20 Paar Weißwürste

- 6:45 Falls Veranstaltungen innen, beim Direktor des Gymnasiums anrufen, er soll seinen blöden Hausmeister selber anweisen, dass er die Heinrich-Kühlwein-Halle bestuhlt hinfällig (hoffentlich)

- 7:00 Wenn Aborigine-Gruppe nicht rechtzeitig da, auf Knien zur Stadtkapelle kriechen, dass sie die Eröffnung kurzfristig übernehmen, fragen, ob sie *Über den Wolken* drauf haben hinfällig (hoffentlich)

- 7:15 To-do-Liste für heute Nachmittag schreiben ✓
- 7:45 Bei der Polizei anrufen, dass sie den Sponsel-Bus bis zum Marktplatz vorfahren lassen ✓
- 8:00 Falls es in der Nacht geregnet hat, aber Veranstaltungen im Freien stattfinden, dafür sorgen, dass Sitze auf der Zuschauertribüne trocken sind ✓
- 8:30 Überprüfen, ob kaputte Birnen in der Lichtanlage ausgewechselt worden sind ✓
- 9:15 Ehrengäste ins Rathaus lotsen, darauf achten, dass sie Weißwürste bekommen und dass Maly und Söder weit genug auseinander sitzen. Wöhrl dazwischen? ✓ Wöhrl entschuldigt, wer dazwischen?
- 10:00 Begrüßung und Eröffnung durch Bürgermeister Harald Wartz ✓
- 10:10 *Über die Himmel von Weingartshausen* – Lied von Vocalis Weingartshausen unter der Leitung von Oberstudienrat Arndt Leyer ✓

Unser aller Heinrich Kühlwein
Flog in die Geschichte ein
Ja, er flo-ho-hog in die Geschi-hichte-he ein.

»Nicht bewegen!«, zischt Arndt Leyer seinem Chor Vocalis Weingartshausen zu, für uns in der ersten Zuschauerreihe noch hörbar, als das Eröffnungslied verklingt. Seine Sängerinnen verharren in ihren letzten Posen, Münder und Augen weit aufgerissen, schockgefrorene Ü-Fünfzigerinnen. Sie streben nach vorne, ihrem Chorleiter entgegen, bieten ihm ihre schwarzen Notenhefte dar wie Opfergaben an einen rachsüchtigen Gott. Alle tragen sie blaue Überwürfe mit dem Logo darauf (24,99 € das Stück), das ganze Ensemble steht vor einem riesigen gelben Banner mit dem gleichen Logo (12 m x 3 m, 798 €) auf der neu errichteten Bühne vor dem Rathaus. Arndt Leyer bleibt ebenfalls eine Weile in seiner letzten Pose stehen, seine langen, dünnen Arme hocherhoben, ein Nosferatu vor einer ganzen Opfergruppe, dann lässt er seine Arme fallen, dreht sich zum Publikum um und nimmt den Applaus huldvoll entgegen. Sein Kopfnicken ist nicht Dank für den Beifall, sondern Zeichen der Anerkennung. Dafür, dass das Publikum so schlau ist, seine Musik zu mögen.

Aber gut. Vielleicht ist die Musik wirklich nicht so schlecht. Wenn heute alles klappt, bin ich sogar bereit, seine Musik zu mögen. Und die Himmel über Weingartshausen sehen auch nicht schlecht aus. Es hat zwischen acht und neun kurz genieselt, aber seitdem nicht mehr. Und wenn, hat die Meyer-Hochwald die Mitverantwortung, das ist eminent wichtig, dann passiert gar nichts. Ich habe heute früh zuerst sie angerufen, abgewartet, wofür sie stimmt, es dann genauso gehalten, danach erst Wartz angerufen. Und er ist ja auch nicht blöd.

Ich sitze zwischen Markus Söder auf meiner rechten Seite und Ulrich Maly auf der linken. Vor uns die sich leerende Bühne, in der Mitte schaut gerade das Oberteil von Flugzeug Nr. 8 heraus, alle Akteure auf der Bühne müssen sich irgendwie damit arrangieren. Hinter mir steigt die Zuschauertribüne noch fünfzehn Reihen steil nach oben, dreißig Plätze breit, mit einem Mittelgang. Also vierhundertfünfzig orangefarbene Sitzschalen insgesamt, alle gefüllt mit Hintern in verschiedenen Größen. Auch heute Abend sind sämtliche Plätze ausverkauft. Und morgen auch. Für die ganze nächste Woche sind nur noch vereinzelte Karten zu haben. Stöcklein Reisen hat uns in seine Musical-Reisen aufgenommen. Busworld ebenfalls.

Es ist 10:17 Uhr. Wir liegen ganz gut in der Zeit. Alles läuft prima. Ich fühle mich seit Tagen ausgelaugt und angespannt zugleich, über zu vieles verteilt, dünn, durchsichtig; zu wenig Butter auf einer zu großen Brotscheibe. Ich habe eine To-do-Liste für den Monat Juni, ich habe To-do-Listen für jede Woche, ich habe To-do-Listen für jeden Tag, ich habe eine To-do-Liste für meine To-do-Liste.

Heute noch To-do:

- Die *Reserviert*-Kärtchen für die Ehrengäste heute Abend auf die Plätze der Zuschauertribüne legen
- Mich bei den Stadtwerken vergewissern, dass heute Abend der Strom für die Anlage ausreicht; bei der Generalprobe am Donnerstagabend gab es einen Totalausfall

Wenn der heutige Tag erfolgreich über die Bühne gegangen ist, dann kann ich mich erst mal entspannen. Ich treffe Jana am Montag, endlich, ich habe sie seit unserem Treffen an der Regnitz während der Tourismusbörse in Roth nicht mehr gesehen. Am Montag habe ich frei, wegen der vielen Überstunden, aber das habe ich Else nicht erzählt.

Jana wollte heute kommen, wahrscheinlich sitzt sie irgendwo hinter mir auf der Zuschauertribüne, aber ich werde heute keine Zeit haben. Außerdem sitzt Else auch irgendwo da hinten.

Die Meyer-Hochwald betritt die Bühne von links, Mikro in der Hand. Sie trägt eine Reiterhose, Stiefel und Lederhut, und alle paar Schritte wirft sie ihr Haar fotogen nach hinten.

Fehlt nur eine Peitsche. Sie pustet ins Mikro, um zu schauen, ob das Ding geht, und das Rauschen erschallt über den ganzen Marktplatz wie eine Welle, die sich am Strand bricht.

Merke: Puste nie in ein Mikro, sprich einfach hinein, dabei merkst du auch, ob es geht.

Aus der Gasse rechts des Rathauses kommt eine Gruppe Aborigines gehuscht, vier treten vor bis zum Bühnenrand und gehen in die Hocke, zwei tragen ein Sprungbrett, sie stellen es auf und gesellen sich zu den anderen vorne auf der Bühne. Zwei weitere haben Didgeridoos dabei und einer gar nichts, sie setzen sich im Schneidersitz vor das Bühnenbanner.

Gott sei Dank. Das war meine größte Sorge heute. Die Aborigines sollten gestern schon eintreffen, aber da war in Sydney irgendwas mit dem Zoll. Jetzt kann eigentlich nichts mehr schiefgehen.

Die Aborigines sind, abgesehen von kleinen Beuteln um ihre Genitalien, nackt, mit erdfarbenen Streifen bemalt, jeder in einer anderen Farbe; weiß, beige, braun, gelb, rot, schwarz. An ihren Armen sind große Flügel befestigt, und vor ihren Nasen baumeln Schnäbel.

Direkt vor mir kauert der schwarz Bemalte; er wippt leicht auf und ab, die Arme baumeln zwischen seinen Knien, seine sehnigen Beine und knorrigen, nackten Füße scheinen sich auf der Bühne zu verwurzeln. Ich schaue zu ihm hoch, er schaut mit einem finsteren Blick zurück, in dem ich im ersten Moment abgrundtiefe Wut mir und meinesgleichen gegenüber sehe. Wegen jahrhundertelanger Unterdrückung. Dann legt sich sein Gesicht plötzlich in horizontale Falten ungetrübter Freude, und er lacht breit wie eine Mundharmonika.

So kann man sich täuschen.

»Ladies and Gentlemen, meine Damen und Herren, die Spannung steigt, jetzt werden wir gleich sehen, welcher der Weißstörche fliegen wird«, sagt die Meyer-Hochwald in ihr Mikro. Sie läuft hinter den Aborigines auf und ab wie ein Dompteur im Löwenkäfig. »Noch können Wetten abgeschlossen werden, machen Sie mit, gewinnen Sie eine Reise zu zweit in unsere Partnerstadt Wollongong in Australien!« Das Mikro tut ihr nicht gut. Es bringt das Schlechteste in ihr zum Vorschein. Sie schlenkert spielerisch damit herum. Sie wirft das Mikro von einer Hand in die andere. »Schreiben Sie die Farbe des Storchs, der Ihrer Meinung nach fliegen wird, auf den Zettel, der an Ihrem Platz lag, und geben Sie ihn hier bei Herrn Jelinek von der Tourist-Info ab.«

»Name!«, rufe ich ihr zu.

»Die Leute kennen mich doch.«

»Die Leute sollen ihren Namen auf den Zettel schreiben!«

»Ach so, ja. Vergessen Sie bitte nicht, Ihren Namen und Ihre Anschrift auf den Zettel zu schreiben! Hans, steh auf und winke mal, dass die Leute sehen, wer du bist und wo du sitzt.«

Ich stehe auf, drehe mich um, winke und halte den Eimer hoch, in den die Leute ihre Zettel werfen sollen. Zehn Liter Fassungsvermögen, grün, ebenfalls mit dem allgegenwärtigen Kühlwein-Logo, 2,27 Euro das Stück, Mindestabnahme zweihundertfünfzig. Vierhunderfünfzig Gesichter schauen mich an.

Auf mittlerer Höhe links außen sitzen Else und Sonja, weiter oben rechts des Mittelgangs Jana, sie winkt verstohlen zurück, zwei Reihen weiter oben, fast ganz rechts, Jutta. Ich gebe Markus Söder den Eimer, er reicht ihn gleich weiter, und die grüne Lostrommel geht auf ihren Weg durch die Reihen wie bei einer Zeltmission. Der erste Zettel mit der richtigen Antwort, der später gezogen wird, wird gewinnen. Ich setze mich wieder hin. Meyer-

Hochwald hat die ganze Moderation an sich gerissen, aber ich bin gar nicht traurig darüber. Ich bin viel lieber hier unten als da oben auf der Bühne. Weil die Aborigines, die neben dem Modell Nr. 8 hocken, bestimmt keine Weißstörche darstellen wollen. Sie sind auch nicht weiß gefiedert, sondern braun-grau. Sie haben auch keine langen, roten Schnäbel, sondern kurze, schuppige, braune.

»What's Leni saying?«, fragt auf der anderen Seite von Markus Söder Bill Sutcliffe, der Chef des Tourist Information Office in Wollongong; groß, blond, gutmütiges, gebräuntes Gesicht.

»Who?«

»Leni. I mean her, Frau äh, what's-her-name?«

»Meyer-Hochwald.«

»Yes. We call her Leni. No harm meant. You know. Like in Leni Riefenstahl.« Er spricht es »Reifenstahl« aus.

Markus Söder lacht sein schiefes, gequältes Lachen, das man von der Faschingssitzung in Veitshöchheim kennt.

»Ach so«, sage ich. »Yes. I see what you mean. She's talking about white storks.«

»Ain't no storks in Australia, mate. Them's emus.«

Genau. Ist mir alles klar. Und dass Emus nicht fliegen können, ist mir auch klar. Und bestimmt nicht nur mir. Im Publikum und unter den ganzen versammelten Reportern und Fernsehteams wird es auch einigen klar sein. Die *Nürnberger Zeitung* und die *Nürnberger Nachrichten* sind hier. Die *Süddeutsche Zeitung* ist hier. Die *Bild-Zeitung*. Die *Abendzeitung*. Das *Bayerische Fernsehen* ist hier. *RTL* ist hier. Die *Australian Broadcasting Corporation* und das *National Indigenous Television* sind hier.

Von denen werden einige wissen, dass Emus nicht fliegen können. Warum dann, werden sie sich fragen, genauso wie ich es tue, sind die Aborigines ausgerechnet als Emus verkleidet?

Außerdem kichern die Aborigines so auffällig. Schubsen sich in die Seite und kichern. Einer ist schon umgefallen.

Die Begleitmusiker fangen an zu spielen. Didgeridoos und Klanghölzer. Keine Melodien, Rhythmen.

Doing-didi-oing-didi-oing, klack, klack. Doing-didi-oing-didi-oing, klack, klack.

Der dritte Musiker, der kein Instrument dabeihat, fängt an zu singen, es klingt auch nicht viel anders als ein Didgeridoo.

»Es geht los! Welcher wird nun zuerst fliegen?« Auf jeden Fall hegt die Meyer-Hochwald keinen bösen Verdacht.

Die Aborigines drehen sich um, bewegen sich in Kauerstellung über die Bühne, legen ihre Hände vor der Brust zusammen wie beim Gebet und wedeln fischartig mit ihnen. Zwischendurch nimmt einer Anlauf in Richtung Sprungbrett, im letzten Augenblick bricht er ab.

Aus der Gasse kommen noch zwei Aborigines, sie sind mit großen, schwarz-weißen Flächen bemalt und mit Hörnern versehen. Sie machen Muh-Geräusche. Kühe für ganz Dumme. Ich höre schon die ersten Kicherer hinter mir.

»Was iss etz dess?«, fragt Markus Söder.

»Sie müssen mehr raus aufs Land, Herr Kollege«, sagt Ulrich Maly. »Das sind Kühe.«

Söder beugt sich vor, um mit seinem langen Gesicht um mich herum zum Maly hinüberschauen zu können. »Ach, da schau her. Da spricht wohl der Bauernbub. Dann wissen S' aber auch, dass Kühe nicht fliegen können, oder, Herr Maly? Ich frage mich halt, was die auf der Bühne zu suchen haben.«

»Gute Frage«, sagt Maly anerkennend. »Vielleicht weiß Herr Jelinek Bescheid?«

»Da ist der Eimer«, sagt Jutta und stellt ihn zu meinen Füßen ab. Gott sei Dank. Ich winke der Aborigine-Gruppe zu, dass der Tanz in seine Endphase gehen kann, wie wir es ausgemacht haben. Die Musik wird lauter, die zwei Aborigine-Kühe stellen sich hinter das Sprungbrett und treten etwas auseinander.

Zwischen ihnen spannt sich ein Tuch, das an ihren Rücken festgemacht zu sein scheint.

Der schwarz gefärbte Aborigine rennt auf das Sprungbrett zu, hüpft darauf, fliegt kurz durch die Luft, landet auf dem Tuch, zieht damit die Aborigine-Kühe in einem kichernden Knäuel zu Boden, alle anderen fangen an zu lachen, auch die Musiker.

»Interessant«, sagt Söder.

»Äußerst«, sagt Maly.

»Das war der schwarze!«, kreischt die Meyer-Hochwald.

Auf Söders anderer Seite kämpft Bill Sutcliffe vergeblich gegen einen Lachanfall.

Söder schaut ihn verwundert an. »Wissen die etwas, das wir nicht wissen? Excuse me, mister?«

Sutcliffe winkt nur ab.

»Aber der Dings ist doch geflogen«, sagt Maly. »Ich meine, richtig geflogen.«

»Freilich ist der richtig geflogen«, sagt Söder. »Der erste Mensch in der Luft war ein Franke, eindeutig. Jetzt holen wir uns noch den ersten Menschen im Weltall, gell, Herr Jelinek?«

»Und auf dem Mond«, fügt Maly hinzu.

»Da ist er schon drüber, der Herr Jelinek, oder?«

»Wenn Sie die haben, kommen wir wieder, gell, Herr Söder?«

»Abgemacht, Herr Maly. Das wird a Gaudi. Da werden s' schauen, die Amis und die Russkis.«

»Hans, kommst du mal her mit den Zetteln.«

Gott sei Dank kann ich die zwei verlassen. Ich nehme den vollen Eimer, gehe über die Treppe vorne auf die Bühne. Wie bei den Oscars. Die Aborigines liegen immer noch kichernd herum. Ich wende mich dem Publikum zu. Einige lachen herzlich mit, andere schauen etwas verdutzt, andere konzentriert-interessiert.

»Jetzt wird es richtig spannend! Wer gewinnt die Reise in unsere Partnerstadt Wollongong in Australien? Der erste Zettel mit der richtigen Antwort, also schwarz, gewinnt! Unsere zwei Politstars sollen auslosen, Herr Maly und Herr Söder, kommen Sie bitte auf die Bühne!«

Und da kommt es schon, das Traumpaar, Söder steigt zuerst hinauf, gibt Maly die Hand und hilft ihm hoch; Maly stöhnt und hält sich am Rücken, das Publikum lacht.

»Der Kollege hat gemeint, er ist uns los«, sagt Söder. Er deutet auf mich.

»Etz sind wir wieder da«, sagt Maly. »Aber sagen Sie, Frau äh …«

»Meyer-Hochwald.«

»Frau Meyer-Hochwald. Der Heinrich Kühlwein ist doch wirklich geflogen, oder?«

»Natürlich ist er wirklich geflogen, ha-ha-ha..«

»Und nicht bloß von der Arbeit«, sagt Söder.

»Weil, das vorhin hat mehr nach Unfall ausgeschaut«, sagt Maly.

»Mit Kühen«, ergänzt Söder.

»Na, wissen Sie, wir können hier auf der Bühne natürlich nicht wirklich fliegen.«

»Ach so. Klar. Gut. Dann wollen wir mal«, sagt Maly.

»Wer zuerst?« Meyer-Hochwald rührt die Zettel im Eimer kräftig durcheinander wie eine Bäckermeisterin den Teig.

»Na, nur keine falsche Bescheidenheit«, sagt Söder. »In der Politik immer ein Fehler.« Er greift hinein und wühlt herum.

»Kann Ihnen sicher nicht passieren«, sagt Maly.

Söder nickt und holt einen Zettel heraus. Er entfaltet ihn und schaut darauf. Seine Stirn wirft Falten.

»Na, Herr Kollege, Lesebrille nicht dabei?«, fragt Maly.

»Soll ich des etz wirklich vorlesen?«

»Ja.«

»Also gut. Moment mal.« Er zeigt dem Maly seinen Zettel. »Spricht man das jetzt Englisch aus?«

Maly schaut darauf, etwas verunsichert. »Ich glaube schon.«

»Englisch gilt natürlich auch.«

»Also gut. Da steht: *Jelly hat etwas mit der Jana.*«

»Was?« Meyer-Hochwald hält Söder das Mikro vor.

»*Jelly hat etwas mit der Jana.*«

»Das gilt natürlich nicht. Herr Maly, machen Sie mal.«

Auf einmal ist alles ganz still. Sogar die Aborigines scheinen aufzuhorchen. Ich traue mich gar nicht ins Publikum zu schauen, sondern starre ebenfalls in den Eimer. Wer hat das geschrieben? Wer weiß das?

»Hier steht das Gleiche.«

»Das gibt's doch nicht.«

»Doch. *Jelly hat etwas mit der Jana.*«

Meyer-Hochwald wirft mir einen wütenden Blick zu. »Kleine Pannen sind wie das Salz in der Suppe, was? Herr Söder noch mal, bitte.« Söder ist sowieso wieder mit seiner Hand im Eimer. Die Zettel sind alle gefaltet, sodass man nicht erkennen kann, was darauf steht. Aber wieso ist das Kühlwein-Logo nicht auf der Außenseite? Auf den Zetteln stand außen: Die große Heinrich-Kühlwein-Verlosung. Ich weiß es genau, ich habe es schließlich selbst entworfen. Aber die Zettel im Eimer sind außen alle unbedruckt. Außerdem waren die Zettel aus Glanzpapier. Die hier sind aus Umweltpapier. Steinbeis Classic White. Sehe ich sofort, das ist das Papier, das wir im Rathaus benutzen.

Söder liest seinen Zettel. »Also, dass Jelly etwas mit der Jana hat, das wissen wir inzwischen, das wird jetzt langsam langweilig«, sagt er. »Wo haben S' denn den Eimer her?«, fragt er mich. »Aus der Schule, oder was? Wer ist denn der Jelly überhaupt? Das werden doch nicht Sie sein, Herr Jelinek? Haben Sie was mit einer Jana?«

Ich greife selber in den Eimer und nehme einen Zettel heraus, falte ihn auf: *Jelly hat etwas mit der Jana.* Ich nehme den nächsten: *Jelly hat etwas mit der Jana.* Die Zettel sind alle gleich, einmal gefaltet, und auf der Innenseite steht überall das Gleiche. Sie sind nicht alle handgeschrieben, sondern kopiert, und die Schrift kommt mir bekannt vor.

Alles um mich herum verdichtet sich, wird schwer, langsam, wie unter Wasser. Die Zeit bleibt stehen. Es ist die Schulspielgruppe von damals, wir spielen *Die Räuber*, ich bin der intrigante, von Neid zerfressene Franz, und ich habe gleich am Anfang meinen Text vergessen, weil im Publikum Else neben Jens sitzt und mit ihm tuschelt.

D. a. Moor (die Frisch-Blume): Ganz wohl, mein Sohn, – was hattest du mir zu sagen?

Franz (ich): ....

D. a. Moor (die Frisch-Blume): Was hattest du mir zu sagen?

Franz (ich): ....

D. a. Moor (die Frisch-Blume): Was hast du da in der Hand? Ist die Post wohl angekommen?

Franz (ich) (schaut staunend auf den Brief hinunter): Ja, freilich. Die Post ist angekommen – ein Brief von unserm Correspondenten in Leipzig.

Ich blicke ins Publikum. Alle schauen wie Arndt Leyers Chor vorhin. Ganz Weingartshausen schaut zu, der Stadtrat, die Geschäftswelt, die Vorstandschaft von Haffner GmbH, Autoteilehersteller und der größte Steuerzahler von Weingartshausen, der TSV, die FFW, viele Lehrer, eine Schulklasse aus Wollongong, der Bürgermeister von Wollongong, der Tourismusmanager, Else, Sonja. Jana hält eine Hand vor den Mund. Es ist so still, dass ich das Surren der Filmkameras höre, die festhalten, wie gar nichts geschieht.

Eine einzige Frau lächelt. Sie sitzt direkt hinter Jana. Sie winkt mir zu. Es ist Anne. Meine Anne. Sie hat das blaue Sommerkleid von damals an, damit ich sie erkenne. Sie deutet auf die Reihe hinter ihr, wo Jutta saß. Der Platz ist leer. Darauf steht ein Eimer.

»Da ist was vertauscht worden«, sage ich. »Der richtige Eimer ist da oben.«

»Ach ja, na, das ist halt life. Bringt uns jemand bitte den richtigen Eimer?«

»Live«, sagt Maly. »Sie meinen, das ist live.«

»Genau«, sagt Söder. »Life is live. Na-na-na-na-na.«

Anne steht auf und holt den Eimer, sie kommt den Mittelgang herunter, ihre Hüften schwingen wie damals, sie ist keinen Tag älter geworden, sie kommt, um mich zu retten, sie betritt die Bühne, sie läuft lächelnd auf mich zu, sie überreicht mir den Eimer, ich möchte sie umarmen, ach, es ist natürlich nicht Anne, es kann nicht Anne sein, sie schaut Anne nur ähnlich, der Anne von damals, wie sie vor dreißig Jahren ausgesehen hat.

»Also dann«, sagt Söder und langt hinein. »Damit wir heute noch fertig werden. Rot, das war noch nix. Moment, also hier endlich: schwarz. Den Namen können Sie vorlesen, Herr Kollege, ich bin nämlich gar nicht so.«

Maly liest. »Bertha Schmied.«

Applaus.

»Frau Bertha Schmied, bitte auf die Bühne.«

Inzwischen ist es mir eingefallen, woher ich die Handschrift im anderen Eimer kenne; ich sehe sie fast täglich. Es ist die Handschrift von Jutta.

Kapitel 38: Erwin kommt zurück

Die To-do-Liste ist mein Rettungsring geworden; ich halte mich nur mit ihr über Wasser. Ich habe mich ins Büro des Museums zurückgezogen, um mich auf die nächsten Punkte zu konzentrieren, und sitze jetzt hier alleine am Schreibtisch, umgeben von frisch riechender Fichte, weiß verputzten Wänden und nicht angeschlossenen Steckdosen, aus denen Kabel herausquellen.

Ich höre ein entferntes Rauschen, es dringt von der Menschenmenge zu mir herauf, die unten vor der Tür auf Einlass wartet.

Der nächste Punkt ist:

11:00 Eröffnung des Museums durch Tourismusmanager Hans Jelinek

Ich habe die fertige Rede in meiner Jackentasche, sie ist unterhaltsam, witzig, informativ. Ich muss sie nur noch halten.

Söder und Maly sind abgereist.

Ich habe Else seit dem Fiasko auf der Bühne nicht gesehen. Jana auch nicht.

Es ist 10:47 Uhr. Ich habe genau dreizehn Minuten, um mir eine Erklärung einfallen zu lassen, die Else glauben wird.

Kennt Else Janas Vornamen? Ist er im Gespräch schon mal gefallen?

Aber auch wenn nicht, wird sie das leicht herausfinden können. *Auer, Jana u. Thomas*, so steht es im Telefonbuch, manchmal schaue ich nach. Einfach so.

Es klopft.

»Bitte.«

Die Tür geht auf, zwei Männer in schwarzen Talaren stehen da, der linke groß und dünn, mit grauem Wildwuchs auf dem Kopf, schwarzem Bart, zerfurchtem Gesicht, Brille und weißem Beffchen am Hals, der rechte klein und dick mit Glatze, speckigem, rotem Gesicht und weißem Kollar. Die Pfarrer; der evangelische und der katholische.

Ich hätte auch ohne die unterschiedlichen Halsbekleidungen gewusst, dass der linke evangelisch ist, wegen des Bartes. Warum haben katholische Geistliche so selten einen Bart und evangelische so oft?

Beide Gesichter schauen gleichermaßen bekümmert.

»Herr Jelinek?«, fängt der linke an.

»Ja.«

»Wegen der Einweihung …«

»Wir haben gehört«, ergänzt der Katholische, »dass es da eine aboriginale Zeremonie geben soll, mit Trommeln und halbnackten äh …«

»… Ureinwohnern und so, zusätzlich zu unserem …«

»… Einweihungsgottesdienst. Und das geht zu weit.«

»Ökumene schön und gut …«

»Aber das geht zu weit.«

»Ich habe nachgeschaut. Der Aborigineglaube wird nicht als Körperschaft des öffentlichen Rechts anerkannt.«

»Genau. So ein Aborigine zahlt ja auch keine Kirchensteuer in Deutschland.«

»Meine Herren, es ist kein weiterer Beitrag unserer Aboriginegäste geplant.«

»Wirklich?«

»Wirklich.«

»Na, Gott sei Dank«, sagt der Evangelische.

»Der Herr sei gepriesen«, sagt der Katholische.

»Bis gleich.«

»Bis gleich.«

»Bis gleich.«

Sie gehen.

Also gut. Jana ist Jana Auer, die Mutter des Kindes, das ich beinahe totgefahren hätte. Das kann Else herausfinden. Na und?

Was hat Jutta dazu bewogen, diesen Text auf das Blatt zu schreiben, es an die vierhundertmal zu kopieren, die kleinen Zettel zurechtzuschneiden, sie zu falten und in den Eimer zu legen?

Weiß sie tatsächlich, dass Jana und ich ein Verhältnis miteinander haben?

Hat sie Beweise?

Es klopft wieder, eine Aktentasche im Würgegriff erscheint, und oben drüber die Meyer-Hochwald. Sie kommt herein, dreht sich herum, schließt die Tür hinter sich und stakst auf mich zu.

»Kannst ruhig hereinkommen«, sage ich.

»Du musst mitkommen. Es brennt.«

»Ich muss mich jetzt auf meine Rede konzentrieren.«

»Wenn du dir nichts einfallen lässt, brauchst du sie vielleicht gar nicht mehr zu halten.«

»Was ist los?«

»Es ist ein Reporter da. Vom *Spiegel*.«

»Vom *Spiegel*? Toll!«

»Gar nicht toll.«

»Wieso?«

»Er sagt, dass alles eine Lüge ist. Er hat hier und in Australien recherchiert. Er war sogar in Neuguinea. Er sagt, der Kühlwein ist nie geflogen. Alle da unten wüssten das.«

»Gott. Wo ist er?«

»Drüben im Rathaus.«

Draußen müssen wir uns einen Weg durch den Pulk bahnen. Ich gehe voraus und versuche, nicht in die Gesichter zu schauen. Wie viele der Leute waren vorhin auf der Tribüne? Wie viele haben zugeschaut, wie ich mich zum Deppen habe machen lassen?

»Herr Jelinek! Frau Meyer!«, ruft eine kleine, dickliche, rotbackige Frau uns zu, als wir durchlaufen. »Genga S' amol her!

Genga S' amol her!« Ich komme noch erfolgreich an ihr vorbei, aber sie packt die Meyer-Hochwald am Ärmel. »Frau Meyer, des em do, ich waas, wo des herkummt!«

»Das was?«

»Des em do.«

»Ich verstehe nicht.«

»Sie meint den Buchstaben M«, interpretiere ich. »Das M da, das meint sie.«

»Was für ein M?«

»Was allerweil überoll is«, sagt die Frau. »Auf der Fahne. Auf dem Programm. Sogar auf dem Aamerla.«

»Ach so, Sie meinen unser Icon. Aber das ist doch kein M.«

»Des is freilich a M. Des is sogar exakt des M von unserm Uropa.«

»Jetzt verstehe ich gar nichts mehr. Tut mir leid, wir müssen weiter.«

»No, bleibm S' doch. So hot er doch des M geschrieben, der Uropa. Der hat doch net schreibm können. Mir ham's alle net mit dem Rechtschreibm, und des ham ma vom Uropa. Der woar der Schlimmste. Der hot überhaapts net schreibm kenna, net amol sein Noma. Der hat überoll sein Servus mit erem soam M gschriebm. Genauso wie Ihr Dings do. Schaua S'.« Sie kramt in ihrer überdimensionierten Handtasche herum und holt eine zerrissene braune Kladde hervor. »Schaua S' her. Des is unser Familienstammbuch.«

»Was interessiert mich Ihr Familienstammbuch?«

Sie hat es schon aufgeschlagen. »Und da hat der Uropa sein Servus gemacht. Schaua S'. Schaut genauso aus.« Sie hält das Stammbuch hoch, uns entgegen, und deutet immer wieder mit ihrem dicken Zeigefinger wie ein Holzspecht auf die aufgeschlagene Seite 3.

Da steht: *Unterschriften der Ehegatten: Ehemann* 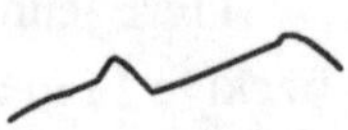

(Michael Müller), Ehefrau Helene Müller, geb. Stahl. »Do hat er des M gschriebm, weil er net hat schreim kenna. Net amol sein Noma.«

»Zeign S' amol«, sagt ihr Hintermann, ein hagerer, graubärtiger Greis mit Baskenmütze und Lidl-Tüte. Er nickt. »Schaut fei werkli so aus.«

Die kleine Dicke hält das Stammbuch noch höher und dreht es nach allen Seiten. Nickende, murmelnde Zustimmung breitet sich um sie aus. Sie redet jetzt immer lauter. »Und der Uropa is hier in die Schul neiganga. Und der hat immer derzählt, dass er amol a Drümmerwatschn vom Lehrer kriegt hat, weil er in sei Schulbank neigeritzt hat. Derweil wollt er bloß sein Noma üübm, weil er doch net hat schreibn kenna. Und des müsst um die Zeit gwesen sein. Vorm Krieg, vorm ersten. So. Des wollt ich Ihna bloß amol song.«

»Wirklich interessant«, sagt Meyer-Hochwald. »Kann ich mal das Stammbuch haben? Sie kriegen's wieder.«

»Fraali.« Die Frau überreicht das Buch bereitwillig, und Meyer-Hochwald lässt es flink in ihrer Aktentasche verschwinden. »Aber wir müssen jetzt wirklich weiter.«

»Wann macht das Museum auf?«, fragt der dünne Greis.

»Demnächst, demnächst.«

Wir setzen unseren Weg durch den Pulk fort.

»Was willst du mit dem Stammbuch?«, frage ich nach hinten.

»Was glaubst du denn, was ich damit will? Sie soll mir vom Leib bleiben mit ihrem Scheißuropa.«

Vier Männer befinden sich im Bürgersprechzimmer im ersten Stock, als wir reinkommen; Harald Wartz, der am Tisch sitzt und sein grimmiges Gesicht auf seine verknoteten Hände stützt, neben ihm und ebenfalls finster dreinschauend lehnt sich Manfred D. Kungel zurück, Arndt Leyer, der apathisch zusammengefallen links auf einem Stuhl in der Ecke hockt, und ein anderer, stämmiger Mann, dessen breitschultriger Rücken uns zugewandt ist. Er trägt eine abgewetzte dunkelbraune Lederjacke und hat graues, krauses Haar.

»Hans, pass auf. Wir brauchen dich. Krisenmanagement ist angesagt«, verkündet Wartz. »Der Herr vom *Spiegel* hat hier und in Australien recherchiert. Er war sogar in Neuguinea. Er kann angeblich hieb- und stichfest beweisen, dass der Kühlwein ein Angeber, Betrüger und Lügner war, der nie geflogen ist. Es ist ihm auch egal, wie viel Geld wir in diese Sache investiert haben und wie viele Arbeitsplätze davon abhängen. Was machen wir nun?«

Der Mann dreht sich um. Er ist in meinem Alter. Er hat eine Narbe über der rechten Augenbraue, die hellblauen Augen stehen weit auseinander, und ihr Blick ist abwägender, misstrauischer, als er früher war.

»Servus, Jelly«, sagt er. »Schon lange nicht mehr gesehen.«

»Servus, Erwin.«

Kapitel 39: Krisenmanagement

»Der *Spiegel* bringt demnächst eine Serie über große Betrüger raus«, erzählt Erwin. »Konrad Kujau, der Hauptmann von Köpenick, Karl May, Jürgen Schneider, Bernie Cornfeld und so weiter. Es geht nächste Woche los mit Kaspar Hauser. Und ich habe der Redaktion den Vorschlag gemacht, diesen Heinrich Kühlwein zu durchleuchten, und grünes Licht dafür bekommen. Das habe ich getan. Monatelang. Er ist ein Betrüger erster Klasse. Dabei bin ich natürlich darauf gekommen, dass du in die Sache involviert bist, Jelly.«

Ich habe schon gehört, dass Erwin Journalist geworden ist, freier Mitarbeiter bei verschiedenen Zeitungen und Zeitschriften. Einmal habe ich sogar eine Reportage von ihm in der *Geo* gelesen. Über eine Bahnstrecke in Australien, stimmt. Sie war richtig gut.

»Wann soll der Beitrag erscheinen?«, frage ich.

»In etwa vier Wochen.«

»Nun mal langsam«, sagt die Meyer-Hochwald. »Was haben Sie für Beweise, dass er ein Betrüger war?«

»Nun, zum Beispiel, dass er 1897 Geld von der Mission in Papua-Neuguinea gestohlen hat. Das steht in den Jahrbüchern der Mission. Deswegen verbrachte er die folgenden acht Jahre nicht bei einem Eingeborenenstamm im Hochland von Papua-Neuguinea, sondern im Gefängnis in Port Moresby. Das ist dort im Archiv belegt. Er hat sich nur einen anderen Namen zugelegt, und scheinbar hat der Leiter der Mission, Friedrich Flierl, nichts dagegen einzuwenden gehabt. Vielleicht wollte er ihm eine Chance lassen.«

»Wie hat er sich genannt?«, fragt Wartz.

»Heinz Göllwein.«

»Sehr originell«, sage ich.

»Und wenn es wirklich ein anderer war?«, fragt die Meyer-Hochwald.

»Es war kein anderer. Das Gefängnis von Port Moresby war damals schon sehr fortschrittlich. Sie haben ihre Sträflinge bei der Aufnahme fotografiert. Die Fotos sind archiviert. Es ist eindeutig Kühlwein.«

»Das sind aber trotzdem alles keine Beweise dafür, dass er nicht doch später geflogen ist«, sagt die Meyer-Hochwald.

»Er ist nie geflogen«, sagt Erwin.

»Wie wollen Sie das belegen?«

»Der Beweis liegt gar nicht weit weg von hier. Im Zeitungsarchiv des *Weingartshausener Kuriers.*«

Manfred D. Kungel vergräbt sein Gesicht in beiden Händen. »Jetzt weiß ich, woher ich Sie kenne.«

»Sie haben mir die Erlaubnis gegeben, im Archiv zu recherchieren.«

»Ich dachte, Sie wollten über das Dritte Reich forschen.«

»Wollte ich auch. Ich wusste, dass die Nazis auch schon ein Interesse daran hatten, den Kühlwein als ersten Flieger groß herauszubringen. Aber offenbar haben die damals denselben Artikel gefunden wie ich.«

»Und was steht da drin?«, fragt die Meyer-Hochwald.

»1929 ist ein Reporter des *Weingartshausener Kuriers* nach Australien gereist, um den Gerüchten nachzugehen, dass Kühlwein geflogen sei.«

»Kühlwein ist doch 1928 schon gestorben.«

»Ja, und da haben die Gerüchte über seinen Flug erst richtig Aufwind bekommen. Der Reporter, ein gewisser Gottfried Kungel übrigens …«

»Mein Opa«, sagt Kungel und schüttelt den Kopf.

»… hat die angeblichen Zeugen von damals gefunden und interviewt. Der eine war Morris Cliff, Kühlweins Förderer. Er sagte, er habe Kühlwein 1910 entlassen, weil es ihm nie gelungen sei, ein bemanntes Flugzeug vom Boden abheben zu lassen.«

»Nie?«, fragt Meyer-Hochwald, als ob man die Aussage auch anders auslegen könnte.

»Nie. Und der andere, der Aborigine John Yunupingu, der den Motor angeworfen haben soll, gab zu Protokoll, er hätte Kühlwein öfter geholfen, sei aber niemals Zeuge eines erfolgreichen Flugs gewesen und habe auch nie von einem solchen gehört. Er wird mit den Worten zitiert: *Weißer Mann seine Maschine nie fliegen, aber töten zwei Kühe. Machen Rindersteaks für alle.* Im aboriginalen Gemeinschaftsgedächtnis ist das anscheinend fest verankert. Wie man heute früh gesehen hat.« Erwin lacht in die Anspannung hinein, es wirkt irgendwie deplatziert, wie auf einer Beerdigung.

Die anderen starren vor sich hin.

»Steht das da alles so drin?«, fragt Wartz. »In dem Artikel im Archiv?«

»Genau so. Ich habe den Ausschnitt fotografiert.«

Die Meyer-Hochwald schaut in ihre Aktentasche, für einen Moment lugt das braune Familienstammbuch heraus, sie seufzt, dann schnappt die Tasche wieder zu. »Und jetzt?«

»Ist der Beitrag schon geschrieben?«, frage ich.

»Nein.«

»Aber du wirst ihn schreiben.«

»Ich werde ihn schreiben, es sei denn …«

»Was?«, fragen Wartz, Kungel und die Meyer-Hochwald fast gleichzeitig.

»Es sei denn, ihr hört mit dem ganzen Gschmarri hier auf. Oder, besser gesagt, ihr trimmt euer Gschmarri auf ein erträgliches Maß zurück.«

»Wie meinen Sie das?«, fragt Wartz.

»Der *Spiegel* ist nur an Fällen interessiert, die ausgereift sind, die einen gewissen Bekanntheitsgrad haben, die etabliert sind. Nicht so sehr an Provinzpossen, die erst im Werden sind. Nicht an irgendeinem Pipifax, den irgendein Kaff zum Weltereignis hochstilisieren wollte und es sich dann doch anders überlegte. Also, um es kurz zu machen, Sie können Ihr Museum eröffnen, Ihre Heinrich-Kühlwein-Wochenenden veranstalten, Ihr Heinrich-Kühlwein-Gebäck backen lassen, alles über Kühlwein behaupten, was Sie wollen. Außer, dass er geflogen ist. Wenn Sie das weiterhin tun, falle ich über Sie her wie Dschingis Khan.«

»Und was ist mit meinem Musical?« Es ist die erste Wortmeldung von Arndt Leyer.

»Ihr Musical ist mir scheißegal. Sie werden doch in der Lage sein, die Texte so zu verändern, dass daraus nicht klar hervorgeht, dass der Typ geflogen ist.«

Leyer schaut erst zutiefst indigniert, dann entspannen sich seine Gesichtszüge etwas.

»Aber heute Abend noch nicht.«

»Meinetwegen.«

Jetzt ist es still. Wartz und Kungel schauen auf ihre Hände, Leyer schaut an die Decke, Meyer-Hochwald läuft auf und ab, sie hat die rechte Hand zur Faust geballt und schlägt damit in die linke Handfläche. Durch das Fenster kann man die Zuschauertribüne mit ihren leeren, orangefarbenen Sitzschalen sehen.

Ich höre förmlich, wie sie alle denken.

»Warum sollten Sie das machen? Sie haben doch einen Haufen Geld und Arbeit in die Sache investiert. Warum sollten Sie einen Rückzieher machen?«, fragt Wartz.

»Nun, erstens ist es mir nicht ganz egal, wie viele Arbeitsplätze verloren gehen. Das ist eine Sache, über die ich schon sehr lange nachgedacht habe. Aber das wäre nicht ausschlaggebend. Man kann Arbeitsplätze nicht auf einer Lüge aufbauen. Der wahre Grund ist: Ich kenne Jelly von früher.«

»Jetzt komme ich mit«, sagt der Leyer. »*Du* bist der Jelly. Der Jelly, der mit der Jana …«

»Nicht jetzt«, sagt der Wartz und hebt eine Hand. »Wir müssen jetzt einen klaren Kopf bewahren. Es ist schon zwölf Minuten nach zehn. Die Eröffnung vom Museum hätte schon stattfinden sollen. Jetzt schnell. Kannst du das Museum eröffnen, Hans, ohne zu erwähnen, dass der Kühlwein geflogen ist?«

»Kann ich. Klar.«

»Dann geh hin und mach das, und wenn du fertig bist, kommst du wieder her.«

»Ich gehe mit«, sagt Erwin. »Ich muss dann sowieso wieder los.«

Wir laufen die hallende Marmortreppe hinunter. Erwin hinkt mit dem linken Bein, aber ich habe keine Lust zu fragen, warum.

»Wirst du es hinkriegen?«, fragt er.

»Ich glaube schon. Also die Eröffnungsrede. Ich glaube nicht, dass ich sonst noch viel hinkriege.«

»Wie geht's Else?«

»Im Moment wahrscheinlich nicht gut.«

»Wegen der Sache mit Jana?«

»Warst du heute früh da?«

»Ja. Ich hab's genau gesehen. Diese Frau hatte die ganze Zeit den vollen Eimer an ihrem Platz. Als der andere zurückkam, hat sie ihn einfach ausgetauscht. Muss sie lange geplant haben. Weißt du, warum?«

»Nein. Ist jetzt auch egal.«

»Sag Else einen schönen Gruß. Ich hab nur ihretwegen darauf verzichtet, den Artikel zu schreiben. Nicht deinetwegen. Das bin ich ihr schuldig.«

Draußen biege ich nach links ab und laufe Richtung Heinrich-Kühlwein-Museum. Er läuft nach rechts über die Bühne. Nach einigen Schritten drehe ich mich um; er ist bei Flugzeug Nr. 8 stehen geblieben, schüttelt den Kopf und geht weiter.

»Es geht hier und heute nicht darum, ob Heinrich Kühlwein tatsächlich geflogen ist. Wie wir alle wissen, deuten die neuesten Forschungen eher darauf hin, dass das nicht der Fall ist. Ob aber so oder so, für uns Menschen hier in seiner Heimatstadt Weingartshausen ist das nicht wichtig. Liebe Weingartshausener, liebe Gäste aus dem In-und Ausland, liebe Kinder, es geht einzig und allein darum, dass Heinrich Kühlwein, Henry Coolwine, seinen Traum nie aus den Augen verloren hat, dass er seinem Traum treu geblieben ist, sein ganzes Leben lang. Das ist es, wofür dieses Haus steht, das ist es, was jeder Besucher mitnehmen soll, das ist es, was sich in unser aller Leben verankern und wie eine Saat aufgehen soll. Verliert niemals eure Träume! In diesem Sinne erkläre ich das Heinrich-Kühlwein-Haus für eröffnet.«

»Ja, isser jetzt geflogen oder net?« Es ist derselbe dünne Alte von vorhin. Er hat die Baskenmütze abgesetzt, aber die Lidl-Tüte immer noch in der Hand.

»Das«, sage ich, »muss jeder für sich entscheiden.«

Im Rathaus hat sich die Stimmung merklich aufgehellt. Ich habe sogar Meyer-Hochwalds gellendes Lachen gehört, bevor ich wieder ins Zimmer kam.

»Wir haben alles durchgecheckt«, sagt die Meyer-Hochwald. »Alles nicht so schlimm. Im Museum müssen wir einige Schilder ändern und einige Passagen des gesprochenen Textes.«

»Das Musical ist auch kein Problem«, sagt Leyer.

»Was ist mit *Unser aller Heinrich Kühlwein flog in die Geschichte ein?*«, frage ich.

»*In unsre Herzen*«, sagt die Meyer-Hochwald. Sie singt mit ihrer schrillen Stimme: »*Er flog in unsre Herzen ein.*«

»Ist fast besser«, sagt Leyer. »Weil metaphorisch.«

»Das können wir heute Abend schon singen, oder, Harald?«

»Klar. Und die Busse können weiterhin anrollen.«

»Na dann«, sage ich.

»Es gibt nur eine Sache, wozu uns nichts einfällt«, sagt Wartz.

»Ich glaube, ich weiß es schon«, sage ich.

»Das bist du«, sagt die Meyer-Hochwald.

»Dachte ich mir«, sage ich.

Caspar macht die Tür auf. Er strahlt. »Papa kommt morgen zurück«, sagt er.

»Das ist schön«, sage ich.

»Caspar, geh spielen«, sagt Jana.

»Wann fahren wir wieder zum Quarkschloss und zum Bären?«, fragt er.

»Bald.«

Er geht zurück ins Haus.

»Willst du reinkommen?«, fragt Jana.

»Ich glaube nicht. Ich wollte bloß schauen, wie es dir geht, nach heute Vormittag.«

»Es geht schon. Die Leute hier kümmert es nicht, was irgendeine durchgedrehte Frau in der Stadtmitte anstellt. Und es gibt viele Janas.«

»Aber nur einen Jelly.«

»Stimmt. Und wie geht es dir?«

»Es geht. Es hat wohl so kommen müssen. Na ja, vielleicht nicht gar so publik.«

»Was sagt deine Frau?«

»Das werde ich gleich erfahren. Und wir? Wir fahren nie mehr zum Quarkschloss und zum Bären, oder?«

Sie schüttelt langsam den Kopf. »Ich denke nicht, Hans. Ich will es mit meinem Mann noch mal probieren. Und du bist zu …«

»Ich weiß schon. Ich gehe jetzt besser, Miláčku.«

»Miláčku.« Sie streckt eine Hand nach mir aus, lässt sie fallen.

Kapitel 40: Ein anderes Leben

»Fristlos?«, fragt Else. Sie sitzt im Wohnzimmer, den schnurrenden Marius im Arm.

»Nein. Wollten sie, aber ich kenne meine Rechte. Ich bin hier schon länger als fünf Jahre angestellt. Das heißt drei Monate Kündigungsfrist bei voller Bezahlung.«

»Immerhin.«

»Aber mit sofortiger Wirkung.«

»Aha. Und was machst du jetzt?«

»Ich weiß es nicht. Bin halt erst mal arbeitslos. Bis ich was finde.«

»Und wo wohnst du?«

»Ich suche mir was.«

»Hier? Ich meine natürlich nicht hier im Haus, sondern hier in Weingartshausen.«

»Was meinst du?«

»Es wäre mir lieber, du wärst weiter weg.«

»Okay.«

Es ist das Auge des Hurrikans, alles ist ruhig, Else und ich sitzen hier in dieser Stille, nachdem die eine tobende Sturmwand vorbeigezogen ist und bevor die nächste über mich hereinbricht. Mit Else wird es keinen Sturm geben, das weiß ich, aber sie wird mich auch nicht davor schützen, das ist vorbei. Sie hat schon genauso dagesessen, als ich heimkam, und ich habe mich dazugesetzt. Wir haben uns die ganze Zeit ruhig unterhalten, als wäre alles ganz lang her. Es kommt mir auch so vor. Wenn ich mir vorstelle, wie angespannt ich heute früh aufgestanden bin, worum meine Gedanken gekreist sind, meine To-do-Liste, wie anstrengend die letzten Tage waren; es kommt mir vor wie ein anderes Leben.

Es war ein anderes Leben. Und das Leben, das jetzt kommt,

wird wieder ein anderes sein. Ich weiß nur noch nicht, wie es sein wird.

»Es war aber schon komisch«, sage ich. »Diesen Hass auf mich, den habe ich genau gespürt. Wie wenn ich eine ansteckende Krankheit hätte.«

»Du bist nicht die Krankheit, du bist nur ein Symptom. Aber sie sind wie Kinder, sie denken, wenn du weg bist, wenn sie dich nicht mehr sehen, ist auch das Problem weg.«

Ich hatte vergessen, wie klar Else die Dinge sehen kann.

»Nun zu der anderen Geschichte«, sagt sie.

»Gut.« Ich möchte das, was kommt, aufhalten oder aufschieben. Ich möchte hier sitzen bleiben, bei ihr. Ich möchte eine Flasche Wein aufmachen, sie mit ihr trinken und reden, bis es dunkel wird. Aber es lässt sich nichts aufschieben, schon gar nicht aufhalten. Marius weiß das, er weiß, dass er hier bald der alleinige Herrscher sein wird, er schnurrt so völlig gelöst und zufrieden und würdigt mich keines Blickes.

»Die Jana ist also die Mutter des Kindes, das du fast überfahren hast«, sagt Else.

»Ich möchte sie da raushalten, wenn es geht.«

»Können wir machen. Aber sie war es.«

»Ja. Sie war es.«

»Ist sie nicht viel zu jung?«

»Doch.«

»Was hat sie in dir gesehen?«

»Sie sagte, ich wäre sensibel, würde auf sie eingehen, würde ihre Kunst viel besser verstehen und würdigen als ihr Mann. Sie ist Klavierspielerin und Komponistin.«

»Liebst du sie?«

»Ja.«

»Liebt sie dich?«

»Ich glaube schon.«

»Wirst du zu ihr ziehen?«

»Nein. Sie bleibt bei ihrem Mann.«

»Also ist es aus?«

»Ja.«

»Das ändert nichts an der Sache.«

»Ich weiß.«

»Gut. Hast du dir Gedanken gemacht über Jutta?«

»Warum sie das gemacht hat?«

»Über Jutta überhaupt. Wie es ihr gehen mag.«

»Nein.«

»Und die anderen? Wartz und Co.? Haben die sich um sie gekümmert?«

»Nicht, dass ich wüsste.«

»Dachte ich mir. Ich bin zu ihr gegangen, zu ihrer Wohnung, gleich nach der Eröffnung oder wie man es nennen will.«

»Warum?«

»Weil ich Angst um sie hatte. Dass sie sich etwas antut.«

»Und?«

»Warst du schon mal bei ihr zu Hause?«

»Nein.«

»Wir hätten uns mehr um sie kümmern müssen, wir hätten sie mal einladen können, wir hätten mir ihr ins Kino oder sonst wohin gehen können. Oder du hättest sie zu deinem blöden Stammtisch mitnehmen können. Ich verstehe nicht, wie jemand mitten in einer Kleinstadt so einsam sein kann. Sie muss völlig verzweifelt gewesen sein.«

»Hast du mit ihr gesprochen?«

»Nein. Sie war nicht da. Aber ihre Wohnungstür stand sperrangelweit offen. Ich habe geklingelt und geklopft und gerufen, und dann bin ich hineingegangen. Wie gesagt, ich hatte Angst, dass sie sich etwas antut. Ihr Wohnzimmer ist total vermüllt, von oben bis unten, da führt ein enger Weg durch Kleiderhaufen und Kartons und Flaschen und was weiß ich noch. Ich bin in ihr Schlafzimmer gegangen. Ich dachte, sie liegt vielleicht mit einer Überdosis im Bett.«

»Du hättest jemanden mitnehmen sollen.«

»Wen denn? Dich vielleicht? Du machst sowieso seit Wochen nichts mehr mit mir. Ich bin seit Wochen allein. Wie damals. Aber, wie gesagt, sie war sowieso nicht da. Und abgesehen von dem Müll sieht es dort aus wie in einem Mädchenzimmer. Wie im Zimmer einer Zwölfjährigen. Voller Teddybären, Puppen, einem Puppenhaus, *Hanni-und-Nanni-* und *Pucki-*Büchern. Dann habe ich ihre Schwester angerufen. Sie sagte mir, die Jutta nimmt seit Jahren schon Medikamente gegen Depressionen. Sie hat gleich Schlimmes befürchtet und die Polizei alarmiert. Gerade vorhin, bevor du gekommen bist, hat sie wieder angerufen. Wo warst du überhaupt so lange?«

»Ich habe das Museum doch noch eröffnet, und dann war ich bei Jana. Aber nicht lange.«

»Hast du dich verabschiedet?«

»Ja.«

»Auf jeden Fall hatte die Polizei Jutta schon aufgegriffen«, sagt Else. »Auf der Autobahn bei Würzburg. Sie ist Schritttempo gefahren. Jetzt ist sie in einer Nervenklinik dort. Aber ich habe dir noch gar nicht erzählt, was das Schlimmste war in ihrem Schlafzimmer.«

»Was?«

»Die Wände. Sie sind vollgeklebt mit Fotos vom Wartz und von dir. Die neuesten zeigen dich und Jana zusammen. Sie muss euch heimlich verfolgt haben. Darunter welche, wahrscheinlich mit einem Teleobjektiv aufgenommen, da seid ihr nackt. An irgendeinem Bach. Wahrscheinlich liebt ihr euch gerade, Gott sei Dank kann man nichts erkennen. Aber weißt du was? Das sind nicht die schlimmsten für mich. Für mich sind die schlimmsten die, auf denen du den Kleinen an der Hand führst, das muss in einem Wald hier in der Nähe sein. Du führst ihn an der Hand, und du schaust ihn so lieb an, so wie du niemals, niemals, Thomas an der Hand geführt hast oder ihn angeschaut hast. Das ist es, was ich dir nicht verzeihen kann, Jelly.«

Ich muss weinen, weil sie in diesem Moment, bei diesem Vorwurf, der völlig berechtigt ist, noch so lieb ist, ihn mit dem alten »Jelly« zu entschärfen. Nach einer Weile höre ich auf. »Es tut mir leid. Ich werde ein Hotelzimmer nehmen«, sage ich.

TEIL 5

2013

Kapitel 41: Tendenz erkennbar

Ich blieb die erste Zeit im *Mini Budget Hotel* in Tennenlohe. Ich bin gleich nach dem Gespräch mit Else dorthin gefahren; ich habe einen Koffer gepackt, nur mit dem Nötigsten, und bin losgefahren, ohne eine Ahnung zu haben, wohin. Freunde, bei denen ich hätte übernachten können, hatte ich ja nicht. Auf einmal war ich auf der Autobahn Richtung Würzburg, und dann habe ich links das Hotel gesehen. Es war mir früher öfter im Vorbeifahren aufgefallen, vor allem nachts liegt es da wie ein gestrandetes UFO. Ich habe mich gefragt, wie es da drin wohl aussieht. Ich glaube, was in dem Moment für mich zählte, war, dass ich dort garantiert keinen Menschen treffen würde, den ich kannte, Einheimische gehen nie hin, da sind nur Leute auf der Durchreise, aus Norddeutschland, Holland, Skandinavien, die nach Süden fahren und bei Nürnberg schlappmachen, die grellbeleuchtete Festung an der Autobahn sehen und rausfahren.

So wie ich. Zuerst für eine Nacht, aber am nächsten Tag fiel mir auch nichts Besseres ein. Ich glaube, ich war vier Wochen dort.

Außen wie innen war alles knallbunt, wie für Kinder oder Alterssehschwache, die Wände, die Böden, die Möbel. In grellem Orange, Rot, Magenta. Dadurch fielen die Menschen davor, darauf oder darunter gar nicht auf, auch nicht, wenn sie selber, wie so oft, in ihrem Freizeitdress wie Leuchtschilder durch die Gänge wandelten. Im Restaurant und in der Bar lief dauernd ein Riesenfernseher, sodass man sich nicht unterhalten musste, nicht mal mit Menschen, die in der Nähe saßen. Die ganze Einrichtung war aus Kunststoff oder furniert, nichts war auf Langlebigkeit ausgerichtet, alles nur auf das Hier und Jetzt. Kaum jemand blieb dort länger als eine Nacht, das war auch ganz gut so; wenn man dieselben Leute ein paarmal gesehen hatte und schon meinte, beim nächsten Treffen grüßen zu müssen, waren sie wieder fort. Bloß einmal war es lustig, also relativ lustig, da war ein Ehepaar aus Lübeck, das mich im Gang nach dem Restaurant fragte, und zwei Wochen später waren die beiden wieder da und haben sich über den Zufall gewundert, dass ich auf der Rückreise auch wieder hier übernachte. Als ich antwortete, ich sei die ganze Zeit da gewesen, haben die mich angeschaut, als wäre ich nicht ganz dicht.

Ich war auch nicht ganz dicht in der Zeit.

Genau so was wie das *Mini Budget Hotel* habe ich damals gebraucht. Da gab es keine Stammgäste, keine erworbenen Rechte, keine Hackordnung, kein Interesse am anderen. Im Restaurant habe ich jeden Abend das Gleiche gegessen, Schnitzel mit Pommes, und zwei Bier getrunken, dann bin ich auf mein Zimmer, habe ferngesehen bis in die frühen Morgenstunden und geschlafen. Ich habe in der Zeit viel ferngesehen, aber nichts Politisches, Tiefgründiges, viele Talk- und Castingshows. Ich habe auch viel gelesen, aber nichts von dem, was ich bisher gelesen hatte, Bücher, *Die Zeit*, den *Spiegel*, sondern das, was so im *Budget Hotel* herumlag, die *Bildzeitung*, die *Bunte*, die ADAC-Zeitung. Nichts, worin ich etwas hätte investieren müssen, nichts, worauf ich mich mit meiner Person für längere Zeit hätte festlegen oder wozu ich mich hätte verpflichten müssen. Keine Romane. Tagsüber bin ich in der Gegend um das Hotel herum spazieren gegangen. Es ist schon ein Wahnsinn, durch so ein Gewerbegebiet zu laufen, nur Hotels, Taxiunternehmen, Tankstellen, Autowerkstätten, Supermärkte, Möbelhäuser, keine Wohnhäuser. Man hätte schon zu so etwas Ähnlichem wie einem alten Ortskern gelangen können, mit Rathaus und Metzgereien und Wirtshäusern, wo man eventuell auf Einheimische gestoßen wäre, aber das wollte ich nicht. Ich wollte mich wie auf der Durchreise fühlen. Wie aus der Zeit genommen.

Deshalb bin ich in die andere Richtung gelaufen, zur Autobahn hin, bin auf einer Überführung stehen geblieben und habe die Autos und Lastwagen beobachtet: diese Gesichter darin, so konzentriert, so fixiert. Es ist verblüffend; jeder denkt, dass das, weswegen er unterwegs ist, weswegen er in seinem metallenen Geschoss durch die Gegend saust, einen Sinn hat.

Jessica hat mich in der Zeit besucht, und sogar Thomas und Melanie sind gekommen, das war lieb. Ich vermute, Melanie hat Thomas mitgeschleppt, er wusste nicht, was er reden sollte, es war ihm alles noch peinlicher als sonst, das kann ich ihm gar nicht verdenken. Dass sein alter Vater ein Verhältnis mit einer Frau hatte, die so alt war wie Thomas selbst, dass dieser alte Mann auf einmal auch noch arbeitslos und heimatlos war. Die meisten Eltern malen sich irgendwann aus, wie sie sich verhalten würden, wenn ihr Kind auf die schiefe Bahn gerät. Dass es trotzdem ihr Kind bleibt, dass sie die Tat verdammen, aber nicht den Menschen, und so weiter. Im umgekehrten Falle sind die Kinder überfordert, das ist einfach zu viel verlangt, das sehe ich völlig ein, Kinder müssen nicht zu ihren Eltern halten, manchmal ist es für sie sogar die einzige Chance, wenn sie es nicht tun. Thomas hat dauernd so durch die Zähne gepfiffen und in die Gegend geschaut. Melanie war nett und, glaube ich, froh, dass ich nicht total auf den Hund gekommen war, mit Alkohol und mangelnder Hygiene oder Ähnlichem.

Jessica hat mich wieder mehr als Thomas berührt. Sie hatte zum ersten Mal in ihrem Leben Liebeskummer. Der Mann, ein Josef (Joey), war nicht mal anderweitig verheiratet oder liiert, er war nur nicht in sie verliebt. Sie hatte ihm schon teure Geschenke gemacht, hatte ihm ihre ewige Liebe geschworen, hatte sich ihm ausgeliefert, vermutlich auch sexuell, sich vor ihm vollkommen erniedrigt, es hatte nur nichts geholfen.

Da hätte sie Rat oder wenigstens Hilfe von mir gebraucht und nicht bekommen. Weil ich selber Rat und Hilfe brauchte. Nicht wegen Liebeskummer, sondern wegen Lebenskummer.

Obwohl, in Sachen Liebe und Leben kann einem sowieso keiner helfen, am allerwenigsten die, die sich einbilden, Experten darin zu sein. Überraschenderweise, für mich wenigstens, habe ich in der Zeit nicht viel nachgedacht. Also nicht speziell über mein Verhältnis mit Jana. Was hätte es auch genutzt? Es war so, wie es war, es ging mir, wie ich verdient hatte, dass es mir ging. Ich habe auch nicht viel darüber nachgedacht, ob es sich gelohnt hat, dieses Aufflammen von Liebe. Ob ein kurzes, tief empfundenes Glück ein langes, dumpfes Leid aufwiegt. Ob ich, wenn ich gewusst hätte, wie alles ausgehen würde, die Finger davon gelassen hätte.

Ich habe über Unerledigtes nachgedacht. Ich hatte ein Bild vor Augen von einem Geschichtslehrer am Gymnasium in Kelheim damals. Er hat sich nie auf den Unterricht vorbereitet, konnte die Schüler nicht auseinanderhalten, hat nie gewusst, was er in der letzten Stunde durchgenommen hatte, hat oft die gleiche Stunde zwei- oder dreimal nacheinander gehalten. Er schrieb auch nie Proben, gab Noten nach Gutdünken, und seine Lieblingszeugnisbemerkung war »Tendenz erkennbar«. Uns Schülern war sein Unterricht, oder wie man es nennen mag, natürlich viel lieber als die Folterstunden beim Kunz. Leidenschaftlich erlebte man ihn nur, wenn man ihn nach seinen Fossilien fragte. Dann scharrte und schabte es, als er im Chaos in seinem Schrank wühlte und die Versteinerungen herausholte, die er in Solnhofen gefunden hatte; Brachiopoden, Ammoniten, Seeigel, Ringelwürmer. Stolz ließ er sie im Klassenzimmer herumgehen. Einmal die Woche, wenigstens, immer die Gleichen. »Schaut euch die Gewebestrukturen an. Wie deutlich sie sind. Seht ihr die Borsten? Wisst ihr, wie alt die sind?« Wir schüttelten den Kopf, obwohl wir es schon tausendmal gehört hatten, wir waren ja nicht blöd. »Hundertfünfzig Millionen Jahre. Hundertfünfzig Millionen Jahre. Und jetzt überlegt mal, Kinder. Was wird in hundertfünfzig Millionen Jahren von euch übrig sein?«

Jahre später sah ich ihn einmal wieder in Kelheim vor seinem Haus in Gronsdorf. Er kniete auf dem Gehsteig und stach mit einem kleinen Messer jeden noch so winzigen Halm zwischen den Platten heraus. Ich sprach ihn an, aber er schaute nur verständnislos zurück. Seine Tochter kam heraus und erklärte mir in seinem Beisein, dass er, seitdem er dement war, einen Sauberkeitsfimmel hatte und jeden Tag stundenlang auf allen vieren den Gehsteig saubermachen würde. Ich glaube, das war die Strafe seines Unterbewusstseins für die ganze Schlampigkeit seines Lehrerdaseins. Dieses Bild hatte ich vor Augen, wie er mit seinem leeren Blick zu mir hochschaute. Für ihn war es zu spät, sinnlos, für mich vielleicht nicht.

Kapitel 42: Familie

Das Erste, was ich dann tat, war, Else einen langen Brief zu schreiben. Darin habe ich mich entschuldigt und ihr alles Liebe gewünscht. Ich war schon ein paarmal wieder zu Hause gewesen, um Sachen zu holen, aber vormittags, wenn sie nicht da war, so hatten wir es ausgemacht. Dieses Mal ließ ich meinen Schlüssel liegen.

Das Zweite war, Thomas alleine zu mir zu bitten und mit ihm zu reden. Ich sagte ihm, dass unsere Beziehung nie gut gewesen war, dass er aber die Schuld nicht bei sich suchen durfte, sondern bei mir. Ich hatte in meiner Rolle als sein Vater versagt, und ich hatte wiederum Angst, dass auch er in seiner Vaterrolle versagen könnte. Ich merkte schon, dass das Gespräch nicht gut lief, aber das Ende war eine Katastrophe. Thomas fragte: »Warum sagst du nicht gleich, dass du mich nie gemocht hast?« und ging.

Das Dritte war, Melanie alleine zu mir zu bitten und mit ihr darüber zu reden, woran mein Gespräch mit Thomas gescheitert war und ob ich eine gemeinsame Therapie mit Thomas angehen sollte. Sie meinte, das hätte keinen Sinn, Thomas würde sowieso nicht mitgehen.

Das Vierte war, nach Kelheim zu fahren und meinen Frieden mit meiner Schwester Ellen zu machen. Aus dem Elektrogeschäft meines Vaters in der Altmühlstraße ist inzwischen Jelinek Electronics im Donaupark geworden, der größte Elektromarkt in der Gegend. Ellen hatte einen guten Fernsehtechniker aus der Firma geheiratet und mit ihm gemeinsam den Betrieb erweitert. Ich hatte schon seit Jahren nicht mehr mit ihr kommuniziert. Wir waren in Sachen Erbschaft aneinandergeraten; es war klar, dass sie sich für den Familienbetrieb eingesetzt hatte und ich nicht, nur hat sie sowohl das Haus als auch das Geschäft geerbt. Als meine Mutter 2005 starb, bekam ich nur meinen Pflichtteil.

Das hätte ich vielleicht noch akzeptiert, aber dann kam die Sache mit dem Musikschrank. Das war ein wunderbares Möbelstück, ein 585W von Grundig aus Nussbaum. Es war das Schmuckstück unseres Wohnzimmers gewesen, noch imposanter als der Fernseher, ebenfalls von Grundig, vor dessen winzigem Schirm sich bis in die Sechzigerjahre die Nachbarschaft am Samstagabend versammelte. Ein Röhrenradio war im Musikschrank drin, und man konnte Sender wie *Beromünster*, *Stavanger*, *Bari* und *Hilversum* auf dem großen Skalenglas herbeidrehen und die Welt ins Wohnzimmer holen, auch wenn man sie nicht verstand. In einem Fach war ein Plattenspieler untergebracht, oben konnte man ein Brett zum Abstellen von Getränken herausziehen. Als Kind war ich fasziniert von dem Gerät und seinen Möglichkeiten, später war es mir peinlich, noch später fand ich es wieder cool, immer war es ein Teil von meinem Zuhause.

Das Gespräch mit Ellen verlief so:

Ich: »Was hast du mit dem alten Musikschrank vor?«

Ellen: »Mit dem alten Ding? Warum?«

Ich: »Wenn du ihn nicht brauchst, würde ich ihn gerne mitnehmen.«

Ellen: »Er war sowieso immer mehr deiner. Weißt du noch, wie wir gestritten haben, welche Platten wir auflegen?«

Ich: »Nein.«

Ellen: »Du wolltest immer die Rolling Stones und ich Roy Black.«

Ich: »Na ja, kann schon sein. Mir sind die Rolling Stones immer noch lieber als Roy Black.«

Ellen: »Aber du hast immer bestimmt.«

Ich: »Weiß ich nicht.«

Ellen: »Und an deinem achtzehnten Geburtstag habt ihr dann später, als ihr alle besoffen wart, du und deine Kumpels, meine Roy-Black-Platten aufgelegt und dazu herumgebrüllt. *Ganz in*

Weiß. Immer wieder. Ich war schon im Bett, aber ich habe es gehört. Richtig verarscht habt ihr mich. Und am nächsten Morgen, als ich ins Wohnzimmer kam, lagen die ganzen Roy-Black-Platten auf dem Nachtspeicherofen und waren schon ganz gewölbt. Waren alle kaputt, konnte ich nie mehr spielen.«

Ich: »O Gott. Echt?«

Ellen: »Echt. Der Musikschrank würde sich aber auch gut als Begrüßungsstück in der neuen Filiale in Weißenburg machen, was meinst du, Wilhelm?«

Wilhelm: »Na ja.«

Ich: »Jetzt hast du das Haus und das Geschäft bekommen, und du willst mir nicht mal den Musikschrank geben?«

Ellen: »Weißt du, wie ich mein Leben für das Geschäft aufgeopfert habe, während du immer nur das gemacht hast, was du wolltest?«

Ich: »Ich glaube, wir kommen euch nicht mehr so schnell besuchen.«

Ellen: »Das ist mir ganz recht. Das ist uns ganz recht, oder, Wilhelm?«

Wilhelm: »Na ja.«

Ich fuhr also mit einer Best-of-Roy-Black-CD-Box hin zu ihr und kittete leidlich die Bruchstellen in unserer Beziehung. Familie sucht man sich nicht aus.

Das Fünfte war, den alten Meuschel in Kitzingen aufzusuchen.

Kapitel 43: Four Roses

Meuschel war über achtzig, lebte alleine in einer Mietwohnung, seine Frau war vor fünfzehn Jahren gestorben. Er sah auf den ersten Blick nicht schlecht aus, dann merkte man, dass die schütteren Haare stümperhaft schwarz gefärbt und seine Brillengläser mit zunehmender Sehschwäche über die Jahre hinweg so dick wie Murmeln geworden waren und dass er trotzdem zu schlecht sah, um sich richtig zu rasieren. Er hatte die Tür im Rollstuhl sitzend geöffnet, weil man ihm das linke Bein unterhalb des Knies wegen einer Arteriosklerose, die vom Rauchen stammte, amputiert hatte. Aber er rauchte weiter, der Mief von ungelüfteter, überheizter Wohnung und altem Mann war von Generationen und Heerscharen von Marlboros überlagert. Außerdem trank er immer noch, zum Glück, weil ich eine Flasche Four Roses 120th Anniversary vom Celtic Shop in Nürnberg mitgebracht hatte. »Sie wollen bestimmt wissen, wie es Anne geht«, knatterte er schon los, als er ins Wohnzimmer rollte, die Whiskeyflasche auf dem Schoß, und ich hinter ihm herlief.

»Ja.«

»Sehr gut. Sie besucht mich oft. Kauft für mich ein. Ist immer noch ein liebes Mädel.« Er blieb vor dem Couchtisch stehen, der mit Post, Werbeprospekten und Zigarettenschachteln übersät war, stellte die Whiskeyflasche mitten hinein und drehte sich flink herum. Ich räumte mir einen Platz auf einem mit Zeitungen belegten Sessel frei und setzte mich.

»Sie hat zwei Kinder, beide haben studiert, der Sohn lebt in Kalifornien als Computeringenieur, die Tochter ist Grundschullehrerin in Karlstadt. Verheiratet, Kinder. Anne hat einen guten Mann, und sie arbeitet wieder als Reporterin. Alles bestens. Aber Sie fragen sich manchmal, was gewesen wäre, wenn Sie mit ihr zusammengeblieben wären, stimmt's?«

»Manchmal, ja.«

»Tun Sie es nicht. Vergessen Sie's. Es ist wie bei dem Whiskey da.« Er zeigte auf die Bourbonflasche. »Ich hatte jahrelang einen Traum. Ich wollte durch den Westen der USA fahren, in so einer staubigen Kleinstadt halten, wie man sie aus den Filmen kennt, wo diese Büsche durch die Straßen wehen, in eine Bar mit so einer Schwingtür gehen und mir eine Flasche Four Roses auf den Tresen stellen lassen, wo seine Karamellfarbe von der schrägen Nachmittagssonne durchleuchtet würde. Dort, in seiner Heimat müsste er doch ganz anders schmecken, viel intensiver, dachte ich mir. Aber ich konnte meine Frau nie dazu bringen. Nachdem sie gestorben war und bevor ich mein Bein verlor, habe ich genau das gemacht.«

»Und?«

»Es war ein grauslicher Fusel. Den Four Roses, wie wir ihn hier in Deutschland kennen, gibt's da drüben nicht. Da gibt es nur so ein blended Zeugs, das dir den Rachen aufraut wie ein Kloputzmittel. ›Rotgut‹ nennen die das da drüben, weil es den Magen zersetzt. Den guten Four Roses, den hat man nur für den europäischen Markt hergestellt. Den gibt's nur hier. Den hat es immer nur hier gegeben. Und das Schlimmste ist, seitdem ich das weiß, schmeckt er mir nicht mal mehr hier. Verstehen Sie, was ich damit sagen will?«

»Klar.«

»Soll ich Anne sagen, dass Sie da waren, dass Sie sich nach ihr erkundigt haben?«

»Ist sie wirklich glücklich?«

»Ja.«

»Dann lieber nicht.«

»Ist besser so. Aber wissen Sie was? Jedes Mal, wenn sie hier ist, fragt sie, ob ich etwas von Ihnen gehört habe.«

Auf dem Rückweg bin ich zu unserer Stelle gefahren. Es war alles ziemlich zugewuchert, man konnte gar nicht mehr auf das Feld hinunterschauen, aber die Bank war noch da, nur mittlerweile ziemlich morsch. Ich bin einmal um sie herumgelaufen auf der Suche nach Reliquien. Hinter der Bank lagen im kniehohen Gras verrottete Stücke des obersten Brettes, das unter unseren Anstrengungen damals kaputtgegangen ist, und darunter stieß ich auf eine Blechdose. Ich bückte mich und hob sie auf. Es war eine Kaffeedose von Jacobs mit einem Plastikdeckel. Auf den Deckel hatte jemand etwas mit schwarzem Filzstift geschrieben, allerdings war die Schrift durch die Witterung so ausgeblichen, dass man es nicht mehr lesen konnte. Aber es hätte »Jelly« heißen können. In der Dose waren vier Seiten gefaltetes Briefpapier. Die Dose war zwar mit Tesafilm zugeklebt gewesen, aber nicht dicht, innen war sie feucht, verrostet, und das Papier war von braunem Schimmel befallen. Die Schrift war nur vage als durchbrochene blaue Linie zu erkennen, wie eine Ader unter dünner Haut. Mit viel gutem Willen konnte man am Ende den Satz »Ich liebe dich« erkennen. Aber keinen Namen darunter.

Ich nahm die Dose trotzdem mit. Am nächsten Tag kaufte ich einen Rahmen bei Ikea und hängte die gerahmten Seiten in meinem Zimmer im *Budget Hotel* auf.

Hier in Hersbruck hängt das Bild auch wieder im Wohnzimmer. Es kann als abstrakte Malerei durchgehen.

Kapitel 44: Videorekorder

Wenn man arbeitslos ist, wird man aus dem Leben gezogen wie ein Produkt von einem Fließband, zufällig von einer Riesengreifzange herausgepickt, und einer Qualitätsprüfung ausgesetzt. Stärken, Schwächen, Ausdauer, Belastbarkeit, Schrammen.

Als die dreimonatige Frist abgelaufen war und ich offiziell arbeitslos wurde, war ich schon in die möblierte Wohnung in Hersbruck gezogen, wo ich jetzt noch wohne. Ich musste in der Arbeitsagentur angeben, in welcher Berufsrichtung ich einen Job suchte, und trug Journalismus und Touristik ein.

Meine Betreuerin, Frau Popp, war nett, jung, vielleicht so alt wie Jana, auch ganz hübsch, in einer kleinen, blonden, molligen, kuscheligen Art. Ich kam mir vor wie ein Lehrer, der auf einmal in der Klasse sitzt und Unterricht von einer verständnisvollen Schülerin bekommt. Sie hatte auch diesen gütigen pädagogischen Blick, der Möglichkeiten in einem erkennt, die er nicht verrät.

Selbstverständlich bekam ich niemals ein Angebot in der Tourismusbranche, von einer Zeitung gar nicht zu reden. Ich wollte eigentlich auch nicht mehr arbeiten, ich wollte pensionsreif sein, aber ohne die drei Jahre älter zu sein, die ich dafür gebraucht hätte. Das war meine Agenda. Frau Popp hatte natürlich eine andere, nämlich, mich wieder in die Arbeitswelt einzugliedern. Zwischen diesen Polen bewegten wir uns eine Zeit lang, wie beim Tauziehen, bis sie eines Tages sagte, ich müsste meine doch recht eingeschränkte Arbeitsauswahl nun erweitern, auf Stellen, die im weitesten Sinne mit Worten oder Texten zu tun hatten.

»Werbeprospekte austragen?«, fragte ich.

Sie schenkte mir ihr wohlwollendes Lächeln, wie einem irrigen Schüler oder dementem Opa. »Aber nein, Herr Jelinek. Ich dachte mehr in Richtung Bücherbusassistent.«

Und so verbrachte ich die letzten Jahre vor meiner Rente. Ich fuhr mit dem Bücherbus (er hieß natürlich *Book Mobile*) zwischen Altdorf, Hersbruck, Lauf, Röthenbach und Schnaittach hin und her. Montag- und Dienstagvormittag besuchten wir die Schulen. Heinz war der Busfahrer, wir verstanden uns, er war ein gutmütiger Dicker mit blonder Mecki-Frisur. Der Busfahrplan war unsere Bibel, unfehlbar und unantastbar, Heinz hatte ihn vor Jahren mit der Hand geschrieben und mit Tesafilm auf die Scheibe neben dem Rückspiegel geklebt, er war schon ganz gelb. Der Ablauf war etwas verzwickt und schwer nachvollziehbar, wie die echte Bibel auch. Der Bus fuhr am Mittwoch dreimal über Lauf, und am Donnerstag blieb er dann in Käffern wie Heroldsberg länger stehen als zum Beispiel in größeren Orten wie Hersbruck. Im Grunde verstanden den Plan nur Heinz selber und, mit der Zeit, ich; wer ihn bei der Zentralbibliothek Nürnberger Land in Lauf hinterfragte, wurde an uns weiterverwiesen. Die Schulen in Lauf zum Beispiel fragten immer wieder an, ob der Bus nicht statt am Montag oder Dienstag am Freitag kommen könnte, damit die Kinder Bücher für das Wochenende mitnehmen könnten. Heinz war zwar ein netter, umgänglicher Kerl, aber in diesem Punkt ließ er überhaupt nicht mit sich reden. Der Plan sei unter dem Gesichtspunkt der Kosteneffizienz aufgestellt, ließ er dann ausrichten, optimal, und ob die Leute nicht wüssten, dass der Landkreis sparen müsse, und ob sie außerdem gar nicht an die Umwelt dächten? Da gaben die Schulen natürlich klein bei. Heinz' Plan ergab aber nur Sinn, wenn man wusste, dass er am Freitag in Alfeld sein wollte. Und zwar mittags, und zwar im *Gasthof zum Scharfen Eck*. Da gab es nämlich Schlachtschüssel. Das war der Punkt, um den sich der ganze Fahrplan, die ganze Busroute drehte. Das erklärte auch die Figur von Heinz, er hatte einen Bauch, aber keinen hängenden, schwabbeligen Bierbauch, sondern einen festen, höhergelegten, der sich unter seiner Brust wie eine quer eingebaute Blutwurst rundete.

Ich bewunderte das, mit welcher Entschlossenheit und Konsequenz Heinz dem Umfeld seine Lesart der Welt aufgedrückt hatte. Er kam mir vor wie ein Steinzeitbauer, der dem Urwald seinen Acker abgetrotzt hatte und nun gegen alles verteidigte. Ich selber hatte nichts dagegen und kehrte mit ihm jeden Freitagmittag im *Scharfen Eck* ein. Allerdings trank ich kein Bier mehr, nachdem wir alle beide einmal auf dem anschließenden Halt in Altdorf eingeschlafen waren und ich von einem Kind mit einem *Grüffelo*-Buch wachgerüttelt worden war.

Die Arbeit gefiel mir, ich machte sie gern, ich bemühte mich, den Kindern gute Bücher zu empfehlen: Ottfried Preußler, Janosch, Michael Ende, Astrid Lindgren, Paul Maar. Ich liebte es, in ihre Gesichter zu sehen, wenn sie in einem Buch blätterten, das ihnen gefiel, oder wenn sie sich von einem Autor, den sie gerne gelesen hatten, erwartungsfroh einen neuen Band ausliehen. Mit der Zeit vertrauten auch viele Erwachsene auf meinen Geschmack. Einige wussten freilich genau, was sie lesen wollten, und brauchten mich nicht. Die kleine Frau Walz aus Schnaittach zum Beispiel bewegte sich in einer ewigen ostpommerschen Vorkriegsschleife. Sie ging alphabetisch vor: Ilse Gräfin von Bredow, Christine Brückner, Marion Gräfin von Dönhoff, Siegfried Lenz und Arno Surminski. Immer wieder. Wenn sie fertig war, fing sie von vorne an. Sie brachte das fertig gelesene Buch zurück und holte das nächste. Sie strahlte dann über ihr pausbäckiges Gesicht wie die Kinder, und ich merkte, wie sie sich darauf freute, daheim zu sein, ihre fränkische Umwelt abzustreifen und wieder in ihre eigene Kindheit einzutauchen. Sie war gut gepflegt, hatte im Wechsel unterschiedliche, immer schöne Mäntel an, und einmal habe ich sie gefragt, warum sie die Bücher nicht kauft. »Aber da könnte ich sie dann immer lesen«, sagte sie und schaute mich an, als hätte ich sie enttäuscht. Ich wusste genau, was sie meinte, diese Welt sollte für sie dann doch nicht immer erreichbar sein, sie wollte sich darauf freuen. »Sie haben keinen Videorekorder, habe ich recht?«, fragte ich.

»Genau«, sagte sie. »Ich schaue an, was kommt. Weil das Leben auch keinen Videorekorder hat.«

Kapitel 45: Das ganze Jahr Weihnachten

So rutschte ich am Ende meines Berufslebens die Gauß'sche Kurve doch etwas weiter hinauf. Mit dem privaten Glück hatte das natürlich nichts zu tun. Ich war und bin allein. Die Sache mit Jana ist nun drei Jahre her. Die große Frage, die im Raum steht, ob ich, wenn ich gewusst hätte, wie alles endet, trotzdem ein Verhältnis mit ihr angefangen hätte, diese Frage stelle ich mir immer noch nicht. Weil sie nichts bringt. Ich bin im Leben und in der Liebe gescheitert, das ist klar, das ist nicht die Frage, die Frage ist nur: Was nun?

Ich kann ehrlich sagen, dass ich Jana alles Liebe wünsche, und Else ebenso.

Jana ist von Weingartshausen weggezogen, sie wohnt jetzt in Schnaittach. Das weiß ich, weil dort vor einem Jahr, also zwei Jahre, nachdem Else und ich uns getrennt hatten, auf einmal Caspar in den Bücherbus stieg. Ich habe ihn sofort erkannt, er war immer noch ein putziger Kerl, dürfte damals wohl acht gewesen sein. Die schwarzen Haare waren inzwischen stachelig und gegelt, aber er hatte immer noch diesen offenen, unvoreingenommenen Blick; mit seinen blauen Augen wird er in ein paar Jahren die Mädchen bezirzen. Er hat mich nicht erkannt. Er lieh sich ein Buch über Dinosaurier aus. Als wir drei Wochen später nach Schnaittach fuhren, hatte ich ein Buch für ihn ausgesucht, *Das Wütige Heer am Walberla.* Das war ein wunderschön illustrierter Band mit Sagen aus der Fränkischen Schweiz. »Wär das nichts für dich?«, fragte ich ihn, als er wieder bei den Sauriern stand. »Schau, hier ist eine schöne Geschichte über das Quackenschloss.« Ich hielt ihm das Buch entgegen, an der richtigen Stelle geöffnet. Er nahm es, fing sofort an zu lesen und lieh das Buch anschließend aus. Aber er brachte es nie mehr zurück. Das Buch wurde in der Bücherei in Schnaittach abgegeben, und Caspar kam nie mehr in den Bücherbus.

Jana hat eine CD aufgenommen und spielt auf kleinen Bühnen hier in der Gegend. Ich gehe natürlich nicht hin, aber ich habe die CD in einem Buchladen gekauft. Sie heißt *Mein erstes Buch* und der Titel »Das Quackenschloss« ist darauf, wunderschön. Wenn ich die Augen zumache, sehe ich sie in der Dämmerung am Klavier sitzen und höre, wie sie das Lied für mich spielt. Im Booklet schreibt sie: »Für meinen lieben Freund Miláčku in Erinnerung an einen wunderschönen Tag in der Fränkischen Schweiz.«

Was will man mehr?

Else geht es, glaube ich, ganz gut. Wir sind nicht geschieden, wenn wir das wären, müsste sie mir monatlich Geld überweisen. Wenn sie es aber trotzdem mal will, weil sie wieder liiert ist und heiraten möchte, habe ich nichts dagegen. Aber soweit ich weiß, hat sie keinen Freund. Ich selber habe seitdem keine Beziehung mehr zu einer Frau gehabt, es ist mir völlig klar, dass ich keine gute Partie bin, finanziell sowieso nicht. Else und ich telefonieren manchmal, zu Geburtstagen und zu Weihnachten auf jeden Fall, aber wir treffen uns nie.

Thomas besucht mich gar nicht, Melanie jetzt auch nicht mehr.

Jessica kommt oft. Sie hat wieder einen Freund, einen ganz lieben, Philipp. Mit ihm ist alles beim Alten. Er liebt sie, doch ich glaube nicht, dass sie ihn liebt. Er ist ihr Chef und hat sich ihretwegen scheiden lassen. Er hat auch ein Kind, seinen Sohn Markus, der jedes zweite Wochenende mit ihm und also auch mit Jessica verbringt. Ich kann mir nicht vorstellen, dass ihr das gefällt. Ich glaube, Jessica geht es darum zu schauen, ob sie wirklich jeden Mann für sich gewinnen und seiner Frau ausspannen kann. Ich glaube, sie liebt Joey noch. Sie hat mich einmal gefragt, wie lange Liebeskummer dauert. »Kann schon ein paar Jahre dauern.« So oder ähnlich habe ich gelogen. Man kann doch der eigenen Tochter nicht sagen, dass bei richtigem Liebeskummer zehn Jahre das Minimum sind, dass normalerweise unter zwanzig nichts geht, und, wie das französische Lied sagt, *toute la vie* das Maximum ist. Sie wird es schon merken.

Das Wochenende ist schwer, wenn man alleine ist. Urlaub ist noch schwerer. Ich kann Irland empfehlen. Tagsüber ist es dort kein Problem. Alleine wandern hat mir noch nie etwas ausgemacht, ich muss mich dabei nicht unterhalten, ich laufe auch nicht so weit, und die epischen Landschaften der Westküste wirken auf mich beruhigend, da merke ich, es gibt etwas anderes als mich und meine Probleme. Ich denke dann auch, wenn ich nicht mehr da bin, dann ist es auch nicht so schlimm, das alles hier kommt ganz gut ohne mich aus. Das denke ich komischerweise in Franken nicht. Abends gehe ich in Bars, wo Live-Musik gespielt wird. Da muss ich mich auch nicht unterhalten. Ich bin nicht der Typ, der andere anquatscht, und es ist eine Legende, dass man in Pubs in Irland nur so in interessante Gespräche hineinflutscht. Wer alleine an der Bar in Irland herumsteht, ist genauso ein Loser, wie er es in Franken wäre.

Am schwersten ist es aber an Weihnachten. Jessica kommt irgendwann am ersten Feiertag, aber sonst bin ich allein. Heinz wollte mich mal zu sich und seiner Frau einladen, aber ich wollte das nicht.

Einmal ging es gut, an einem ersten Feiertag mittags, als ich eine Gans für mich alleine briet, einmal hat mir das gefallen und geschmeckt, und ich habe eine halbe Flasche Rotwein dazu getrunken. Im nächsten Jahr hat es mich angeödet, und ich habe die Gans weggeschmissen. Wenn man aber am ersten Feiertag zum Gansessen ausgeht, muss man sich stählen, immun werden gegen die neugierigen Blicke, die wissen wollen, warum man so alleine ist und wie es einem dabei geht. Aber man muss aufpassen, dass man nicht unwirsch wird, weil einem das Mitleid in den Gesichtern der anderen auf den Senkel geht. Eine Frau hat mal dauernd mit ihrer Familie getuschelt, und dann kam sie zu mir her und wollte mich an ihren Tisch einladen. Ich habe freundlich abgelehnt. Ansonsten fällt mir nichts Besseres ein, als über die Feiertage DVDs anzuschauen. Alle drei Teile des *Paten*, *Der Herr der Ringe* oder *Indiana Jones*, das geht ganz gut. Alle Teile von *Wie im richtigen Leben* mit Polt und Schneeberger dagegen, das ist nichts. Das ist zu hart an der Schmerzgrenze, da wird man depressiv.

Auf jeden Fall ist das Ende absehbar, man bringt die Tage hinter sich, die Läden machen auf, die Arbeit fängt wieder an, die Welt ist auch wieder für Alleinstehende da.

Und das ist es, was mich mit Unbehagen erfüllt; als Kind wünscht man sich Weihnachten das ganze Jahr über, und jetzt, Ende August 2013, wo ich endlich aufhören kann zu arbeiten, wird die Rente, befürchte ich, genau das werden.

Kapitel 46: Ein neuer Anfang

Im Alter ist, wenn man allein ist, Planung alles und Spontaneität nichts. Man sieht die Felsen, gegen die man mit seinem Schiff krachen könnte, von Weitem kommen, und versucht sie rechtzeitig zu umsegeln.

Mein letzter Arbeitstag war Freitag, der 16. August 2013. Ich durfte mittags schon aufhören, also habe ich mir mit Heinz zum letzten Mal eine Schlachtschüssel in Alfeld im *Gasthof zum Scharfen Eck* einverleibt. Eine Bratwurst, eine Scheibe Kesselfleisch, eine Leberwurst. Und zwei Bier getrunken. Wir haben so getan, wie wenn ich im Herbst mal wieder dazukomme. Werde ich nicht, aber so war es einfacher.

Freitagabend war Kino, *Elysium*, Science Fiction, mag ich ganz gerne und konnte nie mit Else. Kleiner Trost.

Und von Samstag an habe ich dann Urlaub gemacht, ab nach Irland, zwei Wochen Donegal im Nordwesten, meine Lieblingsgegend. Ich habe mir von meiner ausbezahlten Lebensversicherung ein Zimmer mit Halbpension in *Arnold's Hotel* in Dunfanaghy gegönnt. Gemütliche Spaziergänge am Horn Head, zu entlegenen Stränden, Bootsausflüge nach Tory Island und Aran Island, abends gutes Essen und Guinness und Bushmills in der *Whiskey Fly Bar*, wenn Musik war, am offenen Kamin in der Lounge mit meinem E-Book, wenn nicht. Am 31. bin ich zurückgeflogen, war um 22:13 Uhr wieder zu Hause, ein Bier noch, dann ins Bett.

Heute, am 1. September, ist der Anfang meines neuen Lebens. 10:00 Uhr. Wie mit mir selbst abgesprochen sitze ich vor meinem Computer. Ich höre nur das leise Summen meiner Wäsche in der Maschine, ich habe staubgesaugt, das Frühstücksgeschirr gespült, die Wohnung ist aufgeräumt. Ich wohne im zweiten

Stock und kann hinunterschauen auf den Oberen Markt. Heute ist aber Sonntag, es ist nicht viel los. Das ist gut, weil ich nicht abgelenkt werden will. Das Glockengeläut für den Gottesdienst verklingt langsam.

Heute fängt mein Autorenleben an. *Der König vom Quackenschloss.*

Eine alte Frau huscht über den Marktplatz. Kommt zu spät in die Kirche. Was heißt alt, wahrscheinlich ist sie nicht älter als ich.

Der erste Satz eines Romans ist wichtig. Er muss den Leser gleich fesseln, in die Geschichte hineinziehen.

Abdanken kann man als König vom Quackenschloss nur, wenn man einen Nachfolger hat.

Da.

Das Telefon klingelt.

»Jelinek.«

»Servus, Jelly. Ich bin's, der Erwin.«

»Servus, Erwin.«

»Hab schon gehört, dass du unter die Rentner gegangen bist.«

»Woher weißt du das denn?«

»Aus der Zeitung. *Spätberufener Bibliothekar gewann die Herzen der Bücherbusbesucher in seinem letzten Berufsabschnitt*, hieß es, glaube ich.«

»So ähnlich.«

»Pass auf, was ich dich fragen wollte: Ich schreibe gerade einen Beitrag für *Geo* über das Altmühltal, über den Bau des Rhein-Main-Donau-Kanals, wie er sich auf die Landschaft ausgewirkt hat, ob es sich rentiert hat und so weiter. Hättest nicht Lust, auf Recherche mitzukommen? Wir fahren Kanu, Rad, wandern, kehren ein, interviewen ein paar Leute, und der Verlag zahlt's, auch wenn er die Reportage später nicht druckt. Und weißt du was? Es ist fünfundfünfzig Jahre her.«

»Was ist fünfundfünfzig Jahre her?«

»Dass wir das erste Mal auf der Donauinsel übernachtet haben. Weißt du's noch? Unsere Väter haben uns hingebracht. Uns zwei. Mit einem Zelt. Zum Abschluss könnten wir im Kloster Weltenburg einkehren und ein paar Barock Dunkel trinken, uns auf die Insel übersetzen lassen und übernachten. Was sagst du?«

»Wann?«

»Morgen. Du hast doch jetzt Zeit, oder?«

»Morgen?«

»Morgen.«

»Na ja, das Wetter ist ja schön.«

»Eben.«

»Also gut. Aber auf keinen Fall zu zweit in einem Zelt. Ich bringe mein eigenes mit. Du hast ja damals schon geschnarcht.«

Kapitel 47: Flüsse

Oben bleibt Erwin stehen und dreht sich zu mir um. »Das fällt dir bald ein«, sagt er.

Ich habe ihn gerade gefragt, was 1969 in seinem Wiederholungsjahr aus der *Linken Schülerfront* geworden ist. Eigentlich habe ich die Frage vielmehr seinen arbeitenden Schultermuskeln hinterhergerufen, weil er auf dem steilen Weg durch den Wald zum Falkenhorst weit vorausgeprescht ist, trotz seines hinkenden Beins. Seit gestern spreche ich dauernd mit seinen mir zugewandten Muskeln, entweder sitze ich hinter ihm im Kajak, oder ich laufe hinter ihm her. »Das ist vierundvierzig Jahre her«, sagt er noch.

»Na, dann wirst du dir inzwischen eine gute Antwort überlegt haben«, sage ich.

Er presst hörbar Luft durch die Nase und beäugt mich, wie ich mich mühsam durch das Herbstlaub zu ihm hinaufbewege. »Du müsstest mal was für deine Kondition tun«, sagt er. »In unserem Alter ist das wichtig.«

»Wir gehen nachher bestimmt wieder hinunter, oder?«

»Ja.«

»Gibt es nicht einen Weg, der gleich unten verläuft?«

»Jelly, das hier nennt sich Wandern. Also wirklich. Hättest gleich unten im *Panorama* einziehen können.«

Das *Panorama* ist ein Altenheim, von dessen Balkonen aus uns vorhin fröhliche Senioren zugewinkt haben, als wir vorbeiliefen.

Ich bleibe hechelnd neben ihm stehen, die Hände in der Taille, gebückt. »Also, was war mit der *Linken Schülerfront*?«

»Keine Ahnung. Ich habe nicht wiederholt. Ich bin nicht mehr in die Schule gegangen.«

»Was? Ich habe gedacht, der Erwin, der arme Kerl, jetzt wiederholt er, bloß damit die *Linke Schülerfront* bestehen bleibt.«

»So? Hast du das?«

»Klar.«

»Aber nachgefragt hast du nicht.«

»Stimmt. Hat überhaupt jemand nachgefragt?«

»Es waren ja nicht viele in der *Schülerfront*. Aber die Else hat im Herbst 1968 mal bei meinen Eltern angerufen, haben sie erzählt.«

»Also hat sie gewusst, dass du nicht wiederholt hast?«

»Ja.«

Da waren wir schon in Erlangen. »Hat nie ein Wort darüber verloren.«

Wir laufen auf dem oberen Weg nebeneinanderher.

»Hast du damals dann gleich gearbeitet?«, frage ich Erwin.

»Ja. Aber nicht hier. Auf Kuba.«

»Auf Kuba. Aha. Klar. Warum denn auch nicht.«

»Damals konnte man in Camps in den Bergen wohnen, wenn man auf den Kaffeefeldern arbeitete«, erzählt Erwin. »Man flog mit tschechischen Maschinen von Ostberlin hin, wurde von der DKP bezuschusst. Es war der Wahnsinn. Dieser Unterschied zwischen der grauen DDR und Kuba. Und dann haben die Wuchtbrummen von DDR-Stewardessen uns an ihre Kolleginnen in Havanna übergeben. Mannomannomann.« Er kommt ins Schwärmen. »Solche Figuren.« Er malt die Silhouette mit beiden Händen in die Luft. »So ein Unterschied. Der Wahnsinn. Daiquiris haben die am Flughafen in Havanna gleich serviert. Und die Soldatinnen da drüben waren auch so.« Er schüttelt den Kopf. »Habe mich gleich in eine von ihnen verliebt. Sie war unserer Gruppe zugeordnet. Ich war in Campamento Cinco de Mayo in den Bergen von Pinar del Río.« Der Weg durch den Laubwald verengt sich. »Lauf du voraus«, sagt Erwin. »Dann kann ich dich vielleicht ein bisschen antreiben.« Hinter mir tönt seine Stimme weiter. »War das eine tolle Zeit. Frühmorgens der Nebel auf der

Ebene unter den Bergen. Wie riesige Maulwurfshügel waren die. Dann die drückende Schwüle. Tagsüber haben wir Kaffeesämlinge unter der glühenden Sonne gepflanzt. Weißt du, wie reife rote Kaffeebohnen schmecken? Süß, mit etwas Schärfe. Toll. Und abends dann über Gott und die Welt diskutiert mit Compañeros aus allen Ländern. Alle so hoffnungsfroh und optimistisch. Kann man sich heutzutage gar nicht mehr vorstellen. Ich war nie irgendwo außer in Kelheim gewesen, und dann gleich so. Und dann noch Ana María. Das war was. Haut wie Kaffeebohnen nach einer leichten Röstung. Ich war ja vorher so unglücklich verliebt.«

Ich weiß auch, in wen. »Und was ist daraus geworden?«

»Nichts ist daraus geworden. Der doofe Castro hatte sich gleich für den sowjetischen Überfall der Tschechoslowakei ausgesprochen. Darüber haben wir dauernd diskutiert. Dort gab es keine Maulkörbe. Aber Ana María ist mit der Zeit völlig auf Castros Kurs eingeschwenkt. Dann war's aus zwischen uns.«

Der Weg wird breiter, und ich warte auf Erwin, dann laufen wir nebeneinander weiter. »Du hast eine Frau, die du geliebt hast, wegen ihrer politischen Ansichten verlassen.«

»Ja. So blöd war ich damals. Ich habe wirklich an die Sache geglaubt. Ich wollte die Welt verändern.« Er schaut mich von der Seite an. »Hättest du nicht gemacht, Jelly, oder? Eine Frau deswegen verlassen?«

»Eher nicht. Ich meine, also vorausgesetzt, sie wäre nicht Magda Goebbels oder Margot Honecker oder so was.«

»Tja. So blöd ist man halt, wenn man die Welt verändern will.«

»Ja.«

»Wolltest du nicht, gell? Die Welt verändern. Nicht so, oder?«

»Nee. Nicht so.«

»Sag mal, Jelly, wie hast du in Wahrheit getickt? Du hast eigentlich gedacht, dass alles passt, oder? Politisch gesehen. Mehr oder weniger. Wenn man's bloß noch ein bisschen zurechtrückt. Stimmt's?«

»Mehr oder weniger, ja, du hast recht. Vor allem mit Brandt hatte ich den Eindruck, ja.«

»Hätte ich vielleicht auch gedacht, wenn ich du gewesen wäre. Hans Jelinek vom Elektrogeschäft Jelinek, ehemals Holzapfel.« Er nickt ganz schnell ein paarmal mit dem Kopf und schiebt das Kinn vor. »Klar. Aber mein Vater war Arbeiter. Weißt du noch, in der vierten Klasse, wo wir die gleichen Noten hatten und der Lehrer dich aufs Gymnasium schicken wollte und mich nicht? Da fing's bei mir an. Dass ich nachgedacht habe, wie die Welt so funktioniert.« Inzwischen liegt unter uns der Falkenhorst, und wir steigen über die Treppen hinab, Erwin voraus. Es ist ein sonniger, leicht windiger Tag, vom brüchigen Blau des Himmels eindeutig dem Herbst zuzuordnen, obwohl noch Sommer ist. »Na ja, es wäre eh nichts geworden mit uns«, sagt Erwin, als wir über den auf beiden Seiten mit Handlauf befestigten Steg zum Falkenhorst laufen. »Ich meine, mit Ana María. Höchstens wenn ich auf Kuba geblieben wäre. Wenigstens habe ich einen Reisebericht an *Konkret* verkaufen können. Das war, wenn man so will, der Anfang meiner journalistischen Karriere.«

Unter uns windet sich der Rhein-Main-Donau-Kanal in einer gemächlichen Schleife um den Speckelsberg. Abgeschnittene Mäander der Altmühl liegen auf beiden Seiten wie abgehackte Glieder. Der Speckelsberg ist rund, und am Gipfel, von hier aus gesehen, mit einer Prinz-Eisenherz-Frisur bewaldet. Wir sind heute Vormittag, von Dietfurt kommend, an seinen unteren Hängen entlanggewandert.

Als wir um den Felsvorsprung biegen, steht am Geländer das Ehepaar aus Nürnberg, das heute früh in der Pension in Dietfurt mit uns gefrühstückt hat, er pensionierter Forstbeamter, sie Typ Rückenfreihalterin, beide mit riesigen Rucksäcken, karierten Hemden und Kniebundhosen. Profis.

»Aha«, sagt der Mann. »Auch schon da.«

»Wir mussten öfter Pause machen«, sagt Erwin. Er hat mir den Rücken zugedreht, und ich kann nicht erkennen, ob er irgendwelche abwertenden Zeichen in meine Richtung macht. Er deutet ins Tal. »Schön hier, oder?«

Der Förster sagt etwas, aber seine Antwort wird von einem Motorrad übertönt, das auf der Straße unter uns vorbeifährt. »A wunderbares Eckla«, wiederholt er dann.

»Wie in der Fränkischen Schweiz«, sagt die Frau. »Bloß größer.«

»Pssst!«, sagt der Mann. »Hört ihr das? Ein Zilpzalp! Hört man noch im September!« Er hält einen Finger hoch und strahlt.

Tatsächlich singt im Wald hinter uns ein Vogel.

»Also Fraa, wir müssen weiter«, sagt der Mann. Die zwei verabschieden sich.

»A wunderbares Eckla«, wiederholt Erwin und nickt langsam und abwägend. »So denken die Leute. Aber das ist kein Fluss mehr. Von Dietfurt bis Kelheim ist das nur noch einbetoniertes, stehendes Gewässer. Das ist wie ein Blumenkasten mit Plastikblumen an einem Betonbunker. Den Badesee da drüben zum Beispiel haben die Riedenburger von der Rhein-Main-Donau AG ausgebaggert bekommen, damit sie Ja zum Kanal sagen. Genau wie die Uferstraße da, die haben sie zur Rennstrecke für Motorräder ausgebaut, die so rasen, dass man sonst nichts hört. Und die Brücken haben sie gekriegt, wie alle Gemeinden auf der Strecke. Aber die sind zu niedrig, als dass die neuen, höheren Containerschiffe überhaupt auf dem Kanal fahren könnten. Ein Unfug, das ganze Ding. Ein bayerischer Riesenschmarrn.« Er fischt in seinem Rucksack. »Jetzt brauche ich einen Obstler.«

Nach der Rückkehr aus Kuba hat Erwin eine Schreinerlehre gemacht, erzählt er mir, als wir den Höhenweg weiter Richtung Riedenburg laufen. »Ich habe gedacht, mach was mit den Händen, das ist wenigstens ehrliche Arbeit, verstehst du?« Er hat als Schreiner in Kelheim gearbeitet, bis er sich mit seinem Meister überworfen hat. »Das war der Letzte, zu dem ich ›Kapitalistenschwein‹ gesagt habe.«

Währenddessen hatte er immer wieder Beiträge für *Konkret* geschrieben. 1972 ging er dann nach Nordirland. Er war in Derry, um über die britische Herrschaft und die Unterdrückung der Katholiken dort zu berichten. »Weißt noch, wie wir Geld gesammelt haben für die IRA beim Dubliners-Konzert in Regensburg?«

»Ich weiß, wie die Dubliners auf der Bühne gesoffen haben. Haben wir da Geld gesammelt?«

»Mensch, freilich. Jens, Else, du und ich. Wir hatten alle Plakate *Briten raus aus Irland!* und Sammelbüchsen. Ich war draußen bei der Kasse, Jens war im Foyer, du warst mit Else an der Bar. Ihr habt einen Haufen Geld gekriegt. Viel mehr als wir zusammen.«

»Bestimmt nur wegen Else. Wenn wir getrampt sind, habe ich immer sie vorgeschickt und am Straßenrand gewartet.«

»Also ich habe gesehen, wie unser Geld ausgegeben worden ist. Am letzten Tag meines Aufenthaltes war das, am 31. Juli 1972. Ich wollte mit dem Bus von Derry zum Flughafen in Belfast fahren, und wir sind durch so ein kleines Kaff in den Bergen gekommen, oder was die für Berge halten. Claudy hieß es. Total verschlafen. Zehn Uhr in der Früh, der Tag noch ganz frisch. Ich seh's heute noch vor mir, die Hauptstraße, bunte Häuser, wie sie halt so sind in Irland, jedes zweite ein Pub, der Wind wehte den Rauch aus den Kaminen tief über die Dächer. Leute standen herum, unterhielten sich, ich dachte noch, typisch Irland, alle Zeit der Welt, keiner hat Stress. Ich saß links im Bus, und durch das Seitenfenster sah ich ein Mädchen auf so einer kleinen Haushaltsleiter. Sie war vielleicht acht oder neun und putzte gerade das Schaufenster eines Ladens. Im Schaufenster spiegelte sich ihr Gesicht, und sie hat so grimmig dreingeschaut, mit vorgeschobener Unterlippe. Man hat gemerkt, dass ihr die ganze Sache gar nicht passte, dass sie eine Stinkwut auf ihre Eltern hatte. Ich weiß noch, sie hat sich weit zum Fenster rechts hinübergelehnt, anscheinend wollte sie die Leiter nicht verrücken, ich dachte, Mensch, hoffentlich fällt die nicht runter. Dann waren wir schon vorbei. In dem Moment krachte es, dass es mich aus dem Sitz hob, der Bus blieb stehen. Ich bin ausgestiegen, ich wollte schauen, was passiert war. Man war ja schließlich Reporter. Es war das absolute Chaos. Eine Autobombe war auf der gegenüberliegenden Straßenseite hochgegangen. Schreie, Staub, umherlaufende Menschen. Eine Frauenleiche ohne Beine brannte. Schrecklich. Wenn so eine Bombe explodiert, drückt die Welle das Glas nicht nach innen in die Häuser. Es entsteht ein Vakuum, das die Luft drumherum in sich hineinzieht. Also flog das Fensterglas hinaus auf das Mädchen.«

»War es tot?«

»Klar. Und in den letzten Augenblicken ihres Lebens hat sie sich geärgert über diesen Scheißjob, den ihr ihre Eltern wahrscheinlich aufgetragen haben. Dann kam schon ein Polizist gerannt und schrie, dass noch eine zweite Autobombe da war, und alle sind in eine Seitenstraße gerannt. Genau dort ging die dritte los. Ich sag's dir. Leichenteile wie in einem Metzgerladen. Ich hatte die Kamera natürlich dabei, ich habe aber nichts fotografiert. So etwas braucht kein Mensch zu sehen, ich wär froh, wenn ich's selber nicht gesehen hätte. Neun Leute sind dort umgekommen. Drei Bomben, auch noch mit Schrapnell gefüllt, um möglichst großen Schaden und schwere Verletzungen anzurichten, ohne Warnung, zeit- und ortsversetzt. Die Menschen sind absichtlich wie Ratten hin- und hergetrieben worden. Und dafür haben wir Geld gesammelt.«

»Hast du die Narbe daher? Und das Bein?«

»Nee. Die Narbe war vorher, ein Holzspreißel beim Schreiner, nichts Besonderes, das Bein später, in Peru auf Bergtour. Gebrochen und schlecht zusammengesetzt. Da war ich in Ayacucho auf Recherche zu den Drogengeschäften des Sendero Luminoso. Leuchtender Pfad. Aber dazwischen war Portugal. 1974.«

»Was ist das da drüben?« Am Felsrand rechts von uns steht eine Riesenholzkonstruktion, die aussieht wie ein müder Vogel mit hängenden Flügeln. »Wird doch nichts von Heinrich Kühlwein sein?«

»Das ist der Startplatz für die Drachenflieger. Kannst über die Leiche der Altmühl fliegen, kannst an ihr entlangwandern, radeln, Auto fahren, kannst eine Bootstour auf ihr machen. Kannst sie bloß nicht wiederbeleben.«

»Willst du das alles so schreiben?«

»Weiß ich noch nicht.«

Eine Familie kommt uns entgegen, alle hager, schwitzend, gestresst; der Mann trägt ein Kleinkind auf dem Rücken und schiebt einen lustlosen, weinerlichen Sieben- oder Achtjährigen vor sich, hinter ihnen folgt die Frau. Allen ist ein vorausgegangener Streit anzusehen.

»Grüß Gott«, erschallt es vierfach.

Der Bub sagt nichts, schaut uns nur mit seinem traurigen Gesicht an. Unter seinen Augen glänzen getrocknete Tränenflächen wie kleine Salzseen.

»So macht man einen schönen Ausflug kaputt«, sage ich, als sie vorbei sind. »Selber schuld. Todsicheres Rezept für Stress, wenn man Kinder zum Wandern zwingt.«

»Ich konnte nicht mal meine eigene Frau zum Wandern bringen«, entgegnet Erwin. »Isabela ist keinen Schritt gelaufen. Die war so stolz, endlich ein Auto zu haben, die konnte das gar nicht verstehen, wie man stundenlang zu Fuß gehen kann, wenn man nicht muss, die hat gedacht, die Deutschen spinnen.«

Ich bleibe stehen. »Isabela? Wer ist Isabela?«

»Meine Frau. Hab ich doch gesagt.«

»Du bist verheiratet?«

»Ich war's. Ich habe auch ein Kind, eine Tochter. Luisa. Jetzt ist sie achtundzwanzig. Ärztin, in Lissabon. Dort habe ich Isabela kennengelernt, 1974 war das. Die Nelkenrevolution. Isabela ist gleich schwanger geworden. Ich bin sogar Opa, wie du. Letztes Jahr hat Luisa einen Sohn bekommen.«

Auf dem letzten Stück nach Riedenburg erzählt er mir von Isabela und von der Nelkenrevolution in Portugal.

»Portugal war mir eine Lehre. Einerseits eine Kolonialmacht, andererseits selbst fast eine Kolonie der anderen, reicheren europäischen Länder wie Deutschland. Eine Quelle für billige Arbeitskräfte. Kannst du dich an den Afonso erinnern? Der für die Wäscherei Huhnholz in Kelheim Wäsche ausgefahren hat?«

»Dunkel.«

»Der zum Beispiel konnte nicht lesen, hast du das gewusst? Immer, wenn er eine neue Lieferadresse gekriegt hat, ist er zuerst zum Kasbärbel gefahren und hat mich gefragt, was auf dem Zettel steht. Dafür hat er mir zwischendurch immer mal ein Bier beim Kirchenwirt ausgegeben, obwohl er so wenig verdient hat. Aber er konnte nichts dafür. Dreißig Prozent der Bevölkerung Portugals konnten in den Sechzigerjahren weder lesen noch schreiben, stell dir vor. Isabelas Vater auch nicht. Der Salazar und seine Generäle haben sich wie die Herrenmenschen in Afrika aufgeführt, und daheim war Dritte Welt. Und dann kam die Nelkenrevolution. Großartig, diese Gemeinschaft bei den Massendemonstrationen auf der Avenida Libertad. So was erlebt man nicht oft im Leben. Das war wie auf Kuba am Anfang. Matrosen und Soldaten in Uniform zusammen mit Studenten und Arbeitern – ich kam mir vor wie in *Panzerkreuzer Potemkin*. Da habe ich Isabela kennengelernt. Lief neben mir her.«

»War sie Studentin?«

»Nein. Damals hatten nur Frauen aus der Oberschicht eine Chance auf ein Studium. Und Isabelas Vater war Näher. Sie war blitzgescheit, hatte tolle Noten in der Schule und hat in einer Fischkonservenfabrik gearbeitet. Dagegen hat sie eben protestiert. Die haben alle so ein tolles Lied gesungen, ein Riesenchor, ich habe Isabela danach auf einen Wein eingeladen und sie gebeten, es mir beizubringen. So fing's an. Sie hatte nämlich eine tolle Stimme. So absolut rein, es war, wie wenn die Stimme etwas anderes war, außerhalb von ihr, und sie musste sich hineinfinden. Wie wenn sie einen Kleiderschrank aufmachen müsste, um ein Kleid auszusuchen und es anzuziehen. Sie hat mir das Lied beigebracht, dann hat sie selbst die zweite Stimme dazu gesungen. Damals hat mir meine Stimme das erste Mal im Leben gefallen. Das haben wir später in Deutschland immer noch gesungen. Wenn wir gestritten hatten. Meistens hat's geholfen. *Grândola Vila Morena* hat es geheißen. Das wurde normalerweise beim Marschieren gesungen, das Lied hat den Takt der Schritte bestimmt. Pass auf. Du musst synchron mit mir laufen. Jetzt noch die Hände überkreuzt halten. So.«

Unsere Füße rascheln im Gleichschritt durch das Laub, und Erwin singt.

Grândola, vila morena
Terra da fraternidade
O povo é quem mais ordena
Dentro de ti, ó cidade

Ein Jogger mit Stirnband kommt uns entgegen und schaut uns im Vorbeilaufen ganz vorsichtig an. Erwin hält die rechte Hand hochgereckt und hört nicht auf zu singen.

Em cada esquina um amigo
Em cada rosto igualdade
Grândola, vila morena
Terra da fraternidade

»Ach ja«, sagt er und lässt meine Hand los.

Ich glaube, er hat Tränen in den Augen.

Nach einer Weile erzählt er weiter. »Und bei den Protesten wurde kaum ein Schuss abgefeuert. Irgendwie war das wie beim portugiesischen Stierkampf – da wird dem Stier auch kein Leid zugefügt. Bis die Russen kamen.«

»Die Russen sind in Portugal einmarschiert?«

»Ach, Jelly. Die Russen sind natürlich nicht in Portugal einmarschiert, wie denn? Ich meine die portugiesischen Russen. Die Sowjets haben ihre portugiesischen Stalinisten von der Leine gelassen, und die wollten alles an sich reißen. Die Revolution kapern. Alvaro Cunhal, schon mal gehört?«

»Glaub nicht.«

»Der hat auf diese Weise langsam die Armee und die Polizei unter seine Kontrolle bringen wollen. Aber die Landbevölkerung und die katholische Kirche haben sich dagegengestellt, und es ist nichts daraus geworden. Das erste Mal in meinem Leben war ich froh, dass es solche sturen hinterwäldlerischen Reaktionäre gibt wie Isabelas Vater. Da war Isabela schon schwanger. Mit Komplikationen. Also sind wir nach Deutschland geflogen, und Luisa wurde hier geboren.«

Von der Zeit mit Isabela und Luisa erzählt er dann ganz schnell und skizzenhaft, als wollte er nicht tiefer eintauchen.

Sein Traum war, eine ländliche Idylle zu erschaffen, er hat ein altes Bauernhaus in Kallmünz gekauft, renoviert und dort eine Schreinerwerkstatt aufgemacht, die eigentlich ganz gut ging. Zu der Zeit hat er sich auch im Widerstand gegen die WAA Wackersdorf engagiert. Aber Isabela hat sich nie wohlgefühlt in Deutschland, nie die Sprache richtig gelernt, sie hat immer Heimweh nach Portugal gehabt. Sie wollte auch lieber dort studieren. Und eines Tages war klar, dass sie mit Luisa nach Portugal zurückkehren würde. Und sie hat dort tatsächlich einen Studienplatz bekommen.

Erwin hat sie richtig geliebt, das steht fest.

»Danach habe ich wieder mit dem Schreiben angefangen. Mensch, Jelly, die ganze Zeit erzähle ich nur von mir. Langweile ich dich nicht?«

»Überhaupt nicht.« Stimmt. Den ganzen Tag, während Erwin erzählt hat, hat sich sein Leben vor mir mit großer Würde ausgebreitet, wie ein mächtiger Strom.

Abends sitzen wir am Geländer einer Terrasse, die auf den Marktplatz von Riedenburg hinunterschaut. Hinter uns eine Gruppe Radfahrer, sie saßen schon bei unserer Ankunft da, tranken Bier, klapperten in ihren Fahrradschuhen zur Toilette und schwenkten ihre radlerhosenbepackten Genitalien herum. Inzwischen haben sie sich wenigstens umgezogen. Erwin ist beim dritten Weißbier vom Brauhaus Riedenburg, ich beim zweiten Schoppen nach einem Auftaktbier. Obwohl Schoppen der falsche Ausdruck ist. Es ist nicht mehr wie früher, inzwischen bekommt man auch in Niederbayern einen guten Frankenwein, aber immer noch keinen Schoppen. Das hier ist das, was die Unterfranken als »Elendsviertel« bezeichnen würden, also 0,20 Liter.

Am Tisch neben uns sitzt ein älteres Ehepaar mit einem Jungen mit Downsyndrom, ungefähr vierzehn. Er trägt eine dicke

Brille, scheint aber sonst gut zurechtzukommen, er genießt sein Schnitzel mit Pommes mit großer Konzentration.

Ich habe ein Zanderfilet gegessen und Erwin einen Zwiebelrostbraten. Beides gut.

Die Radfahrer werden lauter. Eine Stimme setzt sich durch. Sie gehört einem sonnenbankgebräunten, gegelten Typen mit gebleichten Zähnen. »Fragt mich mein Chef: *Was würden Sie mit zehn Millionen machen?* Sage ich: *Mich fragen, wo der Rest meiner Kohle geblieben ist!*«

Allgemeines Gewiehere.

Erwin dreht sich um, betrachtet die Gruppe kurz, dreht sich wieder her, sagt »Bankerärsche.«

»Was steht morgen an?«, frage ich.

»Mit dem Rad nach Kelheim. Dann haben wir alles ausprobiert, was die Altmühltaler Touristik anzubieten hat. Kajak, Wandern, Radfahren. Die ganze Palette.«

»Wahrscheinlich habe ich morgen Muskelkater in den Beinen. Heute hatte ich ihn in den Armen. Vom Rudern gestern.«

»Du bist halt nichts gewöhnt. In unserem Alter …«

»Ich weiß schon.«

»Und nachmittags wandern wir wieder. Über das Wieserkreuz und den Räuberfelsen bis Kloster Weltenburg. Da trinken wir ein paar Bier und lassen uns anschließend auf die Donauinsel übersetzen. Oder willst du nicht?«

»Doch. Ich schleppe doch nicht die ganze Zeit umsonst das Zelt mit herum. Da nehmen wir aber auch ein paar Bier mit.«

»Klar. Wie früher. Barock Dunkel.«

»Weißt du was? Wir könnten in Kelheim beim Kasbärbel vorbeischauen.«

»Da ist bestimmt kein Laden mehr. Aber meinetwegen. Willst du deine Schwester besuchen?«

»Nee, muss nicht sein. Ich hoffe bloß, sie läuft mir nicht über den Weg.«

»Familie, gell?«

»Das Schwierigste.«

»Hast du noch Familie in Kelheim?«

Erwin schüttelt den Kopf. »Nur noch in Lissabon. Nächste Woche fliege ich hin.«

»Schön.«

»Klar, schön. Hier ist es aber auch schön. Heute war es auch schön. Vielleicht hat der Nürnberger recht, dass er den Zilpzalp gehört hat und nicht die Motorräder. Was meinst du? Was hast du überhaupt für eine Weltanschauung? Hast du eine Weltanschauung? Hast du jemals eine Weltanschauung gehabt?«

»Dass es darum geht, die Dinge klar zu sehen. Und dass die Arschlöcher nicht die Oberhand gewinnen.«

»Sehr vernünftig.«

»Bloß manchmal ist man selber ein Arschloch.«

Am Nebentisch steht plötzlich der Junge mit Downsyndrom auf. Seine Eltern schauen ihn entsetzt an. Seine Zunge hängt ihm heraus, er hält seinen Hals mit beiden Händen und macht Würgegeräusche.

»Um Gottes willen!«, schreit seine Mutter und steht ebenfalls auf. Ihr Stuhl fällt scheppernd nach hinten.

Schon ist der gebräunte Banker hinter dem Jungen. Er schiebt beide Arme unter die des Jungen, presst die Hände mit angewinkelten Daumen auf seinen Brustkorb und zieht ihn ruckartig zu sich. Der Junge stößt Luft aus, etwas fliegt aus seinem Rachen und pflatscht auf seinen Teller. Es ist ein Stück Pommes Frites. »Aua«, sagt der Junge und fängt an zu weinen. »Das war's schon, Junge«, sagt der Mann. »Ist schon vorbei.« Er hält ihn noch kurz im Arm, drückt ihn und streichelt ihm den Kopf. Die Mutter kommt dazu und nimmt den Jungen in Empfang. »Danke«, sagt sie. »Danke.«

»Ist doch klar«, sagt der Mann. »So einen lieben Kerl von der Sorte habe ich auch zu Hause.«

Kapitel 48: Steinehüpfen

»Wir hätten zwei Sixpacks nehmen sollen«, sage ich.

»Hätte, hätte, Fahrradkette«, sagt Erwin.

Draußen auf dem Kies ist es kühl. Und still, nachdem die anderen Gäste sich Richtung Schiff begeben haben. Erwin und ich laufen knirschend über die Kieselsteine zum Ufer; dort steht ein einziges Boot, der Bootsführer schaut zu, wie wir uns nähern.

Nach dem Besuch im Kasbärbel sind wir über das Wieserkreuz und den Räuberfelsen bis Kloster Weltenburg gewandert. Dort haben wir im Innenhof zwei Bier getrunken und Speckknödel mit Sauerkraut gegessen. Jetzt wollen wir zum Abschluss auf der Donauinsel zelten, und morgen geht's wieder heimwärts.

»Wollts rüber?«, ruft der Bootsführer.

»Nicht direkt«, ruft Erwin zurück. »Wir wollen auf die Donauinsel.«

»Nicht erlaubt«, sagt der Mann.

Je näher wir kommen, desto bekannter kommt mir sein Laternengesicht vor. »Du bist doch der Binders Schorsch«, sage ich, als wir am Boot sind.

»Schon. Und wer seids ihr?«

»Kennst uns nimmer? Ich bin der Jelly, und das ist der Stadelbauers Erwin.«

Er schaut uns lange an. »So was. Steigts ein. Euch fahr ich rüber. Auswärtige nicht. Sagt's keinem.«

Auf der Überfahrt fällt mir etwas ein, das mein Schwager Wilhelm bei meinem neuerlichen Besuch erzählt hat. »Warst du net der Stadtkämmerer von Kelheim?«, frage ich den Schorsch. »Freilich«, sagt er. »Und wisst ihr was? Mit dem Job hier ist mehr verdient.«

»Und was macht der Willi?«, fragt Erwin.

»Dem geht's gut. Im Ruhestand ist er, mit A16. Direktor vom Donau-Gymnasium war er zum Schluss. Und was macht ihr zwei? Seids auch in Rente?«

»Ich schon«, sage ich.

»Und ich kann's mir nicht leisten«, sagt Erwin.

»Hast du net die Schönamsgruber Else geheiratet? Vom Metzgerladen?«, fragt er mich.

»Ja. Aber wir sind getrennt.«

»Und du, Erwin?«

»Auch verheiratet gewesen, und auch getrennt.«

Schorsch nickt.

»Und du? Hast du geheiratet?«, frage ich ihn.

»Freilich. Die Elli vom Friseurladen. Drei Kinder haben wir. Vor zwei Jahren ist sie gestorben. Krebs.«

»Das tut mir leid. Die Elli war eine ganz Liebe.«

»War sie. Ja. So ist's halt. Wir haben ein schönes Leben gehabt. Aber viel Arbeit. Wir waren nur einmal im Urlaub in den ganzen Jahren, in den Bergen, die Elli hat gemeint, sie kann nicht weg von ihrem Geschäft, sie hat's von den alten Kühnles übernommen. Wir haben immer darüber geredet, was wir machen, wenn ich pensioniert werde, da wollte sie den Laden aufgeben, sie hatte schon einen Käufer. Und dann ist sie krank geworden, und es ging ganz schnell. Als sie gestorben ist, habe ich gesagt, so, was soll ich jetzt alleine groß reisen, ich mache was ganz anders. Meine letzte Amtshandlung war, mir selbst eine Bootsführerlizenz auszustellen. Wisst ihr, hier fühle ich mich ihr ganz nahe, sie war immer gerne hier an den Feiertagen. Sie hat ja auch auf der Insel ihre Jugend verbracht.«

Wir schweigen eine Weile, und das dunkle Ufer rückt näher heran.

»Übernachten noch oft Leute auf der Insel?«, fragt Erwin.

»So gut wie nie. Es ist ja nicht mehr erlaubt. Aber heute seid ihr nicht alleine. Da ist schon jemand.«

Ich drehe mich um. In der Dämmerung glüht am Ufer ein Zelt von innen wie eine Kerze, bei der der Docht schon weit unten im ausgehöhlten Schaft ist.

Schorsch legt den Rückwärtsgang ein, und das Boot gleitet sanft ans Ufer, ungefähr dreißig Meter vom Zelt flussaufwärts.

»Soll ich euch morgen früh wieder abholen?«, fragt er.

»Das wär nett, Schorsch«, sagt Erwin.

»Dann bis um achte. Trinkt eins für mich mit. Wegen der alten Zeiten.«

Das Zelt steht ziemlich genau in der Mitte des Inselufers, auf der anderen Seite der Weide, deren Äste über das Ufer hängen. Jemand sitzt in eine Decke gewickelt auf einem Klappstuhl vor dem Zelt und schaut in unsere Richtung. Die untere Hälfte des Gesichts ist von einem E-Book erleuchtet.

»Wer baut ein Zelt so nah am Ufer auf?«, fragt Erwin. »Das fällt ja jedem auf.«

Das Zelt ist quer zum Ufer aufgestellt, die Zeltöffnung schaut zu uns her. Oberhalb der Öffnung ist etwas auf den Stoff gemalt, das von innen beleuchtet wird. »Das Zelt kenne ich irgendwie«, sage ich. »Ich schaue mal hin.«

»Gib ja kein Bier her«, sagt Erwin.

Ich laufe auf dem erhöhten Grasstreifen zwischen Kiesstrand auf meiner rechten Seite und Gebüsch auf meiner linken. Es kommt mir vor, als hätte sich auf der Insel in fünfzig Jahren nichts geändert. Nur hat damals niemand sein Zelt so auffällig am Ufer aufgestellt, wo jeder vorbeikommt, wir wollten alle unser eigenes, privates Reich weiter hinten haben.

Jetzt erkenne ich das Motiv auf dem Zelt. Zwei Kinderköpfe. Das kann doch nicht sein.

»Jelly? Bist du's?«, ruft eine Stimme.

Wenn ich die Augen schließe, könnte es vor fünfundvierzig Jahren sein, in der Nacht des Sturmes, als Else genau das Gleiche rief.

»Ist was mit den Kindern passiert?«, frage ich.

Else legt das E-Book weg. »Es ist nichts passiert. Ist Erwin auch da?«

»Servus, Else«, sagt Erwin. »Du hast recht gehabt, Jelly, ein Sixpack langt nicht. Bevor's losgeht, sollten wir erst einmal die Zelte aufbauen und Holz holen für ein Lagerfeuer, solang es noch hell ist. Besorgst du trockene Blätter, Rinde und kleine Zweige, Jelly?«

»Bevor was losgeht?«, frage ich. »Kommt sonst noch jemand? Ich mag keine Überraschungspartys.«

»Also, ich geh dann mal mein Zelt aufbauen und Holz holen«, sagt Erwin.

»Ist das hier alles Zufall, oder was?«, frage ich.

»Nicht ganz«, sagt Else. »Ich wusste von Jessica, dass ihr heute hierherkommt.«

»Und ich kann mir vorstellen, warum du hier bist«, sagt Erwin zu Else, als er an ihr vorbeigeht.

»Dann bin ich der Einzige, der keine Ahnung hat«, sage ich.

Erwin verschwindet ins Unterholz.

»Was ist los, Else?«

»Als ich hörte, dass ihr hierherkommt, habe ich mir gedacht, die Donauinsel, genau. Der richtige Ort wenigstens, wenn schon nicht die richtige Zeit. Die ist wahrscheinlich schon lange vorbei.«

»Die richtige Zeit für was?«

»Die richtige Zeit, um dir zu sagen, was damals passiert ist.«

»Mit Jens?«

»Genau.«

»Du weißt es?«

»Ja. Mehr oder weniger.«

»Seit wann?«

»Schon immer.« Neben ihrem Klappstuhl liegt noch eine zweite Decke. Ich setze mich darauf. Was sich hier anbahnt, scheint so groß zu sein, dass ich es lieber im Sitzen über mich ergehen lasse. Wir schweigen eine Weile. Im Wald hört man das metallische Zirpen, als Erwin seine Zeltheringe in den Boden hämmert. »Wie bist du hergekommen?«, frage ich.

»Von oben. Auf dem Weg.«

»Da ist ein Weg?«

»Natürlich. Da war schon immer ein Weg. Ein ganz bequemer. Das ganze Gerede davon, dass man nur mit dem Boot herkommen kann, war immer nur blödes Männergetue. Ich bin schon damals lieber zu Fuß hierhergekommen.«

»Na, das klingt ganz nach der alten Else. Du willst hier übernachten?«

»Schon. Es wird bald zu dunkel sein, um nach Kelheim zu laufen.«

»Das ist das alte Zelt von den Kindern, gell?«

»Ja. Ich hab's nie übers Herz gebracht, es wegzuschmeißen.«

»Wegen dem Bild von Jessica.«

»Ja.«

Jessica hat mit zehn Jahren sich selbst links und Thomas rechts mit Acrylfarben auf den Zelteingang gemalt. Wenn das Zelt zu ist, umarmen sie sich. Das Zelt muss wohl auch auf dem Dachboden in Weingartshausen gelegen haben.

»Du hättest mich auch anrufen können«, sage ich. »Mir alles am Telefon sagen.«

»Nein. Wenn, dann hier.«

»Geht's dir gut?«

»Geht so. Und dir?«

»Auch. Hast du einen Freund?«

»Nein. Und du? Hast du eine Freundin?«

»Nein.«

»Hat Erwin dir nichts erzählt?«

»Über damals?«

»Ja.«

»Nein.«

»Ich räume seit Monaten meine Schulsachen auf. Werfe Sachen weg. Sortiere. Da habe ich gedacht, spinnst du jetzt, du machst dir so eine Arbeit, und die größte Unordnung in deinem Leben, die lässt du liegen. Den ganzen Vormittag bin ich heute im Wohnzimmer auf- und abgelaufen und habe hin und her überlegt, ob ich kommen soll. Dann habe ich meine Sachen ins Auto geschmissen und bin losgefahren. Ich weiß immer noch nicht, ob es eine gute Idee war.«

»Hat Erwin gewusst, dass du kommst?«

»Nein. Woher denn?«

»Weil er überhaupt nicht überrascht war.«

»Vielleicht hat er geahnt, dass ich komme. Die Sache geht ihm bestimmt genauso nach wie mir.« Else holt tief Luft. »Also gut. Hör zu, Jelly.« Dann schüttelt sie den Kopf. »Nee, ich kann nicht.«

»Los jetzt.«

»Also gut. Es war so.« Sie drückt mit beiden Handflächen die Luft vor sich weg, als wollte sie sich Platz schaffen, dann legt sie sie zusammen. »Damals, nach dem Abitur, weißt du noch, wie der österreichische Typ aufgetaucht ist und uns für eine Verkaufstour für seine blöden Enzyklopädien anwerben wollte?«

»Klar.«

»Danach habe ich mich mit dem Jens getroffen.«

»Wann danach?«

»Gleich danach.«

»Wo?«

»Da oben.« Sie deutet hinter sich. »An der Langen Wand.«

»Moment. Du bist doch mit dem letzten Schiff nach Kelheim gefahren, das weiß ich noch genau.«

»Das war nur vorgetäuscht. Ich bin zum Kloster hinübergepaddelt und habe mich gleich wieder zur Landestelle übersetzen lassen, dann bin ich zu Fuß zur Langen Wand gelaufen. Da hat Jens gewartet.«

»Wolltest du mit Jens wohl über diese Schweizer Sache reden?«

»Nein.«

»Was dann?«

»Jens wollte eine Aussprache. Er wollte mit mir wieder zusammen sein.«

»Und du? Wärst du zu ihm zurück?«

Sie zuckt mit den Schultern. »Was nutzt es jetzt, wenn ich sage, ich glaube nicht?«

»Habt ihr euch in der Zeit öfter getroffen?«

»Ein paarmal.«

»Und? Was ist dann passiert?«

»Der Erwin ist dem Jens nach. Er hat nicht gewusst, dass wir uns treffen. Er wollte Jens zur Rede stellen wegen dieser Schweizer Sache. Und er hat uns gesehen.«

»Wie ihr euch geliebt habt«, sage ich ins Blaue hinein und hoffe, dass sie es abstreiten wird.

»Ja«, sagt sie.

Bevor ich mich's versehe, bin ich aufgestanden. Es ist die Wut, die mich zur Bewegung zwingt, ich bin eine Marionette, die von ihr an Fäden hochgezogen wird.

Ich stehe also. Und jetzt?

Ich gehe hinunter zum Fluss und fange an, Steine zu sammeln, um sie auf der Donau hüpfen zu lassen. Die runden, flachen sind es, die man braucht. Nicht zu flach, weil sie dann zu leicht sind, sie drehen sich in der Luft, der Wind kann sie kippen. »Das war, nachdem du gesagt hast, wir sollten für immer zusammenbleiben, weißt du das?«, rufe ich ihr über die Schulter zu. »Monate danach.«

»Weiß ich.«

Am besten sind die mit einer kleinen Verdickung in der Mitte. Man sollte meinen, die geeigneten Steine müssten alle auf dem Flussbett der Donau liegen, weil jahrzehntelang Jungs und Männer nach ihnen gesucht haben und sie gleich haben hüpfen lassen, aber sie gehen nie aus, es sind noch genug da.

Da ist einer, zum Beispiel. Und da.

»Und? Was war das mit uns damals für dich, Else? Wolltest du es ihm bloß heimzahlen, wegen der Sache mit Conni?«

»Ach Jelly, nein, lass mich doch einfach weitererzählen, lass es mich erst einmal endlich loswerden.«

»Gut.« Fünf Steine habe ich in meiner Jackentasche gesammelt.

Steinehüpfen ist wie Radfahren oder Schwimmen. Man vergisst nicht, wie es geht. Wenn man den Stein möglichst oft hüpfen lassen will, muss man in die Knie gehen, nah an die Wasseroberfläche, der Winkel des Steines zur Wasseroberfläche muss möglichst klein sein. Mir geht es aber nicht um die Häufigkeit, mir geht es um den Stil. Ich mag lieber die großen Bögen und nehme in Kauf, dass der Stein nicht so oft hüpft. Drei große Bögen, dreimal elegant gegen die Schwerkraft aufbegehrt, das hat was, nicht dieses undefinierbare Geplansche zum Schluss, wo man die einzelnen Hüpfer gar nicht mehr zählen kann.

»Hörst du mir überhaupt zu?«

»Ja. Erzähl weiter. Ich höre dir zu.« Erster Wurf. Total daneben. Der Stein versinkt wie ein … Stein. Es ist erstaunlich, wie mich die ganze Sache noch aufregt. Dass Else sich mit Jens traf, als wir schon ein Liebespaar waren, dass sie mit ihm schlief, das macht mich immer noch wütend. Nach fünfundvierzig Jahren. Nachdem ich Else zweimal nach Strich und Faden betrogen habe.

»Ich kann mich aber nicht konzentrieren, wenn du da dauernd Steine in den Fluss wirfst. Als wäre das viel wichtiger.«

»Aber mir hilft's.« Ich drehe mich um und schaue sie an. Im Wald hört man Erwin herumlaufen, hört die dumpfen Schläge von Hölzern, die er aufeinanderstapelt.

»Ach Jelly, kannst du dich nicht hersetzen? Du machst mich nervös. Ich erzähle fertig, und dann kannst du machen, was du willst, okay? Setz dich doch her.«

»Also gut.« Ich setze mich wieder hin.

»Erwin wollte wieder weglaufen, aber Jens hat ihn zurückgeholt. Er wollte nicht, dass Erwin es dir erzählt. Dann sind sie ins Streiten gekommen, auch wegen der Schweizer Sache. Es war schrecklich, seit der Mathestunde mit Kunz war Jens sowieso nicht gut auf Erwin zu sprechen, ich verstehe bis heute nicht, warum.«

»Ich schon. Weil Jens ein eingebildetes Arschloch war, das es nicht ertragen konnte, dass jemand anderer außer ihm im Rampenlicht stand.« Es macht mich rasend, dass ich Else das erklären muss, dass sie nicht selbst darauf kommt.

»Ja, du hast wohl recht.«

Erwin erscheint aus dem Unterholz mit den Armen voller Äste und Zweige. Er lädt alles vor uns auf der Kiesbank ab. Dann gräbt er schnell ein rundes Loch. »Hast du Blätter, Rinde, Zweige?«, fragt er mich. »Nein. Dacht' ich mir. Bin gleich wieder da.« Er marschiert zurück ins Unterholz.

Else und ich sitzen eine Zeit lang und schweigen wieder. Ich nehme einen Stein und werfe ihn. Viermal hüpft er, aber in lauter kleinen Bögen. Aus dem Unterholz kommen raschelnde Geräusche. »Und wie ist Jens gestorben?«, frage ich.

»Da war ich nicht mehr dabei. Es war schon so spät, ich bin den Fußweg nach Kelheim gelaufen. Ich habe nichts geahnt, ich habe gedacht, Jens fährt tatsächlich in die Schweiz, ich bin aus allen Wolken gefallen, als ich hörte, dass es nicht so war.«

»Hatte Erwin was damit zu tun?«

»Ich habe es vermutet. Nachdem Jens' Leiche aufgetaucht ist, bin ich gleich ins Kasbärbel und habe Erwin damit konfrontiert.«

»Warum hast du mir nichts davon gesagt?«

»Warum wohl?«

»Was hat Erwin gesagt?«

»Er hat mir erzählt, was passiert ist, und ich habe es ihm geglaubt.«

»Und jetzt?«

»Jetzt soll er's dir selber erzählen. Erwin!«

»Schon da.« Erwin trägt ein Bündel kleiner Zweige, Rinde und dürre Äste. »Können wir vorher das Feuer machen?« Er geht in die Knie, legt zuerst die kleinen Zweige ins Loch, darauf die Rinde, schließlich die Äste.

»Warte mal, Erwin«, sage ich und hole den *Bayernkurier* aus meinem Anorak, den ich aus dem CSU-Büro mitgenommen habe. »Ich hab doch gewusst, dass der zu was gut ist.« Ich knülle Bällchen aus den Seiten und schiebe sie ganz unten hinein. Dann reiße ich den Karton vom Sixpack weg und lege ihn oben drauf. »Jetzt.«

Erwin zündet das Ganze mit einem Feuerzeug an. Das Papier fängt Feuer, dann der Karton, dann die Rinde.

»Ist das nicht illegal?«, fragt Else.

»Was soll's? Kommt nicht mehr darauf an«, sage ich. »Schon das Übernachten hier ist illegal.«

Von den Ästen steigt Rauch hoch, ein Luftzug weht ihn zu Else.

Sie hustet und wedelt mit den Händen. »Ich habe ganz vergessen, wie nervig ihr Männer sein könnt.«

Die Äste fangen an zu brennen, der Rauch verschwindet. Erwin und ich setzen uns hin.

»Jetzt trinken wir ein Bier«, sagt Erwin.

Wir sitzen nebeneinander auf der erhöhten Grasfläche oberhalb des Kiesstrandes; Erwin, Else, ich. Ich mache drei Flaschen auf und reiche Else und Erwin eine.

»Prost.«

»Prost.«

»Prost.«

Wir trinken.

»Also Erwin«, sage ich. »Du bist dran.«

»Lass uns erst einmal trinken, ja?«

»Okay.«

Das Feuer brennt jetzt lichterloh, die Äste knistern. Ich steh auf, lege noch etwas nach und setze mich wieder hin. Wir schauen ins Feuer. Die Zweige im Kern glühen und winden sich wie kleine Balletttänzer auf einer ganz fernen Bühne, von den Ästen dringt langsam Wärme zu uns herüber, und um das Licht braut sich die Dunkelheit zusammen.

Else sieht gut aus. Sie hat die Haare anders, etwas länger im Nacken. »Du hast die Haare anders«, sage ich ihr. »Steht dir gut.«

»Danke.«

Das letzte Mal, als wir hier um ein Feuer saßen, da waren noch alle Wege frei, alle Optionen offen, das ganze große Leben vor uns.

»Ja. Also gut«, sagt Erwin. »Es war so.«

Kapitel 49: Der perfekte Wurf

»Ich habe mir in der Nacht einen Rausch angetrunken. Ich hatte eine Stinkwut auf Jens. Ich bin absichtlich durchs Abitur geflogen, nur damit seine Drecks-Linke-Front bestehen bleibt, und dann macht er so einen Scheiß. Mann, ich kriege heute noch eine Wut.«

»Kann ich mir vorstellen«, sage ich.

»Ich habe ihn an seinem Zelt angesprochen, da war er schon dabei, es abzubauen, ich hab ihn gefragt, was das mit der Schweiz soll, aber er wollte mit mir nicht darüber reden. Das hat mich noch wütender gemacht. Er muss jetzt fort, hat er gesagt. An die Lange Wand. ›Warum‹, habe ich gefragt, ›warum gehst du jetzt zur Langen Wand?‹ Da hat er so geschaut. So weit weg. So leer. Weißt du noch, sein Schauen, so von innen. So überlegen.«

»Ja«, sage ich. »Weiß ich noch.«

»Er hat sein Zelt abgebaut und eingepackt. Ich habe dann noch ein Bier getrunken und bin ihm nach. Ich wollte ihm sagen, dass er sich seine *Linke Schülerfront* in den Arsch schieben soll, dass ich nicht euer Depp bin. Ja, und da habe ich ihn und dich gesehen, Else. Dann ging es schnell. Beziehungsweise, ich war besoffen und kann gar nicht sagen, wie schnell oder langsam es ging. Ich wollte wieder weg, er hat mir hinterhergerufen, ich bin stehen geblieben, er ist auf mich zu, hat mich gefragt, was ich mir einbilde, hat gesagt, ich hätte keine Ahnung von den großen Zusammenhängen. Es hat gerade noch gefehlt, dass er zu mir sagt *du bist eh bloß ein Arbeiterkind*, versteht ihr? Ja, und dann hat er mich geschubst. Und ich habe ihn auch geschubst. Nur stand der Depp mit dem Rücken zur Langen Wand. Er hat sich kurz an einem Ast festgehalten, ich wollte ihn noch packen, dann ist der Ast abgebrochen, und er ist rückwärts die Lange

Wand runtergefallen. Ich bin sofort wieder nach unten gerannt, er lag ziemlich weit vorne im Steckholz. Er war tot.«

»Und was hast du dann gemacht?«, frage ich.

»Nichts.« Erwin starrt vor sich hin. Dann schüttelt er sich, als ob er etwas Verdorbenes gegessen oder getrunken hätte. »Ahhh. Mit den Armen hat er gerudert, und seine Augen waren tellergroß, bevor er abgestürzt ist. Da war nix mehr mit überlegen schauen. Diesen Blick habe ich noch jahrelang vor mir gesehen. Überall.«

»Du hast ihn einfach liegen lassen.«

»Ja. Er lag an einer von außen uneinsichtigen Stelle, hinter Büschen. Ich habe mich in mein Zelt gelegt und geschlafen. Früh, als ich aufgewacht bin, ist es mir wieder eingefallen. Das war schrecklich, als es mir wieder bewusst geworden ist. Diese Sekunden von der Unschuld des Schlafes bis zur vollen Erinnerung. Vom leisen Unbehagen blitzschnell zu dem Wissen, dass das Leben nie mehr so sein wird, wie es war. Hat sich auch so angefühlt wie ein schrecklicher Sturz. Ich bin einfach von der Insel weg, ohne noch mal nach Jens zu schauen.«

»Warum hast du nicht die Polizei informiert?«

»Haben wir noch ein Bier?«

»Eins noch. Für jeden.« Ich mache die Flaschen auf und verteile sie.

»Weil ich auf Bewährung war«, sagt Erwin. »Wegen der Sache mit Kunz.«

»Da gab es eine Gerichtsverhandlung? Hat dich der Kunz angezeigt?«

Erwin nickt. »Hat er. Sehr wohl.«

»Warum hast du uns das nicht erzählt?«

»Ihr habt mich doch alle vergessen. Sobald ihr euer Abitur hattet, habt ihr mich vergessen. Ich war der Einzige, der noch so blöd war, an die Sache zu glauben.«

»Wir hätten alle für dich ausgesagt.«

»Einer von euch hat ja ausgesagt. Aber nicht für mich. Für den Kunz.«

»Der Jens?«

»Die Frisch-Blume. Aber ich bin mir sicher, der Jens wusste davon. Und ich bin mir auch sicher, die Frisch-Blume hat dadurch das Abitur bestanden. Außerdem hatte ich Angst, die Polizei glaubt mir nicht, dass das mit dem Jens ein Unfall war, und ich muss ein paar Jahre im Gefängnis verbringen.«

»Und irgendwann hast du die Sache überwunden?«

»Irgendwann, ja. Ich habe mich im Innersten nicht wirklich schuldig gefühlt. Oder sagen wir mal: nicht richtig schuldig. Das war auch der Grund, warum ich jetzt auf der Insel übernachten wollte. Um zu sehen, ob es endgültig vorbei ist.«

»Und?«

»Ja. Es ist vorbei. Für mich wenigstens.«

Wir trinken. Ich lasse wieder einen Stein hüpfen, aus dem Sitzen heraus. Zweimal springt er. Aber in schönen, großen Bögen.

»Und Else, du hast versprochen, nicht zur Polizei zu gehen, und Erwin, du hast versprochen, mir nichts zu sagen.«

»Ja.«

»Genau.«

»Damit hat ja alles gepasst für euch. Jetzt weiß ich, warum du damals in Weingartshausen, als du die Sache mit dem Kühlwein hast auffliegen lassen, aber den Artikel dann doch nicht geschrieben hast, warum du gesagt hast: ›Das bin ich der Else schuldig.‹«

»Stimmt. Das war ich der Else auch schuldig.«

Ich könnte mich jetzt nach links umdrehen und zu der Stelle hinschauen, wo es passiert ist, aber ich tue es nicht. Wir drehen uns alle drei nicht um; wir schauen geradeaus, dorthin, wo man die Donau hört und spürt, aber nicht mehr sieht, diese riesigen Wassermengen, die unablässig auf den Donaudurchbruch zuströmen. Bei Hochwasser staut sich die Donau zurück, sie breitet sich träge aus wie eine Anakonda, die irgendein großes Tier verdaut, überschwemmt alles tiefer liegende Gelände, spült alles weg, was nicht fest ist.

Ich werfe den vorletzten Stein. Ein schöner Wurf, der Stein überlistet dreimal die Naturgesetze stilvoll, bevor er sich ihnen beugen muss. »Und dass du in Else verliebt warst, das hat bei dem Ganzen keine Rolle gespielt.«

»Was?«, fragt Else.

Das Feuer beginnt, sachte in sich zusammenzufallen, wie eine ganz langsame Welle aus Flammen, die am Ufer ausläuft. Ein spannender Moment. Man muss sich entscheiden, ob man nachlegt und der Dunkelheit weiter eine Insel des Lichts abtrotzt oder ob es Zeit ist, die Nacht ihren Saum darüberbreiten zu lassen.

»Eigentlich nicht«, antwortet Erwin. »Aber es stimmt, Else. Ich war in dich verliebt.«

»Hat doch ein Blinder gesehen«, sage ich.

»Ich nicht«, sagt Else.

»Jahrelang ging das. Aber du hast dich immer bloß in …«

»Deppen verliebt«, ergänze ich.

»Hab ich nicht gesagt«, sagt Erwin.

»Stimmt auch nicht«, sagt Else. »Ich habe mich noch nie in einen Deppen verliebt.«

»Dann ist es ja gut«, sage ich.

Eine Weile sagt keiner mehr etwas.

»Oder warst du vielleicht gar nicht in mich verliebt?«, frage ich.

»Doch.«

»Gut. Das reicht mir schon.« Ich hole den letzten Stein heraus und werfe ihn in die Donau.

»Da, habt ihr's gehört? Der perfekte Wurf.«

»Bloß schade, dass man nichts mehr gesehen hat«, sagt Erwin.

»Viermal ist er gehüpft. Eindeutig. Habt ihr's nicht gehört? Zisch – zisch – zisch – pflatsch. Der perfekte Wurf.«

»Ist schon recht«, sagt Erwin.

»O Scheiße.« Mir ist gerade etwas eingefallen.

»Was ist los?«, fragt Else.

»Ich hab vergessen, mein Zelt aufzubauen. Und jetzt ist es dunkel.«

»Ich hab's dir ja gesagt«, sagt Erwin. Er steht auf. »Also, bei mir kannst du nicht schlafen. Das kannst du vergessen. Das war nicht ich, der damals geschnarcht hat, sondern du. Außerdem habe ich ausgetrunken, und es zieht. Bis morgen, Leute. Weckt mich, wenn die Eier mit Speck fertig sind.«

»Was steht morgen an?«, frage ich.

»Na, die Welt verändern, was sonst?«

Nachspann

Else und ich sitzen nebeneinander und schauen nach vorne in die Dunkelheit, wie im Kino nach dem Nachspann eines Films, wenn man sich nicht sicher ist, ob noch was kommt.

»Ist kühl geworden«, sage ich.

»Mich friert's nicht.«

»Hast du ausgetrunken?«

»Nein.«

»Ich auch nicht. Soll ich noch mal nachlegen?«

Danksagung

Dank an Brigitte, wie immer.

Dank an meine alten Freunde Sepp und Gerda Türk aus Ihrlerstein für ihre lebhaften Schilderungen aus ihrer Jugend in Kelheim, für die vielen herrlichen Wanderungen, unterhaltsamen Gespräche und Wirtshausbesuche in ihrer schönen Heimat, und nicht zuletzt für ihr gastfreundliches Haus.

Dank an Klaus Igel und Werner Wagner für ihre Hilfe in mathematischen Fragen. Klaus ist der lebendige Beweis dafür, dass Mathematiklehrer nicht so sein müssen wie Kunz.

Dank an Karl Fürstenberg aus Steyr für die Rettung meines überfahrenen Notebooks und für die Übersendung der verloren geglaubten Dateien dieses Romanes. Man soll beim Autoauspacken nichts auf das Dach legen.

Dank an Felicitas Igel für das einfühlsame, geduldige, wohlüberlegte Lektorat.